通遼地区において関東軍の軍使を迎えるソ連軍

（上）終戦直前におけるソ連の戦車部隊
（下）関東軍司令部

NF文庫
ノンフィクション

新装版

満州崩壊

昭和二十年八月からの記録

楳本捨三

潮書房光人新社

満州の海の玄関口となった大連港。その埠頭は東洋一の規模を誇り、膨大な物資が流通した。ここから数多くの日本人が満州各地に移って行った。

大広場より大連市街を望む。この付近は市役所等官公庁が集まっていた。

新都となった新京には広大なる大同広場が築かれた。右は満州電々ビル。

満州国の建国とともに長春は新京と改められ、国都の建設が進められた。
新京に置かれた関東軍の中枢。関東軍総司令部（左手）と関東憲兵司令部。

大同広場周辺は官庁ビルが立ち並び、国都に相応しい大同大街となった。

満州の古くからの都市・奉天。左のヤマト・ホテルはソ連軍が接収した。

満鉄線の新京駅。ハルピンと奉天との中間に位置する要衝の地にあった。

長春時代以来の新京の旧市街地(上)と日本人街となっていた新京吉野町。

昭和９年３月１日、溥儀は満州国の初代皇帝となり、新国家が誕生した。

昭和20年８月９日、ソ連軍は満州国に侵攻した。写真はソ連のT34戦車。

昭和20年８月24日、関東軍の降伏交渉。右より深見通訳官、山田乙三総司令官、秦彦三郎総参謀長、草地貞吾作戦班長、ソ連側のフェデンコ中将。

昭和30年６月に撮影されたイワノボウ収容所の関東軍首脳部。前列左端が山田乙三総司令官、その右が後宮淳大将、四列目左端が秦彦三郎総参謀長。

満州崩壊——目次

第一部　ソ連軍侵攻す

第二部　満州国の分解

第三部　関東軍の終戦始末

満州崩壊

昭和二十年八月からの記録

第一部　ソ連軍侵攻す

戦わざる関東軍

〔一九四五年八月〕

真夏の灼きつくような陽射しが、ぎらぎらと照りつけている。小高い丘の上には、二、三人の下士官と五、六十人の兵が、そこここに散らばって座ったり、寝ころがっている。少し離れたところに、一人の少尉がこわれかかった椅子に腰かけて、軍刀に頬杖をついて大地をみつめていた。

鉄路には、有蓋無蓋の貨車が長くのびたまま置き忘れたように止まっている。貨車には汚れきった防空服装の女子供たちが、いっぱいつまっていた。いつ発車するかわからない列車から、用を達しに下りている女たちは、線路から遠く離れた木立のかげへ消えてゆく。

少尉は身動きもしない。飛行場が近いのだろう、九七戦らしい一機が、小高い丘の向こうから貨車の近くへ通信筒を落として去った。爆音をきくと女や子供たちは、敵機襲来かと貨られている。

車の下へ逃げ込む。奉天の方に向かってついていた機関車が、いつの間にか後尾につけかえ
「あら、新京へ帰るらしい、やっぱり新京へ戻るのよ」

声が急にがやがやと重なる。一週間以上もかかって、やっとここまで来て、また新京へ戻るのかという不平な表情もある。特急アジアなら四時間たらずの行程である。一週間もかかってたどりついたのだ。また何週間かかって戻る気なのだ。

丘の下士官は少尉のところへ、命令受領にいってきますと報告している。少尉はそれでも口のなかで、うむといったきり、下士官の方を振りむこうともしない。軍曹は小高い丘の向こうへ消えてゆく。

千切れたような雲は、空のところどころで動かない。森があってその手前の方の空に黒煙があがっている。火災とは思えなかった。兵たちは、あちらこちらに三、四人ずつグループをつくって車座になり雑談している。声も低く気勢のあがらぬ雑談である。

「おれたちぐらい運の悪い兵隊もねえなあ」

と一人がぼやく。

「歩いたり貨車に乗せられたり、トラックでゆられたり、はるばる北支から来てみりゃあ停戦かい」

「停戦なんて人ぎきのいいこと言うな。敗戦だ。全面的無条件降伏とくらあ……」

一人が、××軍曹どのはどこへ行ったんだいとたずねている。明日、ソ連軍が奉天へ入城して、全軍武装解除だという風説がしきりに兵の間で飛んでいた。

「おれたちはどうなるんだ？」

「そりゃ捕虜にきまっているじゃねえか」

「戦争は十五日に終わっているんだぜ、それでも捕虜になるというわけがあるのか」

武装解除と捕虜の問題が、彼らには差し迫った緊急の事柄である。戦死だけはどうやらまぬがれたらしい。

ここにいる将兵たちは、大本営陸軍部が『詔書渙発以後敵軍の勢力下に入りたる帝国陸軍々人軍属を俘虜と認めず……』云々の、武力行使停止の命令の中に、右の一項目をいれて下令したことなど知る筈はなかった。また、ソ連軍が、日本軍の一方的な自軍に対する通達を認めるような軍隊と考えることなど少々甘すぎるところといえよう。

一人がたちあがると、少尉の腰かけている少し手前まで歩いてゆく。帰ってきた軍曹は何か少尉に報告している。報告がすんで自分のたまりへ帰ろうとする軍曹をつかまえて、その兵はしきりに何か話しかけていたが、足早に自分たちの所へ戻ってくると、

「おい、どうして、デマって奴はこうも当たるのかなあ、やっぱり明日正午、武装解除だとさ」

彼がグループの間に足を投げ出して座ると、一人が小声で、

「おれは匪賊（ひぞく）になる」

と宣言するように言う。

「討伐（とうばつ）されるぜ……楊匪（楊靖宇）のような恐ろしい奴だって、おわりは惨めな死にかただったからな」

一人が言うのを、

「長白山脈へでも入ってみろ。日本軍と満軍が満州国ができてからずっと討伐していても、まだ匪賊はくさるほどいるじゃないか」

「武器はどうする、手ごろなところへ潜伏するまで、鉄砲かついじゃ歩けないぜ、途中をどうする」

「だから拳銃と手榴弾を盗みだすんだ」

「おい、おい、今は明治大正じゃないぜ、匪賊なんて時勢おくれのしろものになるより、日本に帰って百姓にでもなった方がいいぜ」

「日本へ帰りたいなあ……」

その声は哭いているように聞こえた。すると一人の兵が笑いだし、ちょっと隊長の方をみてから仲間に相談するように、

「もう何もいらないじゃないかよ、砂糖や飴をそこの貨車にいる子供たちにくれちまえよ」

「あの連中は、いったいどこへ行くんだ」

「朝鮮へ疎開する途中だってさ」

「へえ、朝鮮へか、むこうへ着いたら電球もいるだろうな」

「籔から棒に、電球がどうしたんだ」

「おれたちの荷厄介で困りものの電球、みんな呉れてやれよ、蠟燭もついでにやっちまえよ……」

兵隊たちは立ち上がると、貨車の方へ歩きだした。貨車の付近が騒がしくなり、女や子供

たちが二、三人の兵隊をとりかこんだ。

「おい、あの煙は一体何だい、朝から燃えてるが火事のようでもないなあ」

「きさまは馬鹿じゃあなかろうか、あれは軍の倉庫を焼却しているのだ」

　下士官の一人が、自信をこめた声で教えるように言う。朝鮮へ向かうというその疎開列車は、また機関車を新京にむいた尻の方から、奉天を向いた頭の方へつけ変えていた。汽車が生きていて思い迷っているようにみえる。

「ありゃ一体何をやってるんだ。朝からもう三、四回も機関車を頭につけたり尻へつけたりしていやがる」

「ときに伺いますが、どっちが頭なんだ」

　と、一人の兵が揶揄するように言うと、

「きまってるじゃないか、四平の方から着いたんだから頭は奉天の方に違いない」

「それにしても、よく気の変わる汽車だな。行こうか戻ろうかあ、オーロラのしたを……」

　一人の兵がヤケクソの声をあげて、カチューシャの唄で茶化すのを、

「まあいいじゃあないか、迷ってるんだよ、輸送指揮官も鉄道も、どうしていいかわからないんだ。だが、人のことは言えないさ、おれんとこの隊長なんざ、見ろ、あそこで朝から考え込んだっきりだ。下手な考え休むに似たりってやつさ」

　その貨車は、満州国軍の日系将校家族の疎開列車であった。

　乗っているのは、子持ちの婦人連中のほか、数名の軍属らしい男と軍服の将校が四、五名。日本軍の高級将校の姿もみられた。おそらく終戦放送をきいて、予定どおり南下するか、そ

れとも新京へ戻るか、評議がなかなかきまらないのであろう。

「おい、うちの隊長と話をしてるのは満軍の将校じゃないのか、うちの隊長がかしこまっている」

「おい、あれは日本人の将校じゃないか、参謀肩章つってるぜ」

「きまってるよ。満軍の日系将校だ。階級章が昔の日本の軍服のように肩についている」

「肩についてる時代の方が景気がよかったな。あの襟へつけるのは支那さんの真似じゃないか」

「それにしても、満軍の参謀もツナをさげるようになったのかい、おれが在満部隊にいたころは無かった」

「明日になりあ、あんなものは皆無くなるさ。ツナも刀もな」

説明しているのは曹長だった。曹長はそう言いながらふいと、愛撫でもするように自分の階級章を撫でた。

「あれは満軍航空隊の参謀だ。この地区の航空部隊は満州国軍の指揮下に入っている。司令官は野口中将だ」

「へえ、すると満軍の中将の指揮下に関東軍航空部隊があるってわけですか」

「そうだよ、お前ら満軍、満軍って言うが、野口中将閣下はノモンハンの荒鷲と謳われたあの野口部隊長なんだぜ」

「道理で日本軍の飛行機はほとんど飛んでいないや……」

「それにしても、関東軍の主力はどこにいるのかっていいたいね」

一人の兵隊がいうのを、

「大きな声じゃ言えないが、早く降伏してくれて助かったというものだ。もし、降伏しないとなると、おれたちは素手でソ連さんの機械部隊とやらなくちゃならなかったんだ」

降伏の命令がなかったら、新京、奉天、四平街、その他の都市とその付近は、無防備に近い、名前だけの守備隊で守らなければならなかったのだ。

停車している疎開列車は、まだその方針が定らないとみえる。しかし、最初の目的どおり朝鮮へ向かうという説の方がまさっているらしい。朝鮮は日本なのだから、朝鮮まで行けば何とかなる、そういう意見なのだろうか、機関車がまた頭の方にくっついた。朝鮮で土地を買って、自治農村を創る。そんな夢がまだ本当に論じられているのだ。日本国民が当面している立場について、正確な判断が下せないらしい。誰も降伏が無条件降伏で、ポツダム宣言の受諾であることなど考えてもみないのだ。

明日の運命は誰にもわからない。丘の兵隊たちも、北へ行くべきか、南へかを迷っているのだろう。疎開列車も運命の岐路に立ち迷っている。もう一週間か十日停戦がおくれていたなら、この丘に真夏の陽を浴びて雑談にふけっている兵のほとんどは重戦車のキャタピラの下で、彼らの青春の血で虚しく大陸の草を染めていたに違いない。

敗れてのちはじめて中国民衆の苦悶がしみじみとわかるのであった。抗戦八年―そして、なお内戦に苦悶する中国の悲劇を思うなら、日本人が大陸で受けた苦悩も軽きにすぎるのかも知れない。

この丘の兵士たちも疎開列車の女子供も、明日からはその苦悶の渦中へ否応なく入ってゆかなければならないのだ。北上しようと南下しようと、多少の違いこそあれ、日本人を待っている運命は暗く灰色の壁に違いなかった。

戦わざる関東軍は、今となっては戦わなかったことだけが功績であったといえよう。もし血迷った部隊でもあったら、無辜の民衆の受ける恐怖すべき運命は想像するまでもなかった。

敗けた——ということは、日本にとって最大の幸福ではなかったろうか。歴史にかつて無い、惨めな敗れかたがなかったら、日本はほんとうの亡国の悲運に見舞われたかもしれない。成吉思汗の——蒙古帝国の滅亡は、成吉思汗の罪ではない。彼の三代以下の子孫とその幕僚たちが、成吉思汗の博愛の精神と寛大な思想を忘れて思いあがり、驕慢になりきった結果ではないだろうか。彼の子孫は、成吉思汗ばかりではなく蒙古人を世界の憎悪の前においたといえよう。

日本は、日本軍崩壊の日から新しい歩みを始めなければならないのだ。

八月九日未明に、爆撃によってはじめられた、ソ連軍の参戦は、東満、北満の線で、牡丹江とか白城子とかで、僅かな抵抗を受けたにすぎなかった。『フランス敗れたり』の中にはこんな文章があった。どうしてこのように、独軍侵入を受けた時のフランスの有様と、ソ軍の攻撃を受けた日の満州の姿は似通っているのであろう。

「私は（アンドレ・モロア）、フォルミーとシャルルヴィルの郊外に宿営している軍隊を訪ねてみて、それらの軍隊がいかにも少数であるのに喫驚した。ヴアルヴアンへ帰ってくる途中などは、さながら無人の荒野を行くといった感じさえした。自動車がつぎつぎと通過する村にも町にも、守備兵の姿は無く、私は侵入して来る敵のことを考えずにはいられなかった。

ひとたび前線を突破したとき、敵がヴアルヴアンの町まで侵入してくるのは、どんなに容易であったろう！　町の入口で敵は一体何を発見したか。それは子供でも容易に倒せる木のバリケードと銃剣を持った一人の歩哨と、そして一人の警官の姿だけである。これで機械化兵団の進撃をどうして阻止することができよう！」

これは、一九四〇年五月初旬、コラップ将軍の指揮するフランス第九軍団を訪問した時の記述である。この数日後にドイツ機械化兵団の破城槌の一撃に壊滅し去ったヴアルヴアンの町の姿であった。

これと同じような記述が、一九四五年八月九、十、十一日ごろの北満、東満の進入路におけるソ連軍機械部隊の戦記のなかに記されていないであろうか。ソ軍は、無敵関東軍という戦前の宣伝によって、相当高価な犠牲と勇猛な抵抗を受けるものと予期していたに違いない。

五日後、日本は全戦域の部隊に対して降伏を命じた。真偽のほどは保証の限りではないが、ソ軍は侵入に際して関東軍の猛抵抗を予測して、シベリヤの凶悪な無期徒刑囚の如き囚人部隊を二ヵ団、最前線部隊として編成したのだという風説もあった。さらに、一つの奇妙な命令があったということも、のちに話題にのぼっていた。それは、捕虜の将校に対していかなる場合も銃器は別として、帯刀に手をかけてはならない。日本人は刀を心の鏡として尊重している。刀にさえ触れなければ彼らは凶暴にはならない。子供の玩具のようなものだからそっとしておいてやれ、そういう意味かどうか知らない。しかし、ソ軍の野戦部隊の入城後も、収容所に入る以前、日・満両軍の将校たちが、武装解除ののちも刀をつっているのを見かけることもあった。階級章はのちのちまで、一様に左胸に一個つけていた。或いはそういうところから、そんな風説が逆にでっち上げられていたのかも知れない。

事実上、この日から日本軍というものは解体した。地上から皇軍というものは潰え去り、日本陸海軍というものは失われた。明治十年、西南戦争をもって、一応封建制度と旧武士的軍隊はなくなり、新しい国軍の建設があったと考えたことは誤りであったらしい。新しい軍隊のなかに封建性は巣食い、それは徐々に「軍閥」という一個の怪物となっていたのであろう。われわれは日本の軍隊というものでなしに、軍閥的私兵的軍隊というものの存在を、終戦によってはっきり知らされたのである。その軍隊も、軍閥と封建制度の残滓も一切が失われた。形の上では喪われたのである。明治四年、八百年の歴史をもった武士というものは、士族という名称の階級となり、実質の上では明治十年の役をもって、この武士的存在は日本から失われていた筈である。けれども、それは昭和二十年八月十五日まで形を変えて再生していた。軍の解体が、その形だけであってはならない。

この日から軍は失ったかもしれないが、日本という国が地上から消えたわけではない。が、「満州国」という帝国は、偽満州国と呼ばれ、地上から姿を消してしまった。偽満州国民は中華民国国民に復帰し、奉天は新しい占領軍ソ連の支配のもとに、まことに不思議な様相を呈していた。日本人はただひとり、ソ連、中共系、中国南京政府系、そして、新たに独立し、かつて同胞であった大韓民国人、白系露人……その他の異民族にとりかこまれた不安な存在として、そして、文字通り四面楚歌の中で生きなければならなかった。その他という部類には、極少数ではあったが、白系なのかどうか、にせソ連兵、南京政府系、ローモーズ、ホンホーズと呼ばれるいわゆるにせ八路、曰く何々、曰く何々の諜者密偵という連中が活躍をはじめた。そして、そのつど、その真相をきわめる方法をもたない日本人は物や女の被害を受けた。ソ連が侵入を始めた八月九日以後、在満邦人のほとんどすべてが、

『軍にとって、民衆などというものはどうでもよかったのだろうか、近代戦は総力戦であると口癖のように言ったのは軍であった。銃後の協力ということを強調したのは軍であった。あらゆるものを犠牲にして民衆は軍に協力した。ダイヤを、金を銀を、銭を肉身を夫を兄を、弟を、子を――自由や生命を……。戦略か何かは知らない。軍は安全といわれている通化へ後退してしまった。都市に残された女子供、老病者が都市を守るために竹槍をもって抗戦する義務があったであろうか。民衆のなかから軍はつくりあげられている。その兵士たちの親や子や、母や妹を無視し、見殺しにしていたのである。何という醜体であろう』

軍は、今や怨嗟の府となっていた。市民は義理にも軍に対して協調する気持を持てなかった。

『終戦が、もう何日か、半月でも遅れていたなら、在満日本人の大半はどういう運命に見舞われていたかわからない』

一応もっともである。しかし、ここで関東軍の実態を知らなかった人びとに、昭和二十年八月九日現在の関東軍の惨めな実情を簡単に説明しておくべきであろう。

昭和十八年九月ごろから昭和二十年三月末までに、関東軍が内地、南方に抽出された方面軍司令部、軍司令部、機甲軍司令部、そして師団、旅団「に類するもの」、連隊、大隊等の

数は厖大なものであったが、しかも、このことは一般人は誰も知らなかった。知られては抽出の成果は失われるのである。「転用企図秘匿要領」というものまで作製して、極秘裡に関東軍の精鋭部隊を兵器とももども転用したのである。実際には総軍とは名のみ、戦力皆無のカカシの関東軍に成り果てていた。

八月九日、ソ連軍は第一極東方面軍、第二方面軍、ザバイカル方面軍、外蒙騎兵軍団、計六十二個師団、戦車五千、飛行機四千の圧倒的な機動部隊を擁して侵入してきた。関東軍は戦力平時八個師団弱という劣勢さをもって、この大差のソ連侵攻軍に対抗しなければならなかった。

四月五日、日ソ不可侵（中立）条約不延長を申し入れてきたソ連ではあったが、しかし、この条約は、一方の通告で不延長、廃止がなされても、その日から一ヵ年、条約は生きているのである。従ってこれは条約無視の不法侵入といえたのである。

戦車一つを例にとっても、四平には名ばかりのTK1B、TK9Bが所在していたが、実はこわれた軽戦車ぐらいのもので、完全な軽戦車や中戦車類も南方へ。後期に抽出されたものは富士の裾野で、米軍来攻に備えて待機していたのだ。

関東軍には、戦車も対戦車砲もない。五月、未教育補充兵を根こそぎ動員「二十五万」して、兵力だけを偽装糊塗（ぎそうこと）して対ソ、対外に備えた哀れむべき姿であった。

しかし、軍がひとたび戦闘序列の下令があり、戦時となれば、満州国を（満軍と共同）防衛する任務があり、敵と戦い、敵を撃滅するという唯一の任務が課せられる。敵のスターリン（有名な大戦車）をはじめ、有力な空軍を相手に素手で戦わなければならなかったのである。

そして、一週間後の十五日に停戦が下令され、関東軍は軍・政のいっさいを、その手から奪われ、ソ連軍の思うままに任せなければならなかった。

終戦の直後、街の混乱に乗じてあらゆる町々には暴民が蜂起し、諸方で殺人強盗強姦が行なわれた。そういう事件のうちのあるものは、遁残兵らしいものが「町の奴らは兵隊に冷たかったからだ」と、侵入した家の家族を縛りあげ、焼ごてをあてたり、焼火箸をあてたという風説さえ飛んだ。民衆は終戦の後も軍の幽霊に悩まされていた。強盗の一つの理論づけにしても、そのような口実は、旧兵士が口にすべきことではなかったはずだ。

八月二十日の朝の奉天駅の内外は、やがて入ってくるソ連軍の噂で恐慌をきたし、疎開者や各線路上に停車している列車上の避難者、行き場を失って右往左往する人びと、指揮系統を見失った将兵で混乱を極めていた。

民衆は、自分の意志と判断だけに頼らなければならなかった。なんとかしなければならなかった。誰も「どこへ――」とも、命じてくれなかった。「右へ――左へ――」避難すべき方向の指示もなかった。

誰が発したともわからぬ声が、群衆を右へ左へ、あるいは南に北に――遁走させる。その声が常に正しい判断や意志によって生まれたものではない。不安と混乱からあげた、不用意測り知ることのできない潰乱と恐慌がそこにはあった。

の叫び声である。その不用意の声が、指示となり、命令となって民衆の波を揺り動かした。

軍隊の武装解除が行なわれたに違いない。それを合図に暴民が蜂起(ほうき)した。春日町(奉天の銀座)を中心として、繁華街の商店、倉庫は掠奪されはじめた。暴徒の掠奪は、大規模なものは五日つづいた。早朝から待ちきれないほどの物資を、あるものは反物を、靴を、ゴム長を、食料を、背中にしょい両手に持って――。手ぶらに見える者は、かさばらない金目(かねめ)の貴金属をふところに。

それは組織的であり、極めて整然と一角から一角へ大掃除のようにつづいた。町なかばかりではない。鉄西の工場地帯も――東西南北の日本人街はことごとく襲撃された。しまいには、襖や障子をひっかついで帰る掠奪者を見かけるようになった。

ソ軍進駐

〔一九四五年八月九日〕

一九四五年八月九日未明。

突然の空襲警報に当然予期していたB29の大挙襲来と、在満の日本人も満人も、白系も、蒙古人も漆のような闇の中をいっせいに防空壕へ飛び込んだのである。

それは、B29ではなかった。ソ軍の参戦であり、国境方面、東満、北満、白城子の線では、既に激戦中という朝のラジオで、防空壕に入っていた人びとは生色を失った。

火の手は足許にあがったのだ。都市防衛が慌ただしく叫ばれ、防衛召集が狂ったように再燃した。狂乱する市民の眼は血走っていた。

夫を戦地に送っている子持ちの妻たちは、真剣に、子供を殺して自殺する方法ばかり考え続けていた。死ぬことの外考えることも方法もなかったからだ。

　家財を満載したトラックの群れが駅へ殺到していた。女子供を乗せたトラックも群がって
駅に向かっており、駅の外は混乱していた。
　南方方面のI軍司令官が船団の雷撃を受けて、兵や報道班員とともに救助の艦船を待つた
めに何時間か泳いだ時の挿話が思い浮かんだ。すでに処刑されたひとの名は出したくない、
弟の——中将は戦後闇軍の砲兵隊を指揮していたという。——I中将である。
　人情家としても割に評判のいい司令官であった。彼のすぐ側で、銃を片手にさし上げて泳
いでいる一人の兵があった。重い軍装に、重い兵器は行動の自由を失わせようとする。重油
で身体の自由がきかなくなる。銃をすてれば助かる、I軍司令官は心にそう思いながら、陛
下からお預りしている銃をすてよ、武器を捨てて泳げ——一軍の司令官——それが言わせな
いのであろうか？　どうしてもいえない。彼は、板きれを探してその兵のところへ、押しや
ろうとした時であった。ついに、その兵士は波にすい込まれてしまった。永久に司令官の眼
界から消えていった。
　上陸して後も——司令官は、この時の苦しみをよく報道班員に話していたということであ
る。一命は鴻毛（こうもう）よりも軽い。思想は抜き難く盤石のようであった。
　重い兵器をすてることが出来たなら、この兵の生命は助かったかも知れない。重い兵器を
すてる——軍にあっては死物の兵器の方に尊い生命があったのだろう？
　たったその一つのことがなされなかったということで、一人の兵士の生命も、兵器も同時
にこの地上から失われてしまったことになる。
　個々の指揮には、立派な、人間として尊敬を払われてもいい人物もあったに違いない。け

れども、軍隊という組織の中に入ると、ことごとく鉄のような無残な、兵も民衆も消耗品としてみるように、思想が人間生活を無視する。

　生命のために、一個の器具をすてろ――危急の場合に、こんな簡単なことを命ずることが出来ないのだろうか？　塩水につかった一個の銃をすてさせることによって、尊い一人の人命を救うことが命じられないのであろうか？

　軍司令官という高い位置なら、手の品物をすてて生命を救けよ、と命ずることはできたに違いない。今は兵器ではない、一個の廃品と思えなかったのか？

　兵も軍司令官の目の前で、平然と兵器をすてて生き残る覚悟も決意も持てなかったに違いない。

　兵は――消耗品としての滅私奉公を身にしみて教育されてきていた。

　目前の悲劇を、後々まで苦渋(くじゅう)の思い出として心で苦しむよりも、すてよ、と一言口に出せないような環境と教育で生きて来た自己への反省はなかったのであろうか？　無意味な訓練――防空演習も、防衛訓練も、さらに健康な青年男女をそこなうに役だつだけであったとしか思われない。竹槍訓練、肉攻突撃、何という人間性を無視した行為であったろう。

　敗けてはならない。敗けたなら残酷な敵は日本人を一人残らず殺戮する。女は奴隷にされる。日本女は世界最上であるといっている。人間として扱ってはいないのだ。この宣伝は、日本人全体に徹底していた。

　サイパンの悲劇が、美化されて伝えられていた。皆、死ぬことだけを考えていた。サイパンの女たちのように美しく死ぬ――それぱかりを考えていた。

考えながら、雑誌にのっているような劇的な死がそうやすやすとできるとは思えない。自分の生命を縮めることがたやすい業であるとは思えず苦しむのだ。

そんなことばかり考えている間にも、ソ軍機械部隊の猛進撃は無人の野をゆくように伝えられて来た。

白城子の線で、友軍の飛行機が、ソ軍の重戦車何十台を爆砕し、その飛行機も最後に自爆したというニュースが入ってくる。

しかし、一方では十二日にはソ軍の先鋒部隊は新京に達するという報知は、今日までの戦況ニュースに大きな疑問を抱きはじめていた市民に、衝撃を与えた。間近に迫ってくる敵軍の強力な機械化兵団に曝されたまま、市中のどこにも精鋭らしい武装の兵を見ることができないことに、不安はいよいよつのる一方であった。勝敗は歴然としていた。

部分的降伏をするなど考えも及ばないことだ。とすれば、新京も四平も、奉天も、無抵抗のまま蹂躙され、市民は一人残らず自決する外、方法は見出せない。

すでに市中では、便衣の活躍が伝えられていた。満州映画協会のそばの満軍将校の官舎の付近では軍医が一人射撃されて重傷を受けた。満軍の反乱が伝えられていった。逃げ出そうにも汽車はない。あったとしても乗ることはできないであろうし、たとえ乗車したとしても何処へ行けばいいのか。国境線は圧迫され全満はたちまちソ軍の怒濤の進撃の前に退路は断ちきられ、袋の中の鼠にすぎない。

無敵関東軍！　その無敵関東軍はどこにいるのだ！　一様に、市民の男女は非難と呪咀の叫びを心の中ではあげてみるのだが、どこにに潜んでいるか分からない憲兵警察の眼を怖れ、うっかりしたことは口にはだせなかった。

二年程前であったろうか？　新京の子供たちの間で紙切り遊戯が流行っていた。半紙を折り、鋏を使って上手にきりぬくと、ナチの旗、イタリアの国旗、そして、日の丸が切り抜かれる。あまった紙片を巧みにならべると「完了」という文字が残るのである。ワンラ（完了）の遊戯なのだ。

満系小学校から流行り出し、日系小学生も無心に遊ぶ。ワンラ、ワンラと手をとって三国家崩壊を予言するこの遊戯は、水の流れるように流行っていった。憲兵隊で内偵をつづけていたようであるが、出所は分からなかったらしい。まことに巧みな謀略宣伝と敬服する外はない。何かちょっと話したといっては、憲兵や特務警察にひっぱられ、殴られるが、そこから何も出ては来ない。宣伝や工作に、多くの費用と時間を消費しながら、これほどの効果のあがる宣伝を考え出したものもいない。児童心理を巧みに利用したこの謀略は、紙の配給も鋏の割当も不必要であった。児童たちは自分の費用と努力で、せっせとこの予言を宣伝していた。

まずイタリアが崩壊した。次に、ナチ・ドイツが崩壊した。予言は見事に的中していったのだ。

完了――終末であった。残るものは日本だけとなった。本土爆撃は激烈を極め、もはや、本土での、万死あって一生のない自暴自棄的血戦が待つばかりだった。近代兵器の砲撃では表から裏へ突き抜けるような狭い国土で、本土決戦、本土決戦と、望みのない戦争にひしめきあっていた。

逃避する避難場所さえ指示されない満州の市民は、ただ茫然として運命を待っている哀れむべき民衆であったのだ。

戦局が次第に危機を告げ出したころから関東軍の主脳部の移動は激しかった。梅津大将の後を襲って山田乙三大将が総司令官に、吉本（貞一）中将の後に笠原（幸雄）中将が総参謀長に、終戦前は秦（彦三郎）中将に変わっていた。総参謀副長池田純久中将も変わった。不思議に部課長級で動かなかったのは報道部長長谷川大佐だけだった。移動のはげしいなかの例外だった。新聞班長から報道部長に昇格した時代、総務班長の職につき、部長転出で報道部長の職に戻るまで少中佐を関東軍報道関係の椅子だけについていた。対満指導は関東軍第四課の担当で、課長小尾大佐も転出した。

八〇〇部隊と呼ばれていた第二航空軍司令官板花中将が突然、予備役に編入、現職を辞め、原田宇一郎中将が司令官になった。関東軍総司令官との意見衝突といわれた。

満州国軍は、治安部が軍事部と名称を変え、大臣は干芷山上将から邢士廉上将にかわった。関東軍主脳部の間には邢大臣は共産軍と通じているという噂があった。

満軍には、最高顧問、高級顧問、各科には関東軍付現役将校の顧問が配置されていた。最高顧問は、終戦時北京公使であった楠本中将、高級顧問は元泉少将であった。軍事部次長は二・二六事件の責任を負って日本軍を退いた元野戦重砲兵第七連隊長真井鶴吉中将であった。

終戦後元泉少将が中国軍のなかにいると噂されていたが、一九四九年五月三日各紙夕刊の報道するところによれば、（太原二日発新華社＝共同）は「日本将官の逮捕」の見出しのもとに、『太原前線の解放軍はその後、閻錫山軍の捕虜中から重要な日本人戦犯岩田少将と今村方策中将（仙台）の両名を探し当てた。今村は普樹徳という中国名を名乗り、閻軍第十総隊と今村砲兵隊の指揮に任じ、岩田は干福田の中国名で閻軍顧問兼砲兵総指揮官に任じていた。終戦当時日本軍の旅団長であった元泉馨中将（愛媛）と当時日本軍司令部情報参謀だった岩田や今村は閻錫山と結託、日本軍三千名と技術者三千名をひきいて反人民戦線に参加した。閻軍の第十総隊は全部日本軍で組織されていたが、この第十総隊は昨年山西省中部の戦で大部分を撃滅され、そのときに日本軍総指揮官兼野戦軍副司令だった元泉中将も戦死した。その後岩田が閻軍顧問兼砲兵隊の総指揮に任じたが、この第十総隊は昨年十月また解放軍のため重大損害を受けたので残った四百余名で今村砲兵隊を組織した。今次解放の太原総攻撃戦当時岩田少将と今村中将は閻軍の砲兵師団を指揮し太原城外の臥虎山の陣地に立こもっていた』

終戦後の日本軍が、国府、中共の双方に入っていたということは事実だった。

終戦当時の関東軍および満州国政府の高官たちは、昭和二十年九月六日、ハバロフスク市のラーゲル（収容所）に収容されている。山田関東軍総司令官、後宮、喜多大将、両方面軍司令官、秦総参謀長——等。関東憲兵司令官大木中将、ハルピン特務機関長秋草少将はそこの将官収容所でみることはできなかったといわれている。

偽満州国皇帝溥儀、皇弟溥傑、帝后の兄潤麒、国務総理大臣張景恵、軍事部大臣邢士廉以下各大臣、民生部大臣、興農部大臣、経済部大臣、司法部大臣、外交部大臣、文教部大臣、元参議府議長蔵式毅、宮内府大臣熙洽、尚書府大臣吉光、侍従武官張文儀。これらの人びとはハバロフスク市内の将官収容所に収容された。日本人は、橋本元参議府副議長、武部総務長官、古海総務庁次長、下村外交部次長、青木経済部次長らである。

中共軍には看護婦だけで二万から留用になったという。医官や衛生兵をいれると約二万四千が残っているということである。

無敵関東軍。沈黙の関東軍。精鋭無敵を誇ることができたのは、五年の昔であったろう。関東軍の功罪を論ずるのは、この書の目的ではない。終戦直前の関東軍に就いて余り多くのページをさく必要はないように思われる。

それに代わるものとして、アンドレ・モーロアの文章を引用しておこう。

『その後、私は何度かの機会に、わがフランスの空軍状態を、その方面の権威者にたずねてみた。しかし、その答はきまって逃避的であるか、または明らかに悲観的なものであった。若し開戦となれば、とリコンの爆撃隊司令官は私に語った。われわれは勇敢に死ぬのみだ。これだけがわれわれの為しえることだ。「何故です?」と私がたずねると、わがフランス空軍は、第一に兵員がきわめて少ない、機体に到ってはお話にならぬほど旧式だから——」

奉撫地区は、満州国軍航空部隊野口中将指揮下におかれていた。ノモンハンの荒鷲部隊長といわれた野口中将隷下の航空部隊の主戦闘機は、ノモンハン時代の九七戦（九七式戦闘機）だけといってよかった。

ノモンハン時代——といえば確か昭和十四年であったろう、六、七年という科学の世界では歴史的な時間の相違があった。だがここでは、その旧式戦闘機が主要機となっていた。

科学——機械力の劣弱を補うという理由が肉弾特攻という非人間的処理となって現われて来た。これは独り、関東軍について言うべきではないかも知れない。敵を知らず己を知らず百戦百敗である。

日本内地の兵営では口癖のように「お前たちは一銭五厘なんだ」と一枚のハガキより無価値に、一個の人格が、一個の人間が取り扱われていた。日本軍の紊れは二・二六事件が物語っていた。

四十を越えた老兵が、サイダー瓶にガソリンを詰めて、轟々と爆音をうならせて迫る大型戦車の無限軌道に、伏して立ち回ってゆく、その悲劇的な姿を、われわれは二十世紀の近代科学戦の中にカリカチュアとしてではなく、現実として見なければならないのであろうか。

これは増加の一途を辿る日本人の人口政策に、為政者が払った極めて真剣な処置というものであったのだろうか？　理智があってはならないのだ。知性は禁物である。真摯な批判もいけなかった。バカになって一緒に騒がなければいけない。冷静な批判は死だ。

「すでに遅きに失していたあの降伏の日が、あれより、何日か、何十日かおくれていたなら？　今、思い出しても身顫いをしない国民があるだろうか」

と、私の友人のある作家は声をふるわせてこう言った、そしてつけ加えた。

戦う要のない長い以前に、誰を仮想敵として作られた映画か知らないが『戦う関東軍』というのがあった。あの映画も、今はソ連の何処かに置かれているであろう、滑稽なる記念品として。ソ軍将兵の笑いの対象になってはいないだろうか。

戦わざる関東軍は、終戦直前に、作戦上の転進かどうか知らないが、通化へ後退したまま、居留民とは永久に袂別(べいべつ)をしてしまったのである。非戦闘員、地方人、戦争と直接関係のない女子供に対する善後処置が、どういう風に考えられ、なされていたか、不幸にして見聞したものはいない。

去る日――大陸にその威容を誇り、諸民に指令したものとして、終戦後の今日でもいい、無辜の市民のために、何事をなしたかを訊きたいと思うところである。

昭和二十年に入ると、そして、戦争の悲惨な末期が近づくにつれて、軍の召集ぶりは殆ど狂的と言ってよいものだった。

未召集の在郷軍人は、満四十五歳の老兵まで、肉攻突入と、木銃による銃剣術の訓練と、軍人に賜わりたる勅諭の全文暗誦を強要されていた。何という無駄、何という無意味の業であったろう。

満州において、零下二十度三十度の暁天動員は月何度というような手軽い程度ではなく、病人が増えた。非常時に体を毀すような奴は非国民だ。軍命令は至上命令である。人間生理など問題ではなかった。

一方では、銃後増産を強行しようとして、報道部がやっきとなって弘報宣伝につとめていると、防衛軍関係、兵事関係は増産は訓練の間にやれという。矛盾した命令が絶えないのである。人間の体は一つである。

竹槍突撃、防空演習のバケツ・リレーなど、味方の兵器の、科学性と量に対する大きな疑問を被訓練者の胸に徐々に植え付けているのだということを、軍の主脳部は理解していなかったのであろうか？

近代戦は、科学戦であり、電撃戦であるということを、最初民衆に植え付けたのは軍自身ではなかったろうか。いつの間にか近代戦に竹槍で対戦する、戦国時代以前の百姓一揆、太古の方式を採用していたのも軍であったらしい。豹変は君子の道であろうか。

電撃戦――ブリッツ・クリークの命名者は、イタリアのドウエテ将軍であったという。敗戦の色濃く、随所に玉砕全滅が続いた。アッツの玉砕が、南方諸島の全滅の悲報が続いた。インパール作戦は天下無二の愚劣無暴作戦だった。軍は、

「一つの小さな島を攻略奪取するために、敵は、友軍の十倍二十倍の兵力と戦爆の猛攻を間断なく続けて何ヵ月もかかっている。従って、日本本土に敵が上陸するまでには数十年を要する。時をかせぎ、航空機の増産が予定のように進めば、押し返すことはわけはない」

B29その他の大型爆撃機の発着自由の島が一つ奪られたら、万事は解決であるという簡単なことについては沈黙が守られていた。

「敵の国内にはストライキが激増し、日本民族のように愛国心をもたぬ彼らは、間もなく敗戦思想の囚となって、国内から崩壊してゆく」

と宣伝した。紊(みだ)れたっていたのは日本であって、一糸紊れなかったのは先方であった。

　しかし、不幸にして民衆はこの宣伝を百パーセントに信用していなかった。前後の矛盾、不審の点が分かりかけていたからだ。次第に軍に対して薄れてゆく民心を繋ぎとめることは、数十年の唯我独尊の精神に貫かれていた彼らには不可能なことであった。自己の非を認める寛大さも、自己の非を反省する知性も、大多数の彼らには失われていたのだ。

「相互に敵視する指導者たちの争いが、戦争の遂行を阻害し、かつ、他国との関係を悪化する事実は歴史によく現われる例である。

　一九一八年のフランスは幸いにして、他人に自己の行為を干渉される虞れの無い一人の立派な指導者をもっていた。クレマンソーである。一九三九年のフランスは、その反対であった。エドゥァール・ダラディエと、ポール・レイノーは共によきフランス人でありながら戦争の全期間を通じて政治的勢力の争いを続けたのである。この二人の指導者の不治の憎悪は、確かにフランス敗戦の主要な原因のひとつであった。」（アンドレ・モーロア）

　これはフランスのことであったろうか。

　戦争開始についても、支那事変についても、軍政の争いは絶えなかった。支那事変だけで日本全国の人心はへとへとに疲れきっているのだ。

　陸軍と海軍、陸軍の部内、軍司令官と部隊長……これらの協調がつねに欠けていた。主戦派にひきずられていた軍の内部の不調和が、いつの間にか民衆の心に反映しはじめた。陸、海の不協調は、時々発表されることさらしい大本営、情報局、勅語等によって、ますます民衆に不審を抱かせていった。

満州において、終戦直前の召集は、入隊、防衛ともに狂的なものであった。ほとんど役にたたないような第二国民兵の老兵、虚弱者も都市防衛の名で召集された。内外を偽装する工作であった。

後期に召集を受けた大部分のものは、被服もわたらず、武器は自家にあるものなら、刀、槍、猟銃、何でも持って集まれという命令を受けて出掛けていった。滑稽な悲劇だ。

アンドレ・モーロアが詩人のジャン・コクトオに会った時の言葉を思い出す。コクトオは言った。

「フランスのすべての道路という道路で見るものはゲートルをまいた尼さんだ！」

潰滅の日の満州軍

〔一九四五年八月〕

関東軍の指導下にあって、満州国軍の歴史は旧満州国の建国とともに発展していった。康徳年号の以前、すなわち、帝制前、大同といった時代、日本軍を辞めた日本軍の将士が、旧軍閥時代の遺産のような劣質な兵士たちを指揮して、主として東辺道辺に、匪団と戦っていたころ——。

もっとはっきりいえば、張学良とともに逃亡の機会を失った兵士たちも混入している「靖安遊撃隊」という一個の貧弱な軍隊組織があった。

指揮をとる日本人は、勝手に中将、少将などの肩章をつけて岫巌を中心とした三角地帯、通化臨江両県を流れる老嶺山脈一帯に蝟集する、約三十万の各種各様の匪団馬賊と戦っていた。大同二年三月、靖安軍と改称された。靖安軍には美崎部隊長、赤沢歩兵第一団長、工藤、清野、菊池等の将校が活動していた。

　一方、靖安軍が、匪賊と呼び、討伐と称している相手は、抗日共産系の錚々たる、後の北鮮人民共和国首相と同姓同名の金日成、また楊靖宇、主鳳閣、呉義成、王殿楊、曹国安などが蟠居していた。その他いわゆる馬賊もいた。


　満州国が出来、年号も大同から康徳に改元されると、統軍の最高機関として残っていた軍政部に、民政部管下にあった治安警察と行政警察を加え、康徳四年（一九三七年）、行政機構の改革によって治安部が設置された。

　治安部は康徳十年（一九四三年）所管が復旧して、軍事部と警務総局に分かれ、ふたたび最高軍機関となったのであった。（治安部時代―軍政司、警務司）

　軍事部大臣は、国防、用兵、軍政その他、軍務に関する事項、陸地及び水路の測量に関する事項、馬及び駱駝に関する事項を掌理するにあった。官房、参謀司、軍政司をもって構成され、特別機関として軍事顧問部が置かれていた。この軍事顧問部には、関東軍司令部付将校が配属されていた。

　外局には測量局、鉄道警護総隊があった。直轄学校は、陸軍軍官学校以下、軍関係学校十二校。

　軍械廠、軍需廠、軍馬補充所、憲兵総団、航空兵器廠、衛生工廠、江上補給廠、通信補充廠、軍事部病院、通信鳩育成所等が隷属していた。

　統率機関としては、禁衛隊司令官、憲兵総団司令官、江上軍司令官、航空総団司令官及び軍管区司令官があり、軍管区は、奉天、吉林、斉々哈爾、哈爾浜、承徳、牡丹江、佳木斯、通化、通遼、海拉爾の十軍管区に分かれ、おのおの司令官がおかれていた。

江上軍とは、日本でいえば海軍にあたるのであるが、スガンリを主とした河川国境防備に任じ、康徳六年（一九三九年）から陸軍に編入されたところをみても、それがいかに貧弱な名ばかりのものであったか分かる。特務機関としての軍事諮議院、将軍府、侍従武官府大公使館付武官及び補佐官があげられる。関係法令の大宗は武官令、軍隊教育令である。

兵は募兵であったが、康徳七年（一九四〇年）、国兵法、日本でいえば兵役法の公布をみて、国民兵制度を施行した。徴兵制度は、満州国民のすべてに対して不満と不安を与えたようだ。

一応、満州国軍の威容は、昭和二十年八月まで続いたのである。

終戦の直後、禁衛隊反乱のデマがまず飛んだ。単なるデマではなく、随所に潰走がおこった。

新京の飛行隊では、日系軍官の目の前で、飛行機の機銃を取り外して逃亡をはじめた。

「すてとけ、すてとけ、下手に止めるな」

日系の参謀は傍観していた。重い機銃は、新京第一飛行隊司令部から新京駅への途中で棄てさられていた。

軍官学校の日系学生と満系学生との戦闘が、極く限られた一部分の間ではあったが、話題にのぼっていた。

軍事部の首脳部は、関東軍司令部と、行動を共にしていたといわれていた。

皇帝は、飛行機で日本へ脱出しようとする寸前を、ソ連に捕らえられたといわれていた。

新京飛行隊司令部は、司令官、参謀長以下、南下の途中、四平街で武装解除をうけ、そのまま抑留された。

兵は、家郷に遁入すれば、日本の遁残兵のように発見される心配はない。一夜にして地方人の自由を獲得したのであろう。事実上の満軍は一夜にして地上から消えてしまった。日満共同防衛という言葉も、民族協和という言葉も、結局は日本人の空念仏にすぎなかったのである。

敗戦に際して、伝統と無敵を誇っていた日本陸軍の混乱ぶりを考えたなら、建軍わずかに七、八年の満州国軍の崩壊には、さして取り上げるほどの事件も生まれなかったのである。

「天下は一人の天下に非らず、すなわち天下の天下なり、天下の利を同じくするものはすなわち天下を得天下の利を擅（ほしいまま）にする者はすなわち天下を失う」

という言葉が思い出される。また、

「然（しか）く、万里（ばんり）雲色（うんしょく）に連なるといえども争（いかで）か及かん堯階（ぎょうかい）三尺の高きに」

という言葉が思い浮かぶ。

万里の長城の、あの壮大なる姿を見あきた日本人ではなかったか？　あの建設に対する不可解にも近い尨大な労費というものを、不思議に思う日はなかったのであろうか？　わびしげに雲色に連なるあの巨大な廃墟の教訓を、身にしみて思う人はなかったのであろうか。

長城も、堯階三尺の高さにおよばないということをとくに、ここ十年の日本は忘れはてていたのである。

一挙にして、この地上から姿を消して跡形もなかったのは満軍であった。延々として雲の向こうに消えている長城の廃墟と化した姿は、数百年にわたって、人間の野心の虚しさを無言で示していたのではないだろうか。

ソ軍に抑留され、或いは護送の途中の日系軍官で、旧満軍士兵の公安隊員や憲兵に改編されたものに救出された者もあった。収容中の日系軍官から家庭への連絡をこれらの旧士兵は、秘密に、かつ篤実につとめていた。日常の個人の愛情は、混乱のなかにも失われなかったのであろう。

武器よさらば

〔一九四五年八月末〕

昼のうちはまだ残暑で、汗ばむような日が続いたが、満州の八月末は、もう朝夕、肌に冷え冷えとする秋が感じられる。

組織的な規模の大きな暴徒は姿を消したかわりに、五人七人の集団強盗は町から消えなかった。終戦の混乱に、銃器が流れたためであろう。彼等は武器をもっていた。白昼、堂々と無人の野をゆくように侵入するものもあった。

夕方、陽が傾き出すと、あちらでも、こちらでも、銃声は絶えない。小さい戦闘を思わす程の銃声が朝まで続くのである。銃声は、翌年まで町から消えなかった。

春日町辺りの雑踏の町は別として、ちょっと人通りの少ない所では、よく身体検査が行なわれる。身体検査は正式の場合は少ない。目的は金や時計にあったらしい。正規の検査ではないことは、奪る方も、警邏兵やク・プ（カマンダンスキー・ポリス）の眼を極度に恐れて行なわれる。公安隊の、巻ゲートルで鉄砲をもった男たちまでやる。

それが真物の公安隊かどうか、日本人には判別できない。平和な日本内地でさえ、職務訊問に「警察手帳」を見せろと要求するものは極くまれである。まして、繋がれていない捕虜であると自分の境遇を諦めている日本人は、相手が正服である場合、その真偽を確かめる勇気もない。易々として物をとられ金を奪われる。家へ置けば、家への掠奪者を心配しなければならない。金や時計を罐に入れて埋めることが流行る。何十分以内に立ち退けという命令があれば、掘り出す機会を失う場合も少なくない。埋める場所は隣人にもみられてはならない。隠し場所を知ることも、知られることも、思わぬ迷惑を互いに蒙るからである。罐を出してみたら、何万円の紙幣が水を吸って、だんごになっていたという笑えぬ笑話が生まれたり、風呂の焚口に、オガクズと一緒に詰めておいたら、火をつけて焼いてしまったというナンセンスが生まれたりする。思い出は笑話であるが、当時は必死の業であった。

襖の裏を破って、その桟にしっかり詰めた紙幣の上からまた、裏を上手に貼っておくことが流行り出した。しかしこれも、一度どこかで見破られたならもう効力はない。奪る方と、奪られる方の知慧くらべである。こうした、シーソーゲームは間断なく続いていつ果てるとも分からなかった。


「なぜ私たちがこんな苦労をしなければならないの？」

と不快の声をあげるものがいる。

「戦争は軍隊がやったことだ。戦争がすんだあとまで、罪のない私たちが苦しめられるいわれはない」

「しかし」

もう一人は、したり顔でこの言葉を反駁（はんばく）するのである。

「日本は、南方でも、とくに、中国全土でこれに似たことをやって来た。軍隊に対してだけではない市民をやったのだ。だから仕方がない」

「といって、ソ連に対していったい何をやったのだ。罪のない地方人まで苦しめられるいわれはない」

「日本の軍隊――軍隊だけを日本人から切り離しては考えられまい。日本の軍隊のやったことは日本人のやったことだ。だから――」

そうかと言った顔で、戦後の被害をあきらめるのである。

ある場所では――日本軍の敗残兵らしい強盗が、日本人宅へ侵入して無抵抗の家族を縛り上げ、焼火箸を顔にあて、残虐な行為を加えたという。

「お前たちは、俺たち兵隊に冷酷だった」

それが理由であったという。民衆はいろいろな理由で苦しめられ、虐げられた。

「こんな惨めな思いをする戦争を誰が始めたのだ。勝ち目のない一六勝負に、一国の運命を賭けた奴は誰だ？」

「やり出したことも悪いが、もっと早くやめることができただろう。一年目ぐらいに仲裁か何か知らないが停戦の申し込みがあったというじゃあないか」

愚痴と議論が、あっちこっちでもぶつぶつとくすぶっていた。

「それにしても、命令一下、ほとんど小競り合いもなく武器をすてた軍隊なんて、日本ぐらいのものだろう、やっぱり、天皇御自身のお言葉には強い力がある」

「じゃあ、その力をもつ天皇がなぜ、戦争を始めることに賛成されたのだ。戦争を止める力のあった天皇が、戦争を始めることを押さえる力がなかったのか？」

「それは理窟だ。ああいう軍の専横無残なやり方を誰がとめられるものか。相手は恐ろしい武力をもっているのだ。敗戦に敗戦を重ね、軍も自信がなくなり、天皇も我身を忘れてお怒りになった。そこで、何もかも押しのけるようにして、降伏を受諾なさった……ああいう情況だったから、天皇にもお出来になったのだ。あそこまで行かなくてはああいう無法者どもはきき入れやしない」

伍長か兵長ぐらいの、若い世間も何も知らないものが、年長の学識経験も豊かな、未教育の老兵をおさえる言葉は、つねに、

「天皇の御命令」

であった。天皇の御命令をよく利用した彼らであってみれば、天皇の御命令で武器をすてよとあれば、いまさら、理窟をならべることもできなかったのかも知れない。

降伏とか、捕虜という不名誉は、日本の軍隊には禁句であった。その禁句を、天皇御自身が自ら口にされたのだから、司令官も、隊長も兵も、心から安堵したのだろう。待ちかねていたのかも知れない。

全戦域にわたって、無暴な部隊のなかったことだけは不幸中の幸いであったといわなければ

ばならない。日本軍隊が、有形に無形に、与えていた印象や影響というものは、そう、容易に拭い去ることはできない。日本人の顔をみる他国民の表情は、日本人への誤解、反感、憎悪、諸々の影響を語っていた。

終戦直後、蔣主席が放送した。

「暴に報ゆるに暴を以ってせず」

という君子の言葉が、日本人に大きい感銘を与えていた。

そのころ――。

奉天には、野戦司令官が去ったのであろうか。大広場の旧東拓ビルにはソ連軍衛戍司令部がおかれた。皮肉にも満州事変の時の関東軍司令部であった。スタンケヴッチ司令官、クラフチェンコ副司令が治安行政にあたっていた。日本流に報道関係は、新聞班長というのか報道部長と呼ぶのか知らないが、ニキタ－・コストリコフ少佐がその職にあった。

たびたび、「民会」の前、その他に布告がはられた。日本人の生命財産に危害を加えたものは厳重軍律によって処断するという意味であった。布告は一片の布告にしか過ぎなかった。

ソ軍総司令官はワシレフスキ－元帥であった。長春衛戍司令部は旧協和会中央部あとにおかれ、司令官はカルノフフ少将であった。新聞関係ワルドフ少佐（戦前日本駐在武官）であった。

新京は奉天よりやや早く「民会」ができた。「日本人会」と呼ばれた。奉天は「日本人居留民団」と呼ばれた。

部隊の武装解除は、二十日に完了した筈であるが、離れた地点にある官舎街や、官舎に残っていた将校連中の武装解除はそれからやや後であったらしい。

奉撫地区の航空司令官である野口中将は、部下に電話連絡して、
「自分が独り責任を負って行くから軍服を脱いで町へ入れ、幸福にくらせ」
といって軍装して連行されたという話が伝えられた。

奉天にある満州国軍の将校官舎は城内に近かった。二十二、三日にソ連軍司令部からの伝達があって、銃器、実包を差し出すようにとのことであった。ここは日系軍官の官舎で、家族と共に永年の居住者ばかりで、一見して軍の官舎という特別のにおいもしなかった。銃器といっても、個人々々の護身用の拳銃ぐらいのもので猟銃のようなものもなかった。各組に分けて台帳をつくり、拳銃は、形式、製造所、号数、番号などを控え、実包は、一号、二号、三号というように分類して、正確に、一発の弾丸も余さぬように整理して、指定の場所へとどけた。

その一両日前、場所が城内に近く、暴民乱入の心配があるからという理由で、すぐ向かい側に私宅を持つ、ソ連の少将か、大佐に連絡したところ、二号拳銃を四、五梃出してほしい、あとは警備に持っていていいという返事があったというので、厳重な通牒のあるまで、放ってあったらしい。ソ軍の命令は出所によって異なっていた。どれを信じていいかわからなか

ったのだ。

　その日の命令は相当に厳重な申し渡しがあったとみえ、官舎の内外はひどくあわてでみられた。軍刀は一まとめにして、事務室につみ重ねられてあったが、入って来る兵士が、面白半分に抜刀しておもちゃにするので、別命のあるまでと一ヵ所に保管してしまった。軍刀についでは、あまり神経質な命令はその後もなかったようである。

　この官舎には、三百人ぐらいの男がいた。将校の他に、他地方から避難して来たものを加えるともっと多くなるかも知れない。同じ一廓の中には商館の官舎と住宅があったが、すでに、若い男たちは召集を受けて、男は中年以上の人たちが少数住んでいた。

　もっとも、現地解除になったり、原隊を脱走して帰宅しているものもあった。町中と同じように、正門と裏門は厳重な木柵で防塞を築いてあった。

　兵営などもそうであるが、武装解除されて武器がないと知れると、暴徒の襲撃が必ずおこる。ここの人びとも、それが不安であったが、男が数百人いるということで、暴徒の襲撃らしいものもなかった。
　二、三度、夜にかけて裏門の方に気勢を挙げる声をきいたが、遂に、塀を乗り越えて乱入するまでには至らなかった。
　軍官舎の人たちと、会社側から、昼夜交替で正門や裏門を警備していたが、数人ずつの兵隊が入って来て、時計や鞄や靴を要求する。

　危険がって外へ出ない人たちには、春日町から霞町の方へかけて、露店が出ていて、戦争中、市中では見かけることのできなかった、ほんもののしるこ、コーヒー、天どん、親子などというような食べものが、ひしめきあっているという話を、羨ましそうにきいているのであった。

天どんや親子は、白米のぱりっとしたものが五円以下で食える。コーヒーやしるこも全部白い砂糖、あるいは昔の角砂糖であった。コーヒーも舶来の罐入りを売っていた。M・J・Bなどいくらでも手に入る。

コーヒーも、三円ぐらいでうまいのが呑める。しるこなど、ほんものの餅が入っている。一般には見かけなかった味の素は、大中小、罐入りでも小瓶でも手に入った。

関東軍が、兵隊の防寒用に使っていた毛糸のシャツ上下が、町に氾濫している。上下で四百円ぐらいで手に入る。

二十日すぎの掠奪物質は、春日町を中心の露店で堂々と売り出されている。砂糖一斤（中国斤、五百グラム）値段は二十円前後からはじまった。米は一斤三円前後から始まって、五、六十円になり、新米が出盛ってきて再び三、四十円ぐらいに戻って、またすぐ高くなり出した。大連は食料難が続いた。奉天では一番安い時代は、石油罐に一杯九十円から百円ぐらいであった。

満州国は、偽満州国となって地上から消えてしまったが、満州国中央銀行発行の紙幣は、依然町で信用を失っていなかった。満州国の紙幣に対する、日本人中国人の不安は深かったが、帰国まで通用していた。

ソ軍の軍票が町に出始めた。アートペーパーのように、光沢のある厚い札ではあるが、紙質があまりよくないのか、すぐ汚損した。出始めた頃、中国人の商人は余り喜んで受け取らなかったが、しばらくたつと、二種、旧満州国紙幣も、ソ軍軍票も、何の不安もなく併用されていた。

不便を感じていた、バター、食用油、ソース、醤油、マヨネーズ、ココア、リプトンの緑、黄箱の紅茶、チョコレート、純綿のタオル、手拭、毛糸、純毛のシャツ。何でもあった。

二十日すぐあとでは、大島の袷が十五円ぐらいでぶら下がっていたが、買手はなかった。純毛のセビロ、オーヴア、シューヴア、昔の持ち主が、思わぬところで愛用の品に再会することなどもある。またとられるかも知れないが金さえ出せば戻ってくる。

長靴、短靴、鞄、革製品も、続々と出て来た。国防色のものは、製品になっているものは安かった。

日がたつに従って、チェッコ切子の鉢や、ベリーセットが、高価な蒔絵の重箱、食器類が二足三文で並んでいた。これは、段々持っているものを売り喰いする人々の手から、町に出始めたのであろう。

漆器類は、中国人が喜ばないとみえ、高くは売れなかった。竹の子組も、堂々と、自分で露店に交じって営業所を開いていた。奉天在住の日本人は、一番深い在満の歴史があったものか、持ち物も贅沢で高価なものが多かったが、物の高値は甚だしく転倒していた。

ただ町を歩いていると、使役に拉致される場合がある。帰って来るものもあれば、そのまま、帰らないものもある。だから、官舎の男たちも、春日町を羨やみながらめったに外出はしない。

めったに外出しなかったこの官舎の男たちが、根こそぎ外出を強要される事件がおこった。

満州国なんて無くなってしまったのであり、偽満州国の偽軍隊だから、俺たちは、日本軍と同じような扱いは受けない。そう希望的観測に楽観していた人びとの寝込みを襲って、軍官舎に住む男子は、全部、庭へ集結しろという命令とともに、ソ軍、公安隊、憲兵団の包囲を受けたのは、午前六時前のことだった。庭に集まった男たちはほとんど薄い満服姿だった。八月末の午前六時という時間はもううすら寒い。肌には秋の感触がつよい。家宅捜索をする。寝巻のまま男は全部、戸外の庭の諸方に集められた。

家族は、そのまま家屋内に居残っていていい。家族は夫や親を、男たちは家族を、たがいに心配しあう不安の色が濃かったが、自動小銃や軽機、小銃で囲まれているので、話しあうこともできない。

各組に分かれて並べられた、中年の将校たちの前には、中国人の将校がたって、挙手の礼も正しく、

「只今から身体検査並びに家宅捜索をいたします、終わり」

と言い、簡単な身体検査が終わると、そのまま原位置の側に待機させられた。

家宅捜査は、非常に長く手間取っている家と、簡単にすむところとあった。居住者の名簿と、現在人員とが甚だしく相違していた。ソ軍将校には、それが非常に不審であったらしく、何度も何度も疎開者や地方人が、大勢ここへ入っている旨を通訳しているが、その意味が呑み込めないらしい。

家宅捜査が終わると、裏門の方から全員、何処ともなく連行されてしまった。すぐ帰す、そういいながら遂に帰っては来なかった。シベリアへ帰ったのだ。官舎側には男気はなくな

った。

警備は商館でやることになったが、これも数日たつと、兵役に関係のあったものは全部朝日警察へ出頭しろという命令を受け、出頭したものは帰ってこなかった。

警察官出身のもの、憲兵出身のもの、この方の検索は厳重だった。除隊兵調べも行なわれた。使役も絶えなかった。

一日一日の不安な状態は、流言蜚語を生んだ。自分の現在の状態をもっとも悪く思い込むのは人情である。誰も彼も自分だけが不幸で恐怖に取り包まれているのだとしか思えない。岡村軍司令官麾下の日本軍は、そのまま国府軍に改編、白崇禧将軍の指揮下に入って治安維持に任じている。親日的な閻錫山将軍の勢力下にある日本人は実に不安のない生活を続けている。

そういう風説は、どこから入ってくるのか知らないが、さらにはそれは、蔣主席の命を受けた岡村大将が、旧日本軍を率いて満州に入ってくる、というような流言蜚語まで生み、それが、まことしやかに考えられ、八路軍（中共）が、奉天市内を通過するたびに、中国服を着た日本人の兵隊がいるに違いないと、真剣になって見に出掛けて行くものさえあった。

満州だけが、こんなに不幸で惨めなのだという考えが日本人の胸から去らなかったからであろう。また、事実満州だけが、想像を絶して不幸と恐怖の連続だった。

が、八路と呼んだ中共軍に対する認識は全然欠けていたといっていい。八路の指導者の日本人岡野という共産党員が奉天へ入ってきて、日本人を苦しめているという風説が飛んでいた。

中共軍には階級は無い筈である。人びとは岡野大将と呼んで、まだ見ぬこの覆面の人物に怖れを抱いていた。悪霊のように怖れ戦いていたのだ。

共産党の野坂参三が岡野進であるということを知っているものは少なかった。

そんな風説は、すぐ沸きたって、すぐ消えていった。新しい噂やデマが、一週間前、十日前の流言を消してゆくのであった。

吉林で元大村満鉄総裁が殺され、旧満軍王第二軍管区司令官が銃殺されたという噂が飛んだ。

奉天の鉄西で、満蒙毛織の椎名義雄社長が悲惨な横死を遂げたという風聞が伝わって来た。満蒙毛織は本社も奉天工場も鉄西興亜街にあった。営業所を新京、奉天、哈爾浜、大連、天津、北京、石門、済南、大原、張家口、厚和に、出張所を済々哈爾、錦州、佳木斯、海々拉爾、大同、包頭に持っていた。毛糸、毛織物、その他の毛製品の製造、羊毛、獣毛、獣皮の販売会社であった。掠奪にあったこの一社だけの製品でも小さい数とはいえなかったであろう。

朝早い町には、時々死骸が投げ出されたままになっている。満服を着た日本人や、中国人などの死体があった。この転がっている一個の死体にも「歴史」があったろう。「思想」も「恋愛」もあったに違いない。ハムレットのあの墓掘りの場が思い出されてくる。

現代くらい人間の「生命」が粗末に取り扱われている時代は少ないような気がする。一個の生命はもっと尊ばれなければならない。

戦争の惨禍を、再び地上に繰り返してはならないと思う。戦争のあとにさえ、まだ生々しい血まみれの死骸が転がっているのだ。

夕闇が濃くたれこめると、人びとはあの厭なトラックの響におののくのであった。自分の家の近くに止まる自動車やトラックの音をきくと、一瞬、心臓の止まる思いであった。暮れ果てた深夜の町を駛る自動車の響が、自家の付近を走りすぎるまで恐怖と不安に包まれてしまうのだ。近くに止まる車の響をきくと、女は天井裏や床下へ隠れなければならなかった。男はどんな恐ろしい運命に見舞われるか分からなかった。

口笛の……音

戸を叩く音。

銃声……。

そして自動車の轍の音。

戦後の満州に生きた人びとの耳朶から長くあのいやな音が去らなかった。日本へ帰って後も、それはながく、夢寐の間にも脅かす恐怖の思い出となっていた。

襲われる軍官舎

〔一九四五年九月〕

旧満州国軍将校官舎は城内への入口といっていい場所にあった。鉄筋コンクリートで、往還に面した一棟は四階建て、あとの四棟は二階建てであった。

男全部を連行されてしまったこの官舎は、居住者は女子供ばかりといってよかった。たまたま連行をまぬがれた数名と、隣接の大新洋行に残っている家族と、これも兵籍に関係があって連れ去られたあとに、七、八名の男が残っているきりである。

城内に近いということ、建物が立派であるという点で、八路軍の将校が、一角を貸して貰いたいと申し出た。残っていたある少将の妻君がこの申し出を断わったのである。すると、一人が、

「どうして貸さないのですか、ここは男もいなくなって余り危険でないとは言えない。八路

の将兵に入ってもらったら逆に安全じゃあないか」

　また、一人は、

「ここは軍官舎だから接収する。三十分以内に立ち退けといわれたらどうするのです」

　と抗議すると、妻君連中は、あとの一人に対して、露骨に疎開者の癖にという表情を示して、パーロなんか厭よ、と言いすてた。八路に対する反感と憎悪はこの人びとにしみついていたのだ。

　そういいながらも、接収という言葉と、三十分以内立ち退きということは決して無いことではないと気づくと、さらに新しい不安が増して来た。

　小人数になっている家は固まろう。二、三軒明けようということにして、代表の男が将校を追っかけて、家を提供する旨を叮嚀に話したのであるが、

「有難う、他を当たってみて無かったら、よろしく頼む」

　と立ち去ってしまった。官舎内のこういう事件は、女が中心になっているために、なかなかまとまり難くなっていた。小さい争いが絶えず起こった。

　まだ、軍人の妻であるという意識が、旧部下という観念で若い将校を引きつけておきたかったらしい。若い将校も上官の奥さんという意識から抜けられないらしかった。男気がなく不安であるということもあるが、必要な町への使いに便利だからである。

　時々、連行された夫たちから通信がある。もちろんこれは公式のものではなく、中国人の看守兵が連絡するのだった。そういう中にも満軍の旧部下が大勢居たらしい。

　一足先にウラジオ経由で帰国する、無事に帰るように、などという連絡は、とくに家族を

不安に陥し入れるのだった。彼らはまだ第二監獄に収容されていて、北陸の収容所へは移されていなかったのだ。

こうした間にも、小さい事件は毎日続いていて、物をだんだん失っていっていた。

翌日十時頃、官舎の全員を顫えあがらす事件が勃発した。多数の八路の兵隊に囲まれた官舎は、機銃と小銃の猛烈な銃撃を蒙った。銃撃は、相当ながく続き、発砲しながら四方から侵入して来た部隊は、何の抵抗もないことが分かると、一軒一軒家宅捜索を始めた。

女手だけの家を見て廻ろうとした若い二人の元中尉が、いきなり銃床で頭部を殴られ、血まみれになって、治療室へ駈け込んだ。

残っていた元軍医少尉の注意もきかず、一人は包帯をさせた。真新しい包帯にたちまち血が滲んで、凄愴の気にみちた。一人は、血止めをつけ絆創膏を貼って手で押さえたままその室を出なかった。

家宅捜査は厳重に続けられた。抵抗したとの疑いをうけて、包帯の一人はそのまま外に連れ出され、中庭の立木に縛られていた。包帯のまま、廊下を歩いていたところを捕らえられたのである。六、七人の男たちが、同じように連れさられて立木に縛られていた。

家宅捜査には、ソ連兵も交じっていた。一人の老ソ連兵は、相棒が乱暴したり、時計などを奪ろうとすると、抱きすくめるようにして、室々から連れ出すのだった。

午後遅くまでかかった家宅捜索に武器は遂に出なかったともいい、連行された男の室から拳銃が出たともいわれていた。

略奪も行なわれた。呼笛が鳴ると、兵隊の総員は、庭へ集められた。女子供、そして残っている男たち、官舎の方も大新洋行の方も、全部、下の庭へ呼び集められた。

二階から、軽機が、その集められた男女の方に向けられていた。殺されるのだ、誰も彼もそう思った。生きた心持ちはしなかった。兵隊の多数のものは、手に、手に、室から持ち出したトランクや長靴を下げていた。何も持っていない兵隊もいた。

指導者なのであろう、若く、眼の鋭い一人が日本人の前にたった。服装が余り違わないので区別がつかない。彼は達者な日本語で、

「皆さん！」

と呼びかけた。余り達者な日本語なので、皆はびっくりして日本人かと思い、改めて彼を見直した。八路軍に、日本人が大勢入っているという噂は、単なる風説とばかりはいえなかったからだ。だが、よく見れば日本人ではない。彼は言葉をつぐと、

「皆さん！　御迷惑をかけて済みませんでした。どうか心配なさらないでいただきたい。少し行き違いがあって御心配かけたようですが、銃器の捜査が目的であって、他意はありません」

そう言い終えると、彼は、並んでいる兵隊に向かって、怒鳴るような声で叫んだ。もちろん、それは中国語ではあったが、

「諸君は、東北人民解放軍の戦士ではないか。われわれは無辜の人民を解放し保護する目的で戦っているのだ。ここは軍の官舎であったが故に武器の捜査をするのが目的である。この官舎に住む人びとは、たとえ軍人の家族でも、軍人そのものではない。諸君の中には、この地で、われわれ人民解放軍に参加したものもあるからであろう。われわれに掠奪ということ

は絶対にない。善良な民衆の住宅から銃器以外のものを持ち出すのはとりも直さず掠奪行為だ。八路軍の軍規は厳正である。再び、諸君が今日の過りを繰り返すなら厳重に処罰する」

　そういう意味の言葉を憤然たる態度で言い終わった彼は、

「諸君が過って持ち出して来た品物を全てそこへ置き給え」

　と命じ、兵隊がトランクや、長靴をそこへ置くと、彼は、兵を引率して去っていった。

　皆くたくたに疲れきっていた。疲れきっていた彼らに、今日の事件は、複雑な印象を与えていた。昨日、家を貸さなかったのが原因であるというものもあったが、昨日の事件とは何の関連もないらしかった。むしろ、銃撃を蒙る直前の事件の方が、今日の直接の原因であったように思われる。

　それは、この官舎に住む一人が、マロアンから馬車に乗って帰って来た。いつも二十円の行程なので二十円やると、百円くれという。押し問答をしていたが、自分たちの立場、今の時代を考えると面倒になって、待っていてくれ、ちょっと金をとってくると、四階へ金をとりに帰り、ちょうど、細かいものが五十円ほど不足していたので釣をとるのも厭だと考えて、隣室で借りて下りてゆくと、表はいっぱいの兵に囲まれている。

　隊長を出せ！　隊長を出せ！　という言葉に、危険だと感じた彼は、くぐりから身を翻し、なかへ逃げ込んでしまった。

　すると、猛然と、機銃が鳴り出したというのである。結局、軍の官舎であったということ、相当な武器もかくされているのではないかという疑い、それに、鉄筋であるから、挑弾を反撃と誤解して、あれほどの猛撃を受けたのではないかということにおちついた。

また、男手が六、七人減った。その中には、どういう誤解からか十六歳になる中学生が一人いっしょに連れ去られてしまったが、遂に彼は帰って来なかった。

　この人びとも第二監獄へ収容されたらしい。ずっと後に北陵に移され、包帯を巻いたあの青年は後に北陵で、一隊を指揮してソ連へ送られたということである。

　この事件を契機に、この官舎は連日掠奪に見舞われるようになった。外廓の塀も破れ、荒れ果てて廃墟のようになっていった。

　その夜、通訳の韓人に案内されて入って来た二人の自動小銃をもつ兵は、持ちきれないほどの物を奪ると、女に対する慾望を遂げようとした。人々の怖れていたことが、目のあたり起こって来たのだ。物はいくら奪られても、それだけはまぬがれたかった。

　一番怖ろしい危難も、朝日警察にいるという黄という保安隊員ら二名に助けられた。連絡で駈けつけたク・プも一緒になって掠奪行為に加わった。残された女たちの不安は一刻一刻と増大するばかりだった。

　何軒かがかたまって住み、次第に空家がふえていった。最後まで、夫のいたこの官舎を守るのだといった人びとも、一人去り、二人去り、町の中へ縁故をたどって去っていった。

　ここは長く住む場所ではなかった。もっと早く、町の安全な場所へ移るべきであったのだ。ここに住む人びとは、過去の住居と過去の生活に断ちきれない未練をもっていた。やがて空家は増えていったが、廃墟のように荒れ果てた空家は、襖や障子、畳まで失くなっていった。まるで彼女たちの大切に持ち続けていた虚勢の皮が一枚一枚剝ぎ取られていくように……。

奉天衛戍(えいじゅ)司令部

〔一九四五年八月――翌年二月〕

奉天衛戍司令官はスタンケヴッチ少将、副司令官はクラフチェンコ中佐であった。司令部は、大広場の旧東拓ビルにあった。

ヤマト・ホテルはソ軍高官の宿舎になっていた。三井ビルは反ソ犯の恐るべき牢獄だった。市内の端れには、戦車隊や航空隊が駐屯していたらしい。中共軍は、市中に入らなかった。ソ軍の駐屯中は、たいてい、市外何キロかの地点に駐屯することになっていたようである。

平安広場の角の明治ビルには、日本人居留民会が発足していた。奉天へ集まって来る多数の日本人の生活や指針を、ここは、衛戍司令部の指示を受けて指導しなければならなかった。戸籍も新しく作らなければならない。出生や、死亡の記録もとらなければならなかった。少なくとも、日本人の一番多く集結している「民会」の仕事は多忙を極めていた。

住む家のない人びとに、安住の地を与えなければならなかった。すぐ冬に向かう。着のみ着のままでここへ逃れて来た人びとに、寝具や、衣服の心配もしなければならなかった。経済専門家の観測では、この年十一月の末になれば日本人の手持ちの金は、全然無くなって、生活難で餓死者を大勢出すという。各地区に医者を指定しなければならない。時間を定めて、その日、その日の連絡事項を、各町の民会分会の連絡員に伝える仕事もある。ラジオを出せという指令があった。日本人は全部供出した。タイプも出した。しかし、後々まで民会に、これらはうず高く積まれ埃にまみれて放り出してあった。

衣類、寝具の供出は、絶えず各分所へ通達しなければならなかった。日がたつに従って、ますます程度のひどい避難者は増加するばかりであったから、彼らに生活を与えなければならない。

奉天へ、奉天へ——日本人の一番多く住むところへ、北満や、東満から歩きつづけて、まるで故郷へ帰るような気持ちで着く人びとの姿は、惨めで見ていられなかった。

開拓地をたった時は、九百人であったという人びとが民会の前で点呼をとってみると、百人よりずっと少なくなっているのである。そのほとんどは、途中で無残に殺されたり、栄養失調になった子供を殺したり、言いようのない苦難に苦難を重ねてわずかずつ生き残った人がここへ辿りつくのである。

親が手をかけるのに忍びず、団長が殺したというような悲惨な話も伝えられている。

人びとは、人間と思えないほど汚い。臭気で傍へよれないのだ。虱の巣である。虱は発疹チブスの媒介をやる。それが一番おそろしいことだった。もちろん履物などはいていない。

泥と汗と脂で、象の足の裏のように真っ黒になった足は、頑丈な靴ほどに強靱になっている。

現地除隊兵の調べもある。民間に流れた武器の回収の責任も民会にあった。民会のほかに公認団体ともいうべきものが今一つあった。ここに集まった地元の芸能人や、関東軍慰問で行き場を失ってこの地に残った芸能人などが、遼寧芸術倶楽部というものをつくっていた。文化座も、しばらく足をとめていたが、また新京へ戻った。

クラブは後に、芸術協会と改称した。クラフチェンコ副司令官が、非常な芸術愛好家であったということは、他の地区よりも奉天が一番幸福だったといえよう。市内に住居をもたぬもののために瀋陽館三分の二の提供をうけた。瀋陽館は建国当初から有名な、ヤマト・ホテルと同格の一流旅館であった。接収の心配のない、しかも高度な宿舎を芸術家は与えられたのである。他の三分の一は、ソ連軍の法務官の宿舎になっていて、少佐と上級大尉が住んでいた。

玄関には哨兵（チャサボイ）が昼夜交替で立ち、門前には赤旗がはためいていた。芸術協会の会長は、旧満州映画協会吉田奉天支所長がなっていた。吉本というロシア語の達者な顧問が、渉外政治交渉をやっていた。

これが日本人の住んでいる奉天中で唯一の安全な住居だった。ここに集まった芸能人は、ソ軍慰問、公式の宴会の音楽伴奏のほかに、市内の、南座、平安座、銀映などを経営した。比較的生活も豊かであり、服装も仕事の関係で、見苦しくない普通程度のものであった。

町は、普通以下の服装である。女は断髪し、顔にすみをぬったり、絆創膏をはったりしている時であった。男も背広をきちんと着ているなどというものは極くまれであった。

そうした対比は、いろいろの非難や嫉妬を生んでいった。

劇場公演は五円ぐらいの入場料から始まった。検閲は、舞台稽古の日、クラフチェンコ副司令官が大抵の場合立ち会った。ほとんど無条件パスであり、思想に関しては何の指示もなかった。

芸術協会は、芸術学院を創立し、雑誌を出すように副司令官から指令があった。学院は、速成科をまず創って、演芸部、音楽部（器楽、声楽）、舞踊部等を公募して開校することになった。

雑誌は「新芸術」を創刊した。速成科と雑誌の責任者は安野文学部長が担当した。会員は身分を保護された。証明書には、使役その他を免除されることが記されていた。六時から戒厳令下に入るのであるが、夜間通行の場合も、通行証なり、危険の場合は護衛兵がついた。

劇場収入は一切協会の費用に当てられた。寒さに向かえば、副司令官の好意で石炭の支給もあった。これは日本人として特例であって、町の人びとは不幸と不安続きであったのだ。除隊兵調べに際しても除外され、最後の時には、十何名かの北陵行き有資格者（？）に対して、副司令官は、スタンケヴッチ司令官の許可を得て全員を免除した。

そういう意味でも、ここだけは別天地であったのだ。しかし、町の不安は消えていなかった。集団強盗の凶悪な殺人も多かった。

日本人の容疑者を解放するといって、警察署を襲撃したという高砂隊事件と呼ばれる血腥い事件なども起こった。

愚劣な少数の日本人のために、大勢が困難な立場に陥入ることがあった。兵隊に毒酒を飲ませたというので、その辺一帯が立ち退きを命じられたというような話も伝えられた。

「何だ？　こんな所で呑気に、君のところへうどん食いに行ったら休んでいるじゃないか」

喫茶店の中で、一人の男がこういって話しかけている。

「うん……」

一人はひどく沈んだ調子で返事をする。

「店の女が殺されたので、何もかもすっかり厭気がさして止めたよ」

「殺された？　誰に？」

「酔っぱらいの兵隊に……、銃声が店の側でしたんで飛んで行ってみたら、呑気に俯せになって昼寝している。俺は寝ているんだと思って肩を押したら額を射たれて一発で死んでいる。肩を押した拍子に、そこへ倒れた時には飛び上がったよ。まさか店の女が射たれたとは思わなかった。二発目はうしろの壁をぶち抜いて、あそこの親父の耳を掠めたんだそうだ。俺は何をするのも厭になってね……」

「そりゃあ、そうだろう……そうだったのか」

「せっかく北満から無事にやって来て、皆を食わせなけりゃならんので、屋台を出しゃあ、これなんだ……」

「よく売れていたのにな、そいで、その兵隊は捕まったのか？」

「俺が行ったときには、影もみえないんだよ、見た連中が言ってくれたが。訴えたってねえ……」

「あそこの横丁は複雑だからな……」

そんな会話が、時々囁くように語られた。

ある町角では、中国人の露店商人の商品をとっている現場を発見された一人の兵士が、将校に拳銃の乱射を浴びながら、脱兎のように逃走するといった場面もみられた。

北陸へ連れ去られた人びとの間から、病人が帰宅を許されたことがあった。その裏面にはこんな話があるのだと伝えられている。

ある日本軍の中佐が、そこの収容所長に対して、

「町の悲惨な日本人の姿を見て貰いたい、小さな子供や、夫を失った女たちが、行商したり労働してなお生きられない姿を――健康なものはいいとして、ぜひ病人だけは帰宅を許してやって貰いたい。家族はどんなに心配しているかも知れないのだから……」

その収容所長は、お前と一緒に町を視察しよう、そういって自動車に乗り、各日本人町を視察した後、しばらくして、病人が帰されたのだという。

護送の途中で、旧満軍の部下が逃してくれたという旧満軍の日系将校などもいた。

ソ軍の将兵を中国民衆はターピーズ（大鼻）といって余り好いていないように思えた。ソ連兵の方も、中国人に余り好意をもっていないようである。キタイスキー、ニイハラショだ。

芸術協会も、法務官という特殊な人びとと同居していたためばかりではなかろうが、どういうものか守備兵は、日本人に自由で、中国人の出入に対しては厳しかった。

芸術協会から吉本顧問が失踪してしまった。検束されたらしいということで、司令部へも度々連絡を出してみるのだったが、真相は遂に摑めなかった。銃殺されたとも生きていると

もいう。

何処にいるのか？　何のためなのか一切が分からなかった。副司令官も何も語らなかった。ただ、「俺にもどうにもならないのだ」という以外は。日がたっても、全然原因も結果も分からない。時々、吉本の家族の面倒をみてやってくれといって、物質的な援助を与える副司令官であったという。消息は誰にも分からなかった。

築地小劇場にいた三浦洋平が、革命記念日にチェホフの「熊」を演った。見事な演技だった。この三浦が、安東飛行隊三浦中尉という容疑で、城内方面の某所へ連行されたまま、十何日帰って来ない事件が起こった。

帰って来ると、終戦直後、落下傘で降下、飛行機及び飛行機材を焼却逃走した容疑であったといっていた。寿命が十年は縮んだというが、それは誇張ではなかったに違いない。「明日、汝の安東での同僚何々中尉が汝を三浦中尉と確認したら」銃殺の手真似をして汝はポンであると宣言された時は、一晩寝られなかったという。「熊」の洋平を副司令官も知っていたので証明がついたのかも知れない。その三浦も引き揚げの始まる頃失踪して、未だにその消息を絶ったままである。

「俺はこの通りはいやだよ。遠廻りでも、町の方へ出よう……」

「大丈夫だ。君は芸術協会の腕章を巻いているじゃないか」

巻いていない方は、芸術協会の腕章がどのくらい効果があるかためしてみるのもいい機会じゃないか――といった顔である。その道には兵舎があり、うっかり通ると使役にひっぱられる。だから他の道を廻ろうというのである。腕章の無い方は航空隊の中佐参謀であった。もっとも、その道を通るのと迂廻するのでは時間にしたら三、四十分以上、どうかして繁華街、繁華街と通って行けば、小一時間余分にみなければならない。

「だからいわないことじゃない、やってるよ。満人が一人捕まっているじゃないか」

なるほど遠くから見ると、ソ連軍の兵舎の前には一人のソ連兵が、一人の満服の通行人を傍に立たせてこっちを見ている。逃げようか。大丈夫だ、大丈夫だと言っていた方が怖じ気づいて来た。

だが、いまさら逃げる訳にはいかない。背を向けて、自動小銃で乱射でもされてはたまらない。運を天に任せて通ろう。なるべく広い通りの反対側を歩きながら、できるだけそっちを見ないようにして足早に通り過ぎようとすると、ピュッ！　口笛がなって止められてしまった。

腕章のない一人は、友人の妻君にやる着物と長襦袢をもっているのだ。妻君から妻君への贈り物である。腕章の方が一歩先に出てソ連の衛兵の前へたった。お互いに言葉は通じない。使役の目的は分からないが、通行人をもって集めなければならなかったのだろう。先に立っている一人は仲間が増えたというような、力強さを示す表情である。

腕章をつけた方は、包みをもった友人を後にして、左腕の腕章を示すと、下手くそな発音で「アルチスト……コマンダ……ヤポンスキー・アルチスト……」を連発してみる。衛兵は逞しい腕で、腕章の左腕を握り、ロシア文字を読んでいる。ソ軍司令部の日本人芸術家である。

「おお、ヤポンスキー・アルチスト！」

衛兵は好意にみちた微笑を浮かべ、ハラショ！　ハラショ！　と言い、手で帰っていいと示してみせる。

言葉が通じないのだし、今一人は臨時に舞台の裏方に入ったばかりで、腕章も証明書も持っていない。腕章の方は、早口に、その赤い長襦袢を羽織って、何でもいいから踊ってみせろと囁いておいて、さて、衛兵の方に向かい、友人を指して、「ヤポンスキー・アルチスト……」と繰り返すのであった。彼は、腕章の方を信じて、腕章のない相棒がヤポンスキー・アルチストとは信じられない、という表情をしている。相棒も、今は必死である。包を開けて、真っ赤の長襦袢を出すと、肩にひっかけ、奇妙な、私のラヴアさん、南洋じゃ美人……奇怪なるダンスをはじめた。衛兵は大喜びである。

オーチン・ハラショ！　オーチン・ハラショ！

分かった、分かった、帰ってよい。とまた手振りで示すと、ポケットからキャラメルを三つ四つ摑み出して手に握らせ、親愛の情をこめた握手をして、ハラショ、ハラショ……と言いつづけている。二人は大急ぎで危地を脱した気持ちだ。長居は無用、足早にそこを離れようとすると、今まで立っていた満服の男は、満人ではなく、哀しげな日本語で、

「旦那！　旦那！　わしもついでに助けて下さいよ」

と叫ぶ、私のラヴアさんは大いに気をよくしていたらしい。黙ってくっついて来いよ……といったものである。満服は喜んで、後につづこうとするのを、衛兵の大きな怒声とともにしっかりと腕を摑まれてしまった。

劇場に入るいかなるソ連兵も、例外なく紳士であった。ほとんど大半は脱帽する。ソ連では、劇場は学校と同じく神聖な場所であるといっている。

　中国の劇場内は、果実の種を噛り、唾をはき、南京豆の皮をあっちにもこっちにも撒き散らす。在満日本人にも、いつかその癖が染まっていた。劇場の入口などが汚れていると、ソ連兵のある者は、劇場のものを摑まえて、清潔に掃けと注意する時があった。


　使役を免がれた例の腕章は、協会の幹部で先生と呼ばれていた。危難をまぬがれて二人で劇場へ入ってゆくと、何となく騒がしいのである。

　たった今大騒ぎがあった。身の丈抜群の一人のソ連兵が、ラインダンスが始まっている舞台へ飛び出して行った。そして、手を振り、足をあげて踊り出したのである。踊っていた女の子は驚いて舞台の上手、下手へ散ってしまった。バンドを止めると機嫌が悪い。観客は大喜びである。この飛び入りの珍芸にはソ連兵の客も声をかける。裏では仕方なく、通訳が、近所の屯所へかけつけて行った。

「ソ連の女将校って凄いわよ！　先生、とても威風堂々よ」

　という。駈けつけたのは女将校が二人であったが、舞台の袖のところから、踊っている兵隊に向かって、こっちへ来いと怒鳴る。彼は上衣を脱いで上半身を裸にして踊っている。

　女将校は拳銃を向けて、来なければ射つぞ！　と身構えをする。彼は、俺は武功章に輝く勇士だ——と胸をそらしながら、仕方なく上官のところへやって来た。幕は一応おろしてあった。

何故こんなことをした――と女将校は厳然としてたずねた。俺はここの支配人に許可を得た。パパがいいといったから出演したのだと、何といってもきき入れない。

押し問答の末、どうやら分かったことは、昨日舞台が終わってから、この舞台の上で、この支配人――彼はそう信じている――に会った。明日一時、俺は非番だから、ここへ出演していいかと尋ねたら、オーチン・ハラショと答えた。だから出たのだが、何が悪い。

結局、一応、屯所まで来いということになって、両腕を女将校に摑まれながら、去っていった。

腕章先生はちょっと心配になった。あの人の良い兵隊は大丈夫かねと女の子に訊く。大丈夫よきっと、将校も笑っていたし、それに兵隊さんも少々酔っていたらしい。別に悪いことした訳じゃないんですもの。

腕章先生にだけ思いあたることがある。そういえば昨日舞台がはねてから、一人の長身の軍曹か伍長かが、彼をつかまえて話し出した。分かる言葉はモスクワと、オーチン・ハラショとニイ・ハラショだけだった。彼は、舞台の上に、太い指で長い一本の線をひく真似をする。そして、その線の上を手を拡げて危なかしい足つきで歩く真似をする。ははあ、綱渡りのことだなと分かった。そして、モスクワ、と言う。

その後で、オーチン・ハラショか、ニイハラショかときく。モスクワで俺は綱渡りの名人だった。どうだ上手か下手か、と腕章先生は解釈した。もちろん、オーチン・ハラショと答えるべきである。ただ腑におちなかったのは、彼の左手を摑えて、話の最中に、腕時計の字盤を指して何かいった。彼らは、芸術家と劇場では紳士である。戸外で腕を摑まれて、腕時計などみられたなら、誰も彼も神経質に手を引っ込めるにきまっていた。

　安全な芸術家であり、劇場内のことである。腕を振って踊る真似をしながら、オーチン・ハラショかニイ・ハラショかと訊かれたのだから、オーチン・ハラショと答えたのである。時間のことだとは考えなかった。

　前後を考えあわせてみると、明日何時、俺はこの舞台へたってもいいか、いけないかという質問であったらしい。腕章先生は、モスクワで綱渡りをやっていた俺のこの芸はうまいか下手かときかれたのだと解釈した。

　たった一語のオーチン・ハラショは、思わぬ波瀾を捲起してしまった。どうか無事に叱られないですんでくれと祈りながら、腕章先生は、とうとう誰にも、昨日のハラショ事件の真相は語らなかった。


　瀋陽館の一号館には、少佐と大尉級数人が住んでいた。ビーゼムスキーという老上級大尉がいた。品のよい小柄の人でフランス語も巧みだった。同じ屋根の下にいる、日本人の芸術家たちの生活に常に同情をもっていたのだ。

　老大尉は、通訳に部厚な新聞紙につつんだ紙幣束を渡し、貧しい芸術家たちが何か暖かいものでもたべるようにと申し出た。通訳は泣いて好意を感謝し、生活に困窮している町の避難民にくらべここは極楽である。どうか、できるならそういう人びとを救けて頂きたい。御好意だけを有難く頂くといって固辞した。ではそうしよう。決して君を侮辱したのではない、といって、紙幣束を受け取った。

一度慰問しようと劇場へ誘った。老大尉はこっそり外へ出ると、百円札を切符売り場へ差し入れて知らぬ顔で席に戻っていた。入場料は五円のころであった。

老大尉が一緒なら若い女の子たちもどこへでも同席した。彼は、そこに住む芸能人たちを息子や娘のように慈(いつく)しんだ。

美しい花は、戦場でも戦禍の街の廃墟のうちにも美しく咲く。彼の暖かさは、傷ついて卑屈になっている人たちの心に深い思い遣りをもっていた。強制も意見もしなかった。平和と自由の中に新しい道を見出すようにいつも激励してくれた。部下に対しても誰に向かってもいつも微笑を浮かべて大きい声を出したことがなかった。衛兵も日本人も、パパ、パパと呼んでいた。

個人としてのソ連兵は、素朴で親しみのもてるものもあった。例外なく子供を愛した。公務についているような時でも幼い子を抱いた母が通ると、抱かせてくれとせがむほど子供好きだった。ある欲情を抱いて乱入した兵隊が、子供をしっかり膝にだいている母に対しては、手出しをしないで帰ることさえあった。幼い子供をもつ若い母は、そんな場合安全だった。

酒を飲むと恐ろしいほど人間が変わる。上の命令をそのまま鵜呑みにしていて、真実を知らなかったのかどうか分からないが、

「よかった、よかった、お前は日本へ帰ることができる」

そう言われて、帰国を信じたまま、多くの日本人はシベリヤへ連れ去られた。ウラジオ経由で一足先に帰国する——と家族に伝言した将校たちも、ほんとうにそれを信じ込んでいたに違いない。公人としての約束は多く守られなかった。嘘が多かった。

一挙に二十五年、満州を昔に引き戻してしまったといわれている撤収は、真実であったらしい。近代施設や、公共設備はことごとく持ち去られたというリーダース・ダイジェストのメリー・ナイト「中国の赤い領域」は誇張の言とはいえないであろう。

地の果てに立つ

〔一九四五年八月〕

戦争とはかくも無残なものなのだ。

わけてもブリッツ・クリークは、戦場にあっては一物をも余(あま)さない。戦争の形態の変化は戦場の心理をも残酷に変化させるのであろうか？　前大戦の物語――にはまだ「大いなる幻影」のヒューマニズムが残っていた。

近代戦は、戦うものも戦わないものも一様にその過酷な渦巻の中に叩き込む。純真で神のように尊く美しい幼い生命さえどのくらい喪われたことであろう？

敗戦の後に、武装解除の直後に、必ず暴民の蜂起があった。それは戦争自身と同じくらいの恐怖をもって、国境に近い街の人びとや、開拓地の人びとを襲ったのだ。

この危急を逃れるために、それらの多くの人びとは、東満や、北満の国境地帯から着のみ着のままの姿で、徒歩で逃れなければならなかった。

平時でも治安の悪い地帯もあった。まして日本敗戦の報は、永年の感情の鬱積もあって、荒野から荒野へ、森林や河川を越えて逃れる人びとの身にとっては並大抵のものではなかった。

食料をもっているわけではない。昼は高粱畑から高粱畑へ、身を沈めながら物音をたてないように逃れなければならない。ナマの高粱は食料の最上のものだ。自然の草木や、汚い水が唯一の飢餓をうるおすものであった。

疲労と栄養不足で母は幼児に与える乳も出ない。気がついてみると背中で冷たい骸と変わっている幼児もあった。明日に希望をつなぐことのできない母は、むしろ子供の苦しみを短くするために手ずから幼い生命を縮めなければならないこともあった。子供の泣き声は、一団の他の人びとの生命にも拘わるのである。自分の子供の泣き声のために、他の人びとの命を危険にさらす訳にはいかなかった。わずかに呼吸をつづけているにすぎないような幼児の生命を、一団の引率者が親に代わってその生命を絶たなければならないことさえあった。

落伍は死である。落伍は死であると分かっていても、自分の肉体一つをやっと支えて歩きつづける人びとにとって、自分一人以外は全く他人であった。どうすることもできない。ただ歩きつづけるのである。長春とかハルピンとか、瀋陽とか四平とか、少なくとも同胞の多く住んでいると考えられる方向に向かって歩きつづけてゆくのである。

果たして方向が正しいかどうか、それも分からない。出発の日にくらべ、一日一日、眼にみえて、人数は減少していった。誰が何処で斃れたか、誰がどこで殺されたか知るよしもない。都市の懐に抱かれた時に、それら多くの遁走者の数は十分の一生き残っているのは珍しい方であった。

祖国を失った人びとの姿。それは敗戦後の日本人の姿であった。

エミグランド。何という詩をもった響きであろう、エミグランドという言葉に抱いていた私たちの認識は何という薄っぺらな感傷であったことか！　在満の大多数の日本人は、その日の糧にも、生命にも脅かされ、困窮し果てた真のエミグランドであったのだ。

耐え難い孤愁と不安とに四六時中攻め抜かれていた。まだ、そんな孤愁や不安を心の隅にもち得るものは倖であったのかも知れない。放心の果ての姿がほんとうであった。

街へ辿りついた日、破れたズボンやモンペイを肉体につけているのは上の部に属した。わずかに胸や腰のあたりに、マータイを巻いている姿を多くみかけるのだった。

日本人にとって、祖国は喪われていたかも知れない。ラジオも新聞もない、その頃の日本人に祖国の存在はなかったのだ。ただあるものは、昨日に変わって、酷烈に変化した監視の眼と、悪感情に満ち満ちた、猜疑にみちたいろいろの眼で取り囲まれている自分一人の姿であった。

こうした眼で、始終前後左右からみつめられているということが、人間にとってどんな神経の変化をおこすか――それは経験者以外知ることはできない。誰も彼も激しい病的なほどの被害妄想症に陥入っていた。

やや落ちつきを取り戻した時には、卑屈な微笑を絶えず頰に浮かべながら、右顧し左眄している自分を見出すに違いなかった。凶暴な嵐は常に身辺に吹き荒び、立木に身を寄せることさえできない。その立木が、たちまち崩れかかる生命への危急をつげる宿にならないものでもない。

暖かい言葉の慰問にも、応えるものは少なかった。自分以外の人間を信ずることのできなくなった人間ほど惨めな存在はなかったであろう。一瞬を次の一瞬へ移すために、自制し克己する忍耐だけが唯一の心との闘争であったのだ。

その人びとにとって、戦争自身も、そして、戦争によって生まれた複雑な他の感情も理解できなかった。開拓地や農村の人びとには、満人その他の民族の積み重ねられた忿懣や悪感情を分析してみるだけの認識はなかったかも知れない。

交戦者以外の、昨日まで友であった筈の民衆を、誰がこのように豹変させたかを考えることは、反省することは、この人びと以外の人びとに課された宿題ではなかったろうか？

戦争とはかくも無残なものである。一個の生命も柳樹一枝の葉より無価値に蹂躙されてゆくのである。


その辺を蒙古営子と呼んでいた。旗公署の所在地は北票であった。錦県へ汽車で四時間ほどの地点である。ソ軍進駐の時には大した事故もおこらなかったが、しばらくして、そこの参事官や警務科長たちは蜂の巣のように射たれていた。

昌図に近い開拓団に広陵開拓団（広島県）があった。佐伯開拓団（大分県）があった。ここも暴民の蜂起によって、まず、食料を奪われた。耕作の生命ともいう牛馬を、農機具を掠奪された。生きる途は絶たれたのである。昌図へ逃げて来れば、その小さな町は、町の何倍かの全団員を収容する余力をもっていなかった。幾度も、すべてを喪った現地へ戻されたが、生きる方途はない。

結局、昌図の小学校へ収容されて、食うためにはさらに危険な炭鉱や、使役に服さなければならなかった。こうして、大都市も、小都市も、糧道を失った人びとで混乱し、膨脹していったのである。都会では、小数者は比較的安楽に生活していたが、大多数の人びとは、さらに拉致されたり、ソ連へ送られたり、残ったものは乏しい食料と過労のために、次第に栄養失調をおこしていた。

長い精神的労苦と、肉体的過労のためわずかに生き残った子供たちの多くが、クルス病のような畸形児になった。それは、人間の姿ではなく、元気のない痩せた猿に似ていた。手足は干からび、眼は元気なく空をみつめたままの姿である。そして、やがて、死んでいった。

不潔な飲食はコレラの蔓延をよんだ。汚れきった肉体と衣服は虱の好個の巣となった。発疹チブスが常に流行していた。場所によると、恐ろしいペストが流行った。

危地を脱出した人びとも、医療の不備から斃れていったのだ。まるでそれは地獄の姿であった。

祖国日本！　それがどうなってしまったのか知ることはできない。もうこの地上に日本という国は全くなくなったようにさえ思われるのだ。それでもいい、一度、日本の土を踏んでから死にたいと誰も彼も思った。

日本へ帰る。

これが唯一の至上の望みだった。何もなくなっても、幾分か住み心地がいいに違いない。

しかし、その日本に帰るには、海洋が道を拒んで絶ちきっていた。

人々は母国を喪って地の果てに立つひとのように寂寞に閉ざされて、明日のない日を送っていたのである。

光なき日僑俘

〔一九四五年八月――十二月〕

塀を高く頑丈にしようと申し合わせをしてはみたものの、さて、資材もない。巨額にのぼる費用をどうして出せばいいのだ。高く頑丈であることは必ずしも安全とは言えない。長い梯子があれば簡単に侵入できるではないか。むしろ、風に揺ぐくらいに、ぐらぐらしている方がかえって安全なのだ。登るときにも梯子をかけるときにも不安定で侵入しにくいはずだ。第一、物音がして予知することができるはずである。

鉄条網を張って電流を通してはどうか。組長の家へ、代表が十人以上も集まって何時間も議論はしているのであるが、名案が浮かばない。名案が浮かんでも、迅速に、かつ、簡単に、理想の資材を集めることはできない。何でも北陸の方で、満航か何かの宿舎で鉄条網に電流を通して人馬に損害を与えて、問題になったということだ。第一その案は、こう電気が停電

——いやほとんどつかない今日ではどうにもならない。結局、その案も駄目になり、塀を部分的に修理し、鉄条網をできるだけ侵入しやすい箇所に巻く。蓄電池を使用した大きな電鈴をつけ、非常の場合にはスイッチをいれる、その案が実行されることになった。

塀を乗り越されてしまっては、どこの家へ入ろうと自由に近い。塀の外で侵入者を防ぐ、それには電鈴が一番いいということになったのだ。

今までは、夜番が二人ずつ塀の内部、各家の付近を巡回していて、怪しい気配を感じると、ドラを叩く、それを合図に、各家の人びともありったけの洗面器、鍋、釜を叩いて騒ぐ。

平常ならば、これはもう狂人病院の姿であろう。しかし、一夜、二、三回はこうした騒ぎが起こるのだ。塀外の侵入者は、ゲ・ペ・ウや公安隊に捕まっては困る。まず、それほどの騒ぎになれば一ヵ所でまごまごする必要はない。他をねらえばよかった。

この恐るべき雑音交響楽は、隣接の一廓へ移る。そこでも騒ぐ。この方法も効果はあったが、不完全な隙間の多い塀の中で警備している夜番にあたったものの危険は少なくなかった。銃器をもっている侵入者に対して、犠牲が出ないものでもない。

そこで、この電鈴の案が採用されたのだ。これなら、隠されたスイッチのあり場所へ駈けつけ、スイッチを入れておいて、安全な箇所へ身を隠せばいい。大抵の町では、似たりよったりの方法で警備を怠らなかった。それほどにしても、侵入者を防ぐことができない場合もあった。

日本人が案内にたたされることがあったり、日本語で巧みにその家人を呼び出すこともあったからだ。合言葉を使ったり、連絡の方法を考案したり、できるだけ危難を避けるための方法が工夫された。昼間はそんな方法で、夜間は通行禁止であるから、日暮れとなれば、絶対に塀外へは出ない。

仮りに、これをK町A班と呼んでおこう。A班の東側は、この班の住宅五、六軒の玄関口になっている。従ってなるべく出入はしないように、窓という窓、玄関のガラス戸の部分を材木に近い板切れをつけて、隙間もなく塞いでしまった。南側の通りも、同じ方法で塞いだ。西側三分の二南側一ヵ所、東側の二ヵ所ほどが危険区域であった。

出入は裏口——西の塀にある出入口一ヵ所にして、いちいち立哨が隙間から顔を見、言葉を交してから開く。西は細い小路を隔てて、B班である。南側はやや離れて、C班の建物自身の窓のない壁になっている。

東側は通りを隔てると、旧K小学校の広い校庭でその校庭には、旧関東軍の傷病兵が収容され、昼間は銃をもたされた日本兵が警備にたっていた。兵士の銃は暴民に対する威嚇だけで弾丸は入っていないといわれていた。兵隊は、淋しそうに校庭の周囲の垣を廻っていた。垣は半身より低い。この垣が、彼らを外廓と隔てる壁であった。

時々通行人が、煙草などを与えている姿をみかける。ふかしたての薩摩芋などを渡している姿を見かける時もある。御苦労さんですと、年寄りの婦人が挨拶をしている姿などもみられた。兵隊はそんな時、母に会ったように思うのであろう。見ている前で、涙を流して恥ずかしそうに服の袖で拭っている。

病人の戦友をすてて逃げることもできなかったのであろう。どうかすると、垣のところから通行人を呼びとめて私物を売って貰い、芋や煙草を買って貰って校庭の方へ帰ってゆく姿もみられた。武装解除が終わって、二ヵ月も経過しているのに、日本兵が銃をもっている姿は奇異なものだった。しかし、しばらくすると、木銃のようなものに変わっていた。

何でも一、二日前に、学校の裏門のあたりで侵入しようとする暴民と争いが起こって、訴えによりク・プが駈けつけたり、騒ぎだったたという。公安隊の要求で銃を取り上げられたと、近所の噂さだった。中国側が銃を取り上げるための工作だったともいわれていた。

ある夜、西側の隅の一軒に強盗が侵入した。被害の高も不明であったし、他の家は全然被害がなかった。内側の庭を廻っていた当番の夜警にも気ずかれなかったのだ。

この事件は、A班の人びとに不安を与えた。この家には新たに入って来た一家族と、昔からここに住んでいる家族が同居していた。

新来家族はどうもA班全体の人びとに好意をもたれていなかった。強盗侵入の経過に一種の疑問があった。表戸を叩くものがあるので開けたという。いきなり、その狭い小窓から腕を差し入れ胸倉を取ると、拳銃をつきつけて玄関を開けろ、開けなければ射つといわれ、妻君が玄関を開けた。

五人組であった。家中をさがし二家族の金や貴重品を奪って去った。そのまま、家人を案内にたてて、各家を廻らなかったのも不思議である。廻られなかったことは不幸中の幸いであるが、どうもその点が腑におちない。とにかくこの事件は何か割り切れないものを残していた。

居留民会から回覧が廻って来て、避難民を割り当てるという家族人員調査であった。すすんで引き取ろうというものはない。A班は割に各家の人数も多かったので、次の機会に廻されることになった。臨時常会を開いて、そういう場合の対策、どういう風に貸すか、どう面倒をみるかということが議題になる。

B班には大住宅があり、かつて奉天でも長者番付にのった富裕な家があったため、五人の男女を引き取ることになった。

B班の処置はA班の方に直ぐ分かって来る。虱のたかった難民を一緒に寝かせるのはたまらない。まず風呂へ入れ、着るものは、一応班内で集めて着換えさせ、家も同居は困るので、小人数の家が班内の家へ同居して、五人の新来者に一軒あけ渡したということだった。

処置は、親切のようにも思え、何かその底に冷たいものが感じとれるようにも考えられるのだ。

一言で難民と呼ぶが、難民でない人間がいるのだろうか。また略さないで避難者と呼べないものだろうか？　難民という言葉に不快な語韻を感ずるのだった。

誰が好きで北満、東満の僻地に荒地を開拓するために開拓民になろう！　尊い使命と教えられ、故郷を離れて満州へ渡った人びとではなかったろうか、苦しまなかった日本人は一人も無い。しかし、開拓地から生命一つで逃げて来た人びとを、難民と片づけていいのだろうか！

一軒の家をあけるのにも、入浴させたという言葉にも、何となく恩着せがましい余韻を感ずるのは誤りなのだろうか？

あんまり気の毒で見ていられない人を、家へ連れて来て衣食を――と思っても、班の規則は絶対に許さない。これは必ずしもA班ばかりではない。どこの町会でも、外泊も知人の一夜の宿泊もいちいち組長の許可と顔実見の上でなければできない。

見兼ねて助け、家に置いたら、一週間ほどすると家人の不在をねらって、金も衣服も洗いざらい持ち逃げしたというような話が、人びとの隣人愛を警戒させるようになったのかも知れない。


臭い、きな臭い、誰か、誰か来て！　怒鳴る声に、班内の家にいた男も女も東側のA家の裏口から飛び込んでいった。火事ではなかったが、家の中は散乱して寝具も衣服も踏み荒され、半分以上焼けこげた掛蒲団がまだ燻っている。

妻君は後ろ手に縛られ、柱にゆわえつけられているのだ。誰もこの静かな昼間、すぐ側でこんな事件が起こっていることを気付かないでいたのだ。

掛蒲団を裏へ放り出して水をかける者、妻君の縄をほどいて水を呑ませるもの、開け放された玄関を閉めて鍵をかけるもの、内庭に面した窓の防空カーテンを開ける者。

縛られている事から考えて、失火をとがめる訳にはいかない。

異常な事件に人びとは度を失っていた。

「誰がAさんの所へこんな客を入れたのだ！」

一人が怒鳴りつけるように、裏門を開けた者を調べにかかる。玄関はよほどのことでない限り主人以外出入しない。出入しても、その時はあらかじめ前後左右をみて合図をする。郵便受けから主人と確認しない限り、ドアは開けない。だから、正当な方法で裏の出入口を開けない限り、侵入することはできないのだ。

「裏のベルが鳴りましたので出てゆくと、Aさんの所へ通して下さいって、はっきり言うんです。だから、あたし疑いませんでした」

開けた妻君は、恐ろしい事件の責任者か犯人のように、恐縮している。恐縮しきってはいるが、責任のありかを、はっきりしなければ済まないように弁明につとめるのだった。

訊けば、開けた妻君にも落度はなさそうであった。裏口のベルは外から針金を引くようになっている。針金の有るところも、ここへ出入りする人たちでなければ分からない場所にあった。ここの住人の出入も左右を見透して、人のいない時をねらってベルを引くことに定めてあるので、よほど計画的に前々から注意していなければ、ベルを鳴らすことさえできないのだ。

だから、初めての訪問者は、きっと大きな声でトタンの扉をどんどん叩くのである。ベルが鳴り、Aさんの所へ行きたいと案内を乞うたのは、Aの鉄西の工場にいた若い使い走りの小僧であった。

はっきり鉄西のA鉄工所の者であるというから開けた。続いて四、五人が入って来たが、その内の一人は、

「Aさんはおいでですか?」

と愛嬌よく言葉までかけて通ったので安心していた。きっと、A鉄工所の職員か職工であろうと信じて疑わなかったというのであった。

賊はA家の裏口から、さっと入ると、一緒の小僧を一人は縛り、妻君を縛った。一人は裏側の窓の防空カーテンを閉じて、A班の人びとが通っても気づかないようにした。

一瞬の出来事だった。その間、一人は必ず拳銃を妻君に突きつけて、声を出せば射つぞと威嚇した。妻君を縛り終わると――、

「在庫品を売った二十万円はどこへ隠した、出せ！」

と言った。

「あたしは何も知りません」

「隠しても駄目だ。バケツを売った金を、社員にもやらず、この家へ持って来ていることは分かっている。出さなければ殺すぞ、主人はどこへ行った？」

主人のいなかったのは幸いであったが、社内の事情をよく知りすぎている。しかも、彼らは入って来ると直ぐ、

「俺たちはパーロだ」

と宣言するように言った。パーロは、怖ろしいとしか訊かされていない妻君は、下手に隠しても駄目だと思った。二十万円がどこに有るのかそれは妻君も知らなかった。子供のランドセルや違い棚や、押し入れの蒲団の間、あらゆる隠し場所に、少しずつわけて隠してあった金の有り場所を教えた。

一人はたえず拳銃をつきつけている。蒲団を放り出す、衣類を掻きさがす。金は二、三千円とか四、五千円ずつ、いう場所から出て来た。玄関の下駄箱から、風呂場、あらゆる場所を探がす。

そうしているうちに、きな臭い匂いとともに黒い煙が室中に捲き上がった。先刻投げた蒲団が電気コンロの上にかかって、それがいぶり出したのである。驚いた一人は踏み消したが、

危険を感じたのか、小僧の縄を解くと玄関から押し出すようにしていっせいに逃げ去っていった。

そのうちに主人が帰って来た。主人も事件を知っていた。帰って来て前まで来ると、何となく虫が知らすというのか、家の中に平常と違うものを感じた。玄関に物音がする。郵便受けからのぞくと、すぐ眼の前に黒光りのする拳銃がみえた。

驚いて、そのまま町の方を廻って来たというのである。事件の内容が分からなければ、公安隊へも、ゲ・ペ・ウへも連絡はできない。誰もその頃は、そういう風に慣らされていたのである。

社内の様子をよく知っているものの仕業に違いないということになったが、金は三万五千円か四万円の被害だった。怪我人がなかったのが幸いです……主人は諦めている。

小僧を調べてみてはどうかという意見も出たが、大難が小難で遁がれたのだと諦めた方がいい、下手に騒いで、また何か起こるのは厭だという意見で、一応、Aの個人の意志に任せるということになった。

A班から少し離れた地点の、A班の知人のC家と、C家の隣家の二軒にも同じような強盗が入った。Cと今一軒とは、その頃、被害届を出せという指示に従って出しておいた。だから、Aにも出されてはどうかとこの事件を訊いて忠告したが、Aは、出さなかった。

白昼の警備方法も変えなければならなかった。B班のすぐ隣接班で、突然手入れがあった。拳銃を二梃隠しているという密告によったものである。

密告者も連行されて来ていた。密告者は二、三週間前まで家に世話になっていた男だった。事情があって、その家を出された怨みからであったらしい。

指摘した場所からは出て来なかった。その家にあった拳銃は、分処から民会を通して正式の受領書が分処に保管されているのだ。

密告者は問い詰められると、便所だという。今度は臭気に悩まされながら、班内の便所をいっせいに捜索する。その班だけでは人手が足りないでB班からも手伝いに出る。

便所だ、井戸だ、防空壕だと、密告者の言葉は乱れてくる。公安隊員は密告者を疑い出した。彼も、現場へ曳っぱって来られるとは思わなかったのだろう。銃器を隠していることが重い犯罪であることは誰でも知っている。逆怨みの復讐も、どうやら逆にあぶなくなってきていた。

密告者は逃亡しようとして、押さえられ、縛られてしまった。おまけに、公安隊員の銃が暴発して、捜査の手助けをしていた一人が軽傷を負った。

公安隊員は負傷者をかついで手近な分処の嘱託医の所へ連れて行って、手当をして帰って来た。結局、偽りの密告であったということが知れると、公安隊員は、その班とB班の人びとの懸命な協力について叮嚀な謝辞を述べて去った。後に分処を通して、負傷者に見舞いと、銃器捜査に対する感謝の辞がとどいた。

A家は接収されることになった。洋間があり、電蓄があり、華麗な絨毯（じゅうたん）があった。玄関にチョークで印が描かれた。しかしその後、いつまで待っても接収されなかった。きっと更にいい家を見つけたのであろう。玄関のロシア語のチョークの印は接収よけになり、侵入者よけの護符の役割をはたすことになった。

C家とその隣へ、中共の工作員が訪ねてきた。工作員というのか指導員と呼ぶのか、正式の呼称は分からないが、Cたちは指導者であろうと語っていた。

「お宅では強盗に侵入されて、被害があったとのことですが」

と当時の情況を聴取した上、被害届の全文を読んで、

「八路軍という名で入って来たとのことですが、中共ではパーロなどとはいわない」

という説明をした上、

「正規の中共軍では絶対にそういう犯罪を犯すものはおりません。たぶん悪質な名を騙っての処業と思うが、中共の名誉にかけて絶対にそういうことはないが、まことに御気の毒なことでした」

Cに対して被害金を弁済した上、たいへん御迷惑であるが領収書を一筆書いて頂きたいといい隣家でも支払いをして帰ったと伝えて来た。被害届を出した時と受領書を書いたときと、ちょっと不安な気もしたが、その後、別に何の変わったこともなかった。

電鈴は毎夜、一度か二度は鳴らすことになる。夜警も寒さに向かうと決して楽なものではなかった。余り深く防寒帽を冠ると、外側の物音を聴き分けることができない。歩いているこちらの跫音(あしおと)は、外界にきかれてはならない。銃口を差し入れる隙間はどこにでもあるのだ。

自分だけが四六時中、誰かにつけねらわれているような恐怖で不安定な自分自身が厭にな

る時がある。誰か分からない。家の中にいても、昼、街中を歩いていても、いつでもじっとねらわれているような気がする。恐らく誰でもそんな時代を経験していたに違いない。被害妄想に近い病的なものであった。

非常に呑気で投げやりにものを考えたがるAも、あの日から急に神経質になってきた。防空壕は絶対に埋めなければならないという命令も、Aの裏の防空壕は、完璧無比の半永久的な、短い時日ならそこに住むことさえできるようなものを作っておいたため、埋めるのが面倒でそのままにしていた。いや、俺の家のは外部から見て絶対に分からないから大丈夫だといって、その上に物を重ねて置いた。厳重に調べられたら、なお悪いからというのにも笑ってきかなかったのだ。それを、慌ただしく取り壊し、急に埋めはじめたのであった。

西側の隅の強盗に入られた家の主人が、何処へ連行されたのか失踪してしまった。永住していた人でなかったため妻君は、何となく不安な居心地の悪い日を送っていた。強盗に入られた夜、銃口の前にたって夫をかばったという主人の宣伝が、A班の人たちに余りいい印象を与えていなかった。しかし、その妻君は人の思うほど悪い人間ではなかった。夫の、何かにつけて人を牛耳ろうという態度が、妻君まで悪く思わせていたのである。

いつまでたっても帰って来なかった。殺されたのだという風説だが、死骸が発見された訳ではない。組長も責任上八方に当たってみるのだが、全然行方が分からなかった。

毎日何か事件が起こる。今日は朝寝込みを襲われて組長が公安隊に連行された。もう相当の年配なのだから除隊兵狩りとも違う。皆、自分のことのように心配になる。夕方、ひょっくり帰って来た。誰か知人の、捜査されている男の住居を調べられたらしい。現住所を知らなかったが、結局申し立てに偽りのないことがわかって帰宅を許された。

東側の一番端れの家には、終戦前に赤紙がきて、北満の方の部隊へ行ったまま、生死も分からないひとの妻君が子供一人と同居人と貧しく暮らしていた。本人は、もう未亡人の気持ちでいた。ハルピン以北にいた部隊なのだから生きているなどとは期待できなかったのだ。

残された幼児と佗びしく暮らしていたが、その幼児が大腸カタルがもとで二、三日で急死してしまった。葬式といっても平常のようにはできない。組長や班内の人びとの手でかたちだけの葬式を済ませた。余り物事に動じない妻君も、夫は戦場で行方不明、子供には死なれ、さすがにぼんやりしてしまった。何を考えるのも厭だ。ぼんやりして考え込んでいると、表戸を叩くものがいる。白昼でもこの前のような事件が起こる。

物音一つさせないよう同居の娘と息をころしている。表戸は少しぐらいのことで破られる憂いはない。いよいよとなれば裏口から逃げ出して当番の警備に連絡しよう。

おい……おい……開けないか、開けてくれよ、と呼んでいる。何か聴き覚えのある声だ。しかし、どんな声にも油断がならない。女の声色さえつかえる奴がいるのだ。

おい、俺だよ、俺だよ。何度目であろうか。やっとそれが夫の声らしいと気がついた。死んだものと思っている夫の声を思い出すのに時間がかかった。

子供の葬式を出した日に夫が帰って来る。悲喜の混乱し錯綜した感情で茫然自失していた。幽霊かと思った、場合が場合であり、時が時だったので……。別人のような相貌に変わり、窶れ果てて声も変わっていた。

もう一日早く帰ってくれたらと思う。せめて子の死顔に会って貰えたのに……。妻君は位牌までまつっていたのだ。疲労の回復するのは容易ではなかった。

　彼の語るところによると、部隊は南下せよ、ただ南下せよ……という命令を受けて、敗戦も終戦も知らず、河であろうと、野であろうと、山であろうと、南へ南へと下った。本隊はどこにいるのか分からない。彼の部隊は一小隊ほど、北満の某地点に分駐していたのであった。

　戦友は次々に斃れていった。暴徒の長い鎌に掛かって首をはねられたものもあった。山野で飢えた狼の餌食（えじき）にもなった。気がついた時はたった二人になってしまっていた。夜は、孤独の狼の遠吠えに恐怖し、道のない道を南へ南へと下った。ただ南へ南へと歩いた。

　広い河があった。二人は浅瀬を求めながら、ふらふらの体をひきしめて渡った。対岸まで行きつけるであろうか？　あっという間に戦友は急流に押し流されてしまった。彼は気ばかりあせるが自分自身やっと自分の疲れ果てている肉体を支えているのだ。手が自由にならない。

　渦に消える最後の顔が、さよなら……といったような言葉が、耳朶にいつまでも残っていた。ボロボロの夏の被服だけの敗残兵は、まだ敗戦の事実も知らなかった。兵器も何もかも失ってしまったことが怖ろしいように思われる。

　夏もとっくに過ぎた。秋もやがて終わろうとする頃、ある村に辿りついた。満語の分かる彼は慄然とした。親切に食事を与えてくれた大勢の農民の中で、

「この東洋鬼（トンヤンキ）を殺せ！」

「たらふく食わした上殺してしまえ！」

囁きあっている殺人の農夫の眼が異様にギラギラと光った。やっとここまで来て――食事も喉へ通らなかった。死を覚悟した。だが農民の感情が彼には理解できなかった。するとニ十歳になるかならない美しい婦人が、おそらくこの村でただ一人のインテリであろう。屯長の娘だった。彼女が、

「戦争は国と国とのこと、こんな気の毒な疲れた兵隊さんを殺すなんていけない!」

彼は殺されてもいいと思った。新しい濃紺の綿服を着ている彼女の白い美しい顔だけが、いつまでも彼の脳裡から消えなかった。善良で、無智で、雷同性の強い農民に、縷々と説く彼女の言葉に殺気も消えたのであろう。古い外套や沢山の肉饅頭をくれた。奉天までの道をまた歩きつづけた。

次の村では農事の手助けをやった。八月十五日に停戦になったことをきかされた。日本が全面的に降伏したのだということを。奉天へ帰ったところでどうなっているか分からない、ターピーズに荒されて日本人は苦しんでいる。春になるまでここで働いていってはどうか。何だったらいつまでいてもいい、ここは安全だ……とも言ってくれた。妻子に会いたかった。少し働いた彼に綿入れの満服を与え、安全な場所まで送ってくれた。旅費だといって金までくれたのだ。

また、組長の苦心のいる所だ。帰還兵と書けば出さなければならない。せっかく苦労を重ねて奇蹟的に生き残って帰って来たものを――、三月も四月もたって、ひょっくり帰って来た男の届はなかなか難しいのだ。

A班、B班の人びとは、この辺りだけが治安が悪いのかと思うのだった。訊いてみると、

どこも同じだ、もっとひどい町もあるという。A班では天井裏に女の秘密の隠れ場所が作ってある。一軒から次の家へ、また次へ、秘密の通路も作った。

昨夜だけは妙に静かだった。A班の警備は朝の交替の者に、昨夜B班とC班の付近が何か少し変だったが、割に静かな珍しい夜だったと話している時だった。B班から、A班へ転がるように慌ただしい連絡が飛んで来た。B班では、昨夜深更から暁方にかけて五人の男女が殺傷された。

あの北満からの避難者の入った家であった。一人は重傷で、今息を引き取ったという。重傷者の断片的な言葉や、周囲の状況から事件の始末を綜合してみると、夜警にたっていた一人が、いきなり拳銃を突きつけられた。油断していたのであろう。塀を乗り越えて入って来たのに気付かなかったらしい。彼は仕方なく自分たちの家へ案内した。避難者で物も何もないのだから、そう思ったに違いない。大勢入ってきた。入って来ると抵抗もしない五人の男女に、おのおの拳銃を喰付けて射殺してしまった。

その足で、彼らはねらっているB班の家を次々に荒した。怪我人は出たが、B班の他の家では死者は出なかった。何故こんな残酷なことをしたのか分からなかった。警備にたっていた男の家を全部片づけてしまった侵入者は、B班のどこへ入るのもやすやすとできたのだ。危急を知って他の家へ遁げ込んだものもいた。

D班では、塀を乗り越えて逃げようとした警備員が、鋭利な刃物で片腕を切り落とされて重傷した。その隣の班にも怪我人が生まれた。幾組もの強盗団であったらしい。言葉はいずれも多く吐かなかったが、下手な日本語もあったらしいという人びとの言であった。

その辺一体の班では、緊急会議を開いた。どうにも防備の方法がないのだ。だんだん凶悪になってくる。結局、公安隊とク・プへ訴えることになった。

その夜から、この町の四方の連絡しよい場所に、ク・プの方から二名ずつ、臨時に屯所をつくって配置してくれた。さらに、同じ屯所に公安隊が、二十名ずつ配置した。各組、班からも男がつめることになった。若い男は少なかったので、老人も多少身体の悪いものも、連絡や警備にあたった。

五人を射った銃声が、どうしてA班の警備員にきこえなかったのだろうという疑問も出たが、身体に銃口をくっつけて射ったということ、毎夕方から朝へかけてきこえる遠近の銃声のため、B班内の悲劇をはっきり知ることができなかったのだろう。

それでもまだ時々事件は起こった。連絡のベルや合図で、ク・プや公安隊が駆けつけると、賊の一団は発砲しながら逃走した。しかし、警備が厳重になってきたためであろう、この付近の班から、集団強盗もだんだん他の地域へ移っていったのか、これほど残酷な大きい事件は起こらなくなっていった。

芸能十二ヵ月

〔一九四五年八月―一九四六年九月〕

ソ連軍の進駐後、一番早く芸能団体が結集したのは奉天であった。

新京にも、旧ニッケギャラリーに『カジノ』という名でキャバレー兼舞台が出来た。だいぶ以前のアメリカ映画で、キャロル・ロンバートとジョジ・ラフトで有名になった『ボレロ』の舞台面のような円形舞台が出来たのだ。

四方からライトを浴びせて、斎田愛子や益田隆が出演していた。新京音楽院の東松次郎がバンドを編成していた。大師堂で大衆的演劇演芸が旗あげをした。

『カジノ』における第一回の発表会は、益田隆舞踊団が「エスパヤカニー」「鞭の踊り」「コザック・ダンス」「三つの感情――愛と、苦しみ、楽しみ」。そして吉村由紀子「タップ・ダンス」「ソウラン節」「白鳥の死」、水野栄「琉球の踊り」「人魚の踊り」、斎田愛子「麦打ち」

「カルメンの中のハバネラ」「ジョコンダの中の母の唄」「大島節」「トラバトーレ」「トセリのセレナーデ」、上野耐之「松島音頭」「トラビヤタ」「舟唄」、宮静江「チョムナヤノーチ（暗い夜）」、「カチューシャ」「バラ処々開く」「ホーリーチンツァイライ」「メークイホアカイ」、池田進「ラスパニョラ」「オオ・ソレミオ」等であり、東バンドの楽団演奏は「詩人と農夫」「軽騎兵」となっていた。

新京の音楽界は、早くから楽員の召集で崩壊に近い有様だった。名指揮者市場幸助も体をこわし四分五裂になっていた。

奉天ではクラフチェンコ副司令官の理解の下に「南座」「平安座」「大陸劇場」「銀映劇場」が日本人の経営に委任されていた。

もっとも組織化されていたのは、大連でも新京でもなく奉天であったろう。劇場は一番安全な場所である。入場料は五円ぐらいから始まったが、ものによっては満員になった。

セロの高勇吉とケテー夫人があとで参加した。築地小劇場にいた三浦洋平が演出を担当していた。芝恵津子とか鳳久子、三丁目文夫などがいた。

ソ連映画のない時は、古い日本の映画「男」とか「空飛ぶ慰問」などが上映されたこともあった。

延安の木彫りの展覧会が、城内で開催されたことがあった。

羊皮紙に印刷されたクラシックな書籍などもあった。芸術が民族の愛憎を超えて胸をうつ、いくつかの木彫りの類などもあった。スタニスラフスキー自伝の訳本なども展示されていたが、混乱と治安不良のために展覧会場へ足を向けた日本人はほとんどまだなかった時代である。

国府軍の進駐後は、平安座や大陸劇場が接収された。中宣部（中央宣伝部）とか、三民主義演劇隊とか、或いは青年遠征軍演劇隊がこれを接収経営した。日僑の劇場は、常設館が「銀映」一本になった。

引き揚げが進むにつれて、言葉を媒介としての演劇が、日本人が次第次第に減少してゆく土地には不向きとなり、音楽や舞踊の方に傾いていった。一番、最後まで残され中国本土まで行ったのはセロの高勇吉であった。

重慶から南京から、続々いわゆる新劇が来演した。脚本も、演技も、侮ることのできぬものであった。その中には、十年ほど前、はじめて満州の新劇を日本で紹介した（昭和十三年）王三とか、崔若愚という俳優が、大陸劇場でりっぱな演技をみせていた。

数ヵ月前に、芸術学院文学部の助手をしていた茫永賢という青年が、十軒房の劇場で、満州の開拓民を取り扱った「血涙東北」という演劇を上演した。

こうした劇団員は、軍事委員会政治部第××演劇隊何々中校演劇隊長、或いは少校副隊長という肩書をもっていた。茫永賢が文学部長の室を訪ねた日、彼は少校の肩章も真新しい軍服に部下をつれていた。

大劇場はもとより、幾多の宣撫劇団が多種多様の脚本をもって、手軽に農村に或いは抗戦地区に入っていった。そしてそれが直ちに彼ら民衆の眼と心を楽しませ、共感をよんだのである。

組織などをはっきりと知ることはできないが、芤少校の語ったことを綜合すると、演出家演員俳優は生地からの演劇人であって、それが、直ちに前線部隊とともに宣撫工作や、慰問に入るため、日本のように、ただ一時の待遇だけ軍属になって、部隊と行動を共にするのではないらしい。非常に自由であり、かつて日本が利用した報道班員のような軍独善の動員方法とは全然異なって、階級も正規のものであり、軍人としての資格も備えているのである。野戦部隊の指揮下に入って行動の自由を制せられるようなことはなかったのである。

中宣部（中央宣伝部）や青年遠征軍の演劇隊というものの公演もあった。中国において著名な演劇人も瀋陽に来演した。演出家も戯曲家も多彩を極め、アメリカの演劇大学出身者も少なくなく一家の見識と芸術家としての権威をもって、これらの人びとは前述のような組織の下に動乱の東北（トンペイ）へ入って来たのである。

筆者が満州へ行って間もなく、ゴーゴリの「検察官」を翻案上演した時、市長の役やその他で名演技をみせた崔若愚、王三が、新しい中国の演劇を、大陸劇場で観せようとは夢にも思わなかった。

かつて、東京劇場で、横浜東宝で、宝塚で彼らは独自の演技で、日本の観客に興味の眼をみはらせたことがあったのだ。

戦時中および戦後の、中国の劇壇について紹介する意味をもって、筆者が帰国後「世界日報」（サンケイ新聞の前身）にかいた「中国の新劇界」を転記したいと思う。

これらの戯曲家が、演出家が、戦後の奉天で公演したものも少なくなかったからである。『終戦後、重慶から瀋陽へ来演した諸劇団の「天国春秋」「国家至上」「血涙東北」ほか、生々しいプログラムや貴重な文献は、持ち帰ることが許されず、与えられた課題にふさわしいものが書けないかも知れない。

　が、中国の現代劇は世人が考えるほどに、低いものではない。中国では文芸や演劇は生活それ自体であり、日本では相変らず社会の片隅で冷酷に取扱われている継子にすぎない。

　言いようなき苦しさを過ぎて戦勝のトンペイに彼らが数々の公演の成果をあげていながらも、東洋的悲愁濃い影を、私はその舞台の中に見遁がすことができなかった。

　あらゆる戯曲が、四億の中国民衆の慟哭を、悲劇を濃くいだきしめている。

　それは、戯曲そのものが抗戦八年の苦悶を語り、内部の真実を求める悲声であるに違いない。

　それこそ中国現代戯曲の血肉なのであろう。社会現象の奥深く、人間の真実を摑もうとする努力が何れの戯曲の中にも見られるのであった。

　中国の悲劇は遥かに文芸への幸福を思わす。

　戦争中の、中国の演劇界の動向は詳細に分らないけれども、仄聞するところによれば、小説よりも戯曲全盛時代を現出し、かつて日本に於ける大正十四、五年——昭和初頭にかけての頃のごとく小説家が盛んに戯曲を描いた。中国では珍しくユーモラスな持味で知られた老舎が「国家至上」をかき、「残霧」を描いた。

　郭沫若の「孔雀膽」「屈原」「虎符」、茅盾の「清明前後」、これらは小説家として一家をなしている人びとの戯曲である。

　女流作家として丁玲の「杏花春雨江南」は戦争時代の宣伝作品でありながら、単なる工作宣伝劇に終っていない。

田漢の「秋声賦」、曹禺の「悦変」「家」、洪深の「鶏鳴早春天」、熊仏西の「袁世凱」等はいずれも既成大家の作品である。満州移民を取扱ったものなど相当にあり、「血涙東北」はその一例であろう。抗戦八年のレパートリーは百を超えていたといわれる。世評高いものに、楊翰生の「天国春秋」、夏衍「一年間」「芳草天涯」、宋之的の「霧重慶」、袁俊「万世師表」がある。

日本人は中国の新劇をみる時、その政治性という面のみに気を奪われがちであるのかも知れない。取上げられている主題の表面的な見方によって、政治が芸術を従属せしめているように考えるかも知れない。しかし中国の場合は、文芸や演劇は政治と離れて存在するのではなくて、政治と芸術が渾然として二位一体と化しているのである。

政治が芸術を支配せず、芸術がまた政治を左右しない。そういう離れ離れの関係ではなくて、互に血脈の通っている一個の肉体となり終っている。

だから演劇が単なる政治宣伝の道具になっていないのである。「屈原」「李花春雨江南」など、その一例であったろう。

私が招待され、演出家にも紹介されて観たのは楊翰生の「天国春秋」であったが、衣裳、装置照明も、これが戦争中苦闘を重ねて来た中国現代劇かと思うほど、豊かであり、演出、演技者の脚本に対する真剣な態度と、努力は愕くばかりであった。俳優の演技力は極めて高い。

戯曲のうちに潜むものの価値判断を誤らぬようにしなければ中国の現代劇を論ずることは不可能であろう。

昔から「支那通」という言葉があるが、「支那通中国を知らず」私の観察では長く中国にいて支那通と称する者ほど中国を知らないような気がする。今までの観念で新生中国を、新生中国の芸術文化をみることは大きな誤りだと思う。

ただ、演出傾向をみる時、五寸の厚みをみせる土壁は五寸の厚みを現実にもたせなければ、農家の前の枝葉繁った大木は、一かかえもある生木そのままをおかなければ、気の済まない悪リアリズム的手法が濃厚であるような気がした。

「血涙東北」についてそう思ったのである。しかし私の貧しい見聞からも中国の現代劇は軽侮出来ないものをもっているように思える。終戦三年の日本演劇界の現状を思うと少くとも後の雁が先になってしまうような気がするのである。中国の新劇には必死のものが存在している。真摯の苦悶がその底に潜んでいるのである』(一九四七年秋)

戦後の瀋陽で、民族的な過去の悪印象を一番早く揚棄して手を握りあったのは、芸術の世界であり、芸術家であったろう。

そして、その次は医者であったかも知れない。芸術は心を通して離れ離れになっていたものの心を繋ぐことに役立ったのであろう。医師は、直接の肉体を通して、心の隔たりを癒したのでもあろう。奉天では、使役を免がれるための偽医者の赤十字の腕章がソ連軍の駐屯中は流行ったものだ。同じ頃に、新京では医者が徴用を恐れて、逃げ廻らねばならなかったのであった。奉天とて医者の徴用はあったが、偽腕章は、危機をまぬがれる材料になったのである。

しかし、心からの親愛と、尊敬と敬慕をもたれるにいたっては、いつまでも偽ものでいられる筈がなかった。ソ軍時代芸術家は安全であった。中共時代、医師は敬愛がすぎて危険であった。国府軍の時代には、その政治性と結びつけて、芸術家は警戒されたともいえるだろう。芸術——とくに文学即政治と結びつけ、ソ軍時代のように安全であるとはいえなかった。

国府軍の進駐

〔一九四六年〕

一九四五年十二月、寒風肌を刺す季節に中央軍前線指揮部の進駐をみた。未だソ軍が駐屯している頃であった。前線指揮部は極く小数の代表からなり、将兵の進駐は未だ見なかった。奉天の旧奉ビルホテルには中ソ連宜社というものが設立された。

芸術協会の手によった装飾が出来上がった。玄関の屋根高く、スターリン首相、モロトフ外相の肖像が揚げられていた。国民政府蔣介石主席の肖像が揚げられた。

祝賀会の席では、各代表の演説があった。日本人は、この装飾に参加した芸術協会員の極小数が、ドアの付近でこの会場の模様を瞥見（べっけん）することができただけであった。

中国語がロシア語にロシア語が中国に通訳された。中国語の演説は、八年抗日の感情が露骨で日本人には耳が痛かった。ロシア語の演説は短かった。

外国通信社の多くの記者が、フラッシュをたいた。あとは宴会になり芸術協会員の舞踊や音楽が紹介された。この時の写真は、ライフにも掲載されていた。

中国の演劇も紹介されたが、ソ連軍将校には興味がなかったのか、中途で止めになった。

中共は引き揚げに際して、民会を訪れ、武器接収の協力に謝辞を述べて去ったと伝えられていた。

二月、ソ軍が撤収すると国府軍が正式に入城した。米式装備の最精鋭といわれる新一軍であり新六軍であった。士気の高い軍といわれているのだ。東北行営主任熊式輝将軍、東北保安司令長官部長官杜聿明将軍、東北行営督察処長文強将軍などが首脳部であった。

日僑俘管理処が設置された。処長李少将、副処長剤少将ほかである。

三月に入ると、敵産接収委員会が設けられた。

日僑俘管理処に、督察組が設けられた。組長は劉治沢上校（大佐）、副組長張瑞中校（のち上校）であった。

満州国は、偽満州国と呼ばれ、満州を東北（トンペイ）と改称した。新京も、昔通り長春に戻り、奉天省は遼寧省と呼ばれた。町名も一切、日本流の昭和通り、大和通り、霞町、春日町などという呼称はなくなり、それぞれ中国名に変わった。

督察組には、日系工作員と呼ばれる日本人の勤務者が大勢いた。また、日管本部にも数名の日本人がいた。

督察組――日僑俘一般は、督察組を不要に恐れていた。そこでは、ソ連時代、反国府軍的行動のあったもの、不逞日本人に対して、一種の司法行政が行なわれたからである。

ソ軍時代、衛戍司令部の庇護を受けていた芸術協会も内偵されていた。しかし、政治的に何の色彩もなかったことが明瞭になった。

芸術協会は、進駐間もなく中国側に接収された。未だ前線指揮部が錦州にあった頃から、クラフチェンコ副司令官が、完全な形で中国側に接収保護されるよう連絡してあった。協会は、東北保安指令長官部政治部の指導下におかれることになっていた。

だがその頃は、日管側と長官部第二処からもソ軍時代の動向が調べられていたのだが、何もないことが判明してきた。

秋林（ちゅうりん）洋行の通訳をやっていた大森という婦人が通ソ者として捕縛された。ロシア語が巧みであるということは、ソ連時代にも国府軍になってからも、別種の意味をもって日本人にとって危険であった。

中ソ連宜社の宴会に出演していた芸術協会の沖メリーという女優ほかの数名のダンサーたちが捕縛投獄された。真相は分からないが、ダンサーの控室から、手榴弾が出たというような噂が飛んでいた。沖メリーは、獄中で発疹チブスを患って獄死してしまった。戦禍の街には、いろいろ偶然の不幸が生まれる。それは、何でもないような些細な容疑が人を亡ぼすのだ。

奉天では、ソ軍時代、新聞班ニキター・コストリコフ少佐の指導下に、日字新聞が出た。旧満州日報社の福田、山本、金久保などという人びとが関係していたが、国府軍進駐後、中国の要請で「東北導報」が発刊された。

錦州では、やはり旧満日の森沢という人のやった新聞が五回しか出なかったが、終戦後、満州で出た一番早い日字新聞ではなかったろうか。

新京にあっては、新聞協会の木村という人物が日字新聞を出したが、中共に入った時代、中共自身の手で「民主日本」というのが出た。

「東北日本人新聞」というのが旧満日の神川という人によって出されたが、これは、八路の中に日本人がいるという記事のために、主催者も拉致されたといわれていた。(のち鋸州で脱出)

国府軍時代になって、新装備部隊、新六軍が入って来た。この時は、新六軍の軍司令官寥中将の要請で旧満日実森出版部長が「前進報」というのを発行した。

AP、UP、並びに日本放送をとって記事にしたのはこれが初めてであった。

後に、前満日福田編集局長が出張し「東北導報」の新京支社ができた。日本人の引き揚げが始まる頃には、導報一本となり、旧満日の橋本という人が引続いて出していたのである。

小説家の北村謙次郎が図書主任をやっていた。戦後散乱していた多くの文献や図書は、彼の手によって整理蒐集されていった。満州の唯一の詩人といってよかった逸見猶吉が病死した。

終戦後は、あらゆるものが出まわった、戦時中、不自由を感じていた物も一切が手に入った。しかし、活字に人びとは飢えていた。日本内地が、堰をきったように図書の洪水をみせている時、満州では読むべきものもなかったのだ。

そういう時代、この日字新聞は、飢えているものに対する貴重なパンとなった。これが唯一の日本人の新しい耳であり、眼であったのだ。

タブロイドではあったが、この日本字新聞は唯一の慰めであり、激しい読書欲をいやしてくれる、たった一つの出版物といってよかった。

人びとは、題字わきから最終ページまで、貪ぼるように読んだ。さらに、これらの新聞は、困窮している人びとの、非常によい楽な生活の方便となった。新聞の街売りはいい職業の一つだったのである。

治安の悪くなるのは主権者側交替時期が一番激しい。交替時の間隙を縫って町は混乱に陥入るのであった。

旧満州時代にも、町の横丁などに「君子自重」と書かれていたことがあるが「君子自重」の新しい制札が張られた。「君子自重」とは、誰しも知るように、立ち小便をするなという制札である。犬猫の外大小便無用という日本人の制札と較べ、さすが文字の国だけにこうしたスローガンには美しいものが多い。但し、よほど気をつけないと内乱罪などという言葉は、日本とは全然意味が異なって、それは近親間の性犯罪に対する罪を指すものである。

手鼻をかむな、路上で痰つばを吐くなということが叫ばれた。「新生活運動」がとなえられていたのだ。

それは蔣主席が国民運動として提唱した生活改善運動であった。

『われわれ全国の同胞が、意義と行動の上に、生活の上に、あげて徹底的に革新し、中国の現代化を達成しようと欲するものである。具体的に言うなら、

第一に全国民諸君は、責任を負い、秩序を守ることである。法制を尊ぶことである。紀律

を重んじ、わが国家をして組織あり、秩序ある国家たらしめ、わが民族をして、積極進取の民族たらしめなければならない。即ち「整斉清潔」これである。

第二に、奢侈は亡国の源であることを知らねばならない。全国民諸君節約をもって建国の本とし、日常生活をできるだけ簡潔にきりつめなければならない。節倹の美風を尊び、国家の経済統制や金融などの法令を全力をあげて守ること、厳格は遵守しなければならない。即ち「簡易樸素」これである。

第三に工作に努力し、生産を増進し、国力を充実して、とくに労資合作して不信猜疑の念を去り、国家の生産力を確実迅速にしなければならない、「迅速確実」これである。

以上言う生活様式の実行には日常生活の中に、東洋古来の礼儀廉恥の香り高い美徳を取り入れることである。要するに、民族復興、国家建設はまず国民の道義の高揚からである』

という蒋主席の言葉によっていた。

日常起居の間に、新生活へ革新していこうとする主義であり、身近にすぐできる、君子自身、痰を街上で吐くな、タバコの喫い殻を棄てるな、手鼻をかむな、という簡単な事項を守ろうという提唱であった。

指導者蒋主席の提唱も、ポスターの貼られていたしばらくの間は、幾分実行されていたように見られたが、やがて、いつとはなしに忘れ去られていった。

国府側の恐れているものは、残留スパイの眼であった。そして、パーロ……中共側の便衣工作であった。

日僑俘は、こうした動揺する時代にはうっかりした言葉はつつしまなければならない。日ごろ中国人たちは、自分だけの生活を守り、決して不要の話をしない。何をきかれても、「プシン」であり、「オーデ・メーカンシー」である。

日本人の好む井戸端会議的行為は、もっとも危険な業である。無用の言行は身を亡ぼすのである。数人寄り、喫茶店等で何かの話に熱中していれば疑惑をもたれる。調べられることもある。そういう事は屢々見受けられることだった。日本人は、こんな場所で、政治の話や軍事や、諸外国の動向について語りあうのを好むという習癖がある。

「壁に耳」という言葉は、混迷の瀋陽では単なる諺ではなかった。

「芸術協会」は東北保安司令長官部政治部に接収されたが、引き継がれて間もなく孫紹少校が監督者としてただ一人が、瀋陽館の日本人の中で起居することになった。彼は京都大出身者だった。

日本人にとっては、別に危険な存在でも不快でもなかったが、わずか四、五人の守備兵を玄関においている孫少校にとって、何ものとも分からぬ日本人数百人の中で暮らすのは不安であったかも知れない。

内偵をすすめてはいるが、ソ軍時代、ソ軍司令部の庇護を受けていたこれらの芸能人が、いかなる政治訓練を受けたか、どんな人間がいるか、孫少校にとってみれば油断のならぬ存在であった。

接収したその翌日、野戦部隊の通信隊が瀋陽館を接収すると入って来た。武装兵一個小隊ぐらいが前庭に待機しており、隊長と孫少校が激論を闘わしている。

協会員のすべてを、一番奥の方に集めておいて、孫少校と文学部長の安野とが、玄関で、協会の立場を説明し、孫少校は、すでに長官部政治部が接収ずみであると後へひかない。協会は接収したかも知れないが、建物についてはそれが正式かどうか疑問であった。そして、通信隊側にいわせるなら、それは正式の接収ではなく、接収の権限がないというのである。

孫少校は、安野を玄関にまたせ、中ソ連宜社へその長身にものをいわせて走り去ると、三、四十分して、同数ぐらいの武装兵をつれて戻って来た。険悪な空気が、表玄関のあたりにただよっている。互いに「メンツ」があり、譲れないらしい。

正式に表門へ長官部の張り紙が出された。結局、通信隊は引き上げていったのである。「東北保安司令長官部政治部」の大きな文字が門側にはられていた。


ソ軍時代、創刊号だけを出して、第二号を計画中の「新芸術」という雑誌を前において、孫少校と安野とが向かいあっていた。

表紙の絵が、問題となっている。

その絵は、四辨の花束を白い紙に包んである。思想的にも、政治的にも、何の色彩ももたぬ、ただ表紙として美しくみえるように描かれた一個の表紙にすぎなかった。

ソ軍時代、いっさい思想的にも白紙であるということ、芸能をもって、居留民と軍将兵を慰問するという目的以外、やがて、ここが中国の支配地になることを予測していた安野は、表紙も内容も、思想的に何ものもない、時事の批判もなければ、過去の回想もない編集をした。内容もないこの雑誌にクラフチェンコ副司令官は何の不満も述べなかったばかりか、扉にサインをし、安野の要求に許可の証明をしてくれたものであった。

　孫指導官によれば、その絵は、

「花は桜のシンボルであり、紙に包んだというその紙包の尖端が前後左右に向いているのは、八方に雄飛せよという象徴であり、紙包の根本をリボンで結んであるのは、日本人よ団結せよという暗示である」

　というのである。

　安野は唖然として孫少校の顔をみつめた。そういう考え方がもし有るならば、ぜひ孫指導官から説明諒解をして貰わねばならぬ。

「僕には分かっている。僕は日本語もよめるから、内容も思想的にもいっさい悪い点はないと思うし、表紙も単なる絵と思うが、見方を変えるなら、今言ったように思えないこともない……。これは、僕の意見ではないが、上司のいうには……」

　安野は、画家の性格、思想についてくどくどと説明し、表紙問題は、孫指導官がうまく報告しておくということで一応解決した。

　画家伊崎は身顫いして、「驚いた考え方だ。何も描けませんね……」と独言していたが、安野もこういうものの見方があるということは、よほど言動に注意しないと、どんな危険が伏在するか分からないと思うのであった。

　協会の中へ入ってみて、孫指導官は、それがいかに思想的に無色透明何ものもない団体か、逆にあきれているほどであった。

中国の文化や、小説や演劇がほとんど政治と結びついて仕事をしている現実を思うと、孫少校には不審なくらいだったに違いない。監督の方針が、夫婦喧嘩の仲裁や、恋愛の相談に主力を注がなければならないとは、彼も考えてもいなかったのであろう。

拳銃を肌身離さず、暗殺者の眼を常に警戒していた孫少校も、外出する時以外は、無人の自分の室より安全だといって、安野に拳銃を預けているような自分がおかしくなるらしかった。

孫少校――しかし、謀略や諜報任務についていたという孫少校にとっては、ときどき協会の女たちの行動が分からなくなる。あまり内容のないことは、逆に、何か内容があるように思われてならないのだ。擬態ではあるまいか。偽装ではないかと。

お芝居ならこれくらい巧みな名優はない。もっと日本人の私行を高くかっていた彼に、大石義雄の擬態を想像さすのであった。

安野に話すと、安野は苦笑するより他はなかった。政治の話はもちろんのこと、日本の現在たっている国際的の位置、諸外国の日本観、およそ、そういう現実とはかけ離れて生活している日本人――とくに協会にいる日本人のすべてを、余りにも無心無表情の故にお芝居と見、大石一派の擬態と思う孫少校に、やはり、民族を異にし、ついに半年前までの敵であったという壁があるのかと思うのであった。これが、世界で有数の愛国心をもっていたといわれる日本人なのであろうか？　戦時中、一体、彼らは祖国のために何かやったというのか、孫指導官はときどき彼らの実態を見喪って戸惑うのであった。街で、公安隊にどうかして曳っぱられるような会員があると、孫少校が飛んで行って貰い下げまでしてやらなければならなかった。

　中国側の演劇隊の進出や、青年遠征軍演劇隊、中宣部の劇団などが、劇場を接収するようになってからは、協会は主として舞踊、音楽で慰問などに主力を注ぎ、また装飾、飾りつけなどに方向を転換していった。

　第一に解消したのは文学部と、ソ連時代設置された「芸術学院速成科」であった。安野速成科長も退職した。野田美術部長も独立して、美術工芸社を作った。

　協会は、吉田会長が新たに「芸術工作隊」と命名された同隊の隊長として残り、減少された芸術工作隊には、高勇吉兄妹とか、大森操六、鳳久子夫婦など舞踊と音楽でかためられ、中ソ連宣社の指導下に入った。

　孫少校も長官部政治部へ帰っていった。

　中国語で「降伏的天皇」というパンフレットが出ていた。

　帰国も、五月から開始されることに決定したが、留用者は、正式の解除証明がない限り、帰国はできない。北站（ペーダン）で発見されたり、遠くコロ島、錦西、錦県で発見されて、連れ戻される技術留用者もあった。

　その頃、南京における日本軍の暴行の真相をかいたパンフレットが、総処から一部に配布された。不鮮明ではあるが写真も入っていた。

　日僑俘に関する一切の司法行政は、日僑俘管理処が司っていたが、他の機関でも、日僑俘の逮捕取り調べはあった。

憲兵、警察官の探索は、ソ連時代以来続けられていた。黒龍会関係者の探索も続けられており、満州に黒龍会があったということを初めて知ったくらいであるが、黒龍会の会員というのか、党員というのか、そういう前歴者の調べは真剣になされていた。

ソ連時代から協和会首脳部もにらまれたが、ナチ党の如く単一政党と重要に考えられた協和会自身、大した政党でも、政府推進力をもっていたとも考えられない結論が出たように思われる。満州事変頃関東軍参謀長であり予備陸軍中将だった協和会三宅本部長はソ連に抑留された筈である。満州の惑星であった甘粕満映理事長は終戦直後狂句一句を残して自殺した。フィルム全部を集めて火を放って全員自決の決議も、和田理事の善後処置がよかったため、満映は無事であった。

暗雲渦巻くトンペイ

〔日管・督察組〕

日僑の日本本土への引き揚げは、東北行営日僑俘管理処（のち東北行営は東北行轅）と旧民会の日僑善後連絡総処によって、真剣に検討具体策が練られていった。

ポツダム宣言によって、外地にある日本人を一刻も早く日本々土に帰国させる――。

中国――とくに東北（トンペイ）と呼ばれるようになったが、満州では、中共との内戦後も一応、長春、瀋陽は国民政府の支配下におかれていたが、北方はハルピン以北、四平以南、大連、旅順等は、常に中共軍の進出に脅かされていた。

長春、瀋陽も、中央軍の勢力下にあったが、周辺には容易ならぬ雲行きがみられ、長春は一進一退で、市街戦の激しい交戦さえ行なわれたほどである。瀋陽以北の鉄道沿線、四平、公主嶺間の鉄橋は常に破壊され、修理して打通すると、また爆破されるという有様であった。

長春では、大同大街の中央銀行だけが、中央軍の死守陣地になった日さえあった。瀋陽は中共工作員、密偵が随所に潜在しているると、常に警戒しているのである。

昔から、奉天で戦乱はとどまるという不思議な伝説があり、内乱ばかりでなく外戦も、奉天、瀋陽までで終わり、戦禍は奉天に及ばないと中国人のある人びとの間では、かたく信じられていた。

しかし覆面の将軍（林彪将軍、武参謀）による東北進攻作戦は間断なくつづけられ、戦機をねらっているのだった。

主席毛沢東への信頼は瀋陽などにおいてさえ、若いインテリ層の支持があったようにみられる。台頭しようとする新しい思想への魅力であったかも知れない。為政への真摯さ、情熱が、口にこそ出さないが、彼らに対して、まだ見ぬが一種の敬意をもたせていたようだ。

そして、一方、青年たちは、国民政府主席蔣介石の人物に対して、同じような尊敬を払っているというのが、彼らの偽らぬ毛、蔣両主席への批判であったように思われる。

蔣主席への深い信頼は、さらに、二、三の蔣主席をめぐる指導者への信頼でもあったが、他の国民党政府の指導層に対する信倚は、十年前、十五年以前に較べて失われていたようである。蔣主席の人間への信頼は別として、国民政府に対する政治的信頼の度は、薄れつつあったというのが、覆うことのできぬ真実ではなかろうか。

そして、逆に、八路は恐ろしい、中共軍は恐怖的存在であるという印象は、民衆の間から徐々に薄れつつあったように思われる。毛沢東は民衆を愛している。すべてを民衆に捧げている。その政治的信念が次第に東北の民衆に徹底していったようだ。

『党外との関係——多くの同志は党外の人に対しても訳もなく尊大に振舞って得意となり、大衆を蔑視している。これらの同志は大衆の誤りを責めるのみで、自分が一知半解の徒であることを知らない。われわれと合作せんとし合作の可能な一切の人びとに対し、われらはただ合作の任務があるばかりであり、彼らを排斥するいかなる権利も持っていない』

毛沢東は言っている。言って実行している。中共の幹部たちは、民衆への愛と保護を失わなかった。

毛沢東をめぐる何人かの指導者も瀋陽に姿を現わした日がある。彼らは粗末な国防色の服をつけ、兵士たちと大して変わらぬ服装をし、兵士たちと同じような生活をしていた。

国民政府に対して失われつつあった民衆の信頼が、再び、復活する日があるかどうか知らないが、失われた民心を取り戻すことは容易ではあるまい。

中共に対する新しい民衆の信倚が、台頭する新鮮な政党へ、政治への単なる一時的なものであるかどうか知らない。長い年月の間に、再び、中共に対して、国民党に対して民衆が現在もっている感情を持つようになるかどうかは、中国の今後の為政によるであろうし、その熱意と真実とによるであろう。

民心を離れて、為政者は何事をも為し得ないのである。精鋭な軍隊といえども、民意から見離されては、無用の長物化するのである。私たちは満州でその真実をみせられてきた。

『諸君が自粛しないならば、自分はやがて中共の捕虜となり、諸君は戦犯となるであろう。われらの敵である中共を見よ。彼らは何かしようと決めたら精神をこめ、全精力をこめ、一生懸命になってこれをやりとげる。しかるにわれわれはどうだ。国民党員が何か職につくと看板だけあげ、後は昔の役所と所じように何もしないで成り行きにまかせている。中共党員は一人残らず一刻もムダにしないで、われわれをやっつける方法を研究している。諸君は一人として真面目に現在の情勢を研究していないと私は断言する。諸君は自粛し向上しなければならぬ。そうしてのみわれわれは勝つことができるのだ。軍事的には絶対の自信をもっていることを保証する。国府軍はまだ敵より優勢である』

これは一九四八年四月一日の、国民党中央訓練団に対する蔣主席の訓示の一節であった。そして一九四八年十二月二十五日には、中共は第一級戦犯として四十九名を指名している。蔣介石、李宗仁、陳誠、白崇禧、何応欽、顧祝同、陳果夫、陳立夫、孔祥煕、宋子文、張群、翁文灝、孫科、呉鉄城、王雲五、戴伝賢、熊式輝、張厲生、朱家驊、平世杰、顧維鈞、宋美齢、呉国楨、劉峙、程潜、薛岳、衡立煌、余漢謀、湖宗南、傅作儀、閻錫山、周至柔、王叔銘、杜永清、杜聿明、湯恩伯、孫立人、馬鴻達、陶布聖、曾琦、張君励。以上であった。そしてさらに一九四九年一月二十六日には、蔣経国、劉健群、藩公展、鄭介民、葉秀嶺、左舜生。六人が追加された。

蔣経国少将は、蔣介石主席の息である。張学良の第四弟、張学詩は、中共側の政治的新人として三十代の若さで活躍をつづけている党員である。

蔣主席をのぞく、多くの国府軍の指導者たちに、四月一日のこういう率直な自戒反省があったであろうか?

蔣主席を中心にした、国民政府要人の戦犯指名前後の系統組織をみるなら、欧米派といわれ、財政経済の面で、

宋子文（広東省主席）、孔祥煕（国防委員）、王世杰（外交部長）、顧維鈞（駐米大使）、王寵恵（国防委員会秘書長）、王正延（元外交部長）、郭泰祺。

政学系、政治の面で、

張群（総統府秘書長）、翁文灝（行政院長）、熊式輝（前東北行轅主任）、呉鉄城（国民党秘書長）、呉鼎昌（国府文官長）、徐湛（前食糧部長）、陳儀（前台湾行政長官）。

C・C派といわれ党政の面には、

陳果夫（国民党中執委員）、陳立夫（国民党組織部長）、朱家驊（教育部長）、張道藩（元宣伝部長）、張励生（内政部長）、谷正綱（社会部長）、呉開先、潘公展。

黄埔系、軍政では、

何応欽（国防部長）、陳誠（総統府参軍長）、胡宗南（十一戦区司令官）、顧祝同（陸軍総司令）、張治中（西北行轅主任）、湯恩伯（陸軍副総司令）、衛立煌（東北行轅主任）。

等であった。

特務工作的組織として軍事委員会調査統局（軍統局）があった。（藍衣社）本部は南京におかれ、全国、十三地区に站を設け、各分巴站を設け、その下に各組をおく湯恩伯その他十三名を以て組織され、総統腹心を以ってあてられ、軍、政の中枢を掌握した。

軍統局創設者であり、主席の信任厚かった戴笠が初代局長であったが、一九四五年民国三十四年北平において飛行事故で客死し、二代局長として、鄭介民国防部第二庁長が兼務した。

事実上、軍統局の運営に任じているのは毛文佐副局長であり、副局長に準ずる文強中将（前東北行轅督察処長）がある。各站長は少将級をもって充てられていた。

国民政府の人的組織に対する、中共軍の軍政の人びとをみるに、毛沢東主席に配するに、軍の朱徳がある。中共軍育ての親であり、最高指導者で「中国のヴォロシロフ」といわれている。中共副主席、中共軍事委員会副主席の周恩来、これが中共の三最高領袖である。

国府軍を一蹴し、陳誠、杜聿明、鄭洞国、孫立人、衛立煌将軍等の一大防戦を打破した、東北民主連軍の総帥に林彪将軍がある。

葉剣英、徐特立、彭徳懐、徐向前、陳紹禹、李立三、賀竜、劉少奇。

さらに、「南征三将軍」と呼ばれ「赤い三つの巨星」といわれる、陳毅、劉伯承、陳賡の三将軍があり、政治の新人として、

羅栄桓、薄一波、張学詩、林楓、黄必武、郭少萍、葉剣英(葉剣英は長く中共軍総参謀長だった)。

軍の新人として、林将軍を随一に数えなければなるまい。劉少奇、陳賡、栗裕、李雲昌、等の活躍がめざましかった。

昭和二十四年までの、これが、国民政府、中共側の軍政の人たちである。

だが、事実上、トンペイ全土をまだ中共は支配するには至っていなかった。一九四七年一月には、東北のほとんど全土は中共支配下になっていたが。

日本降伏以後の中共の動きを簡単に知るために、一九四八年アサヒニュース(一〇五・六号)の大久保泰氏の記事を借用する。(地図説明があるので多少補足した)

『しかし、中共は独自の立場から抗日作戦を展開し、日本軍占領地域に解放地区の設定を行

った。そして抗戦八年の間に中共は華北、西北、華中の八大辺区政府を樹立した。（即ち、（A）＝延安地区。（B）＝大同、帰綏地区。（C）＝保定、石家荘地区。（D）＝赤峰地区。（E）＝開封、鄭州、彰徳、隴汾地区。（F）＝徐州地区。（G）＝恪陽隣接地区。（H）＝南京地区——以上勢力範囲）

党員百二十万、正規兵九十万、武装民兵二百二十万。統治人民九千五百万（一九四五年五月党七全大会に於ける毛沢東主席の報告）にその勢力を広大するに至ったのである。

しかし中共の党勢力が増大するにつれて国民政府との間に武力衝突が激化するに至った。そしてこの国共両軍の抗争は日本の敗北により「抗日」という国共合作のクサビがなくなったので、今度は日本占領地域の「接収」と日本軍の武装解除をめぐる争奪戦となって、「内戦」にまで発展して行った。国共両党の外に民主同盟、青年党、無党無派代表を交じえて政治協商会議を開いて内戦の停止と中国の和平、民主統一の方針を協議の末一応まとめ上げたが、国共両党ともそれぞれ、「領首政治組織、人民、領土、軍隊」を持っていたので、ともに一種の政党ではあるが、全く一国家を形成していたのである。国共両党が政治的に中国の統一をはかろうとしてできなかった困難性もそこにあった。

おおまかに言って終戦後の内戦の推移は次の四つに分けることができる。

第一期——

日本軍占領地区接収と武装解除をめぐる両軍の争奪戦の時期——終戦直後から半年間で、中共軍は日本軍降伏のあとを追って水が浸透するように揚子江以北地域と満州に進出した。

この時期に中共軍は日本軍の兵器、弾薬を接収して飛躍的に増強された。

第二期——

国府軍の赤色根拠地覆滅の時期である。これは一九四六年三月、国共が武力解決の段階に突入してから一九四七年七月までで、政府軍はその装備にものをいわせて、東北、華北、華中の中共根拠地に対して全面的な攻勢に出たのである。そしてほぼ山東半島と山東中部を残して黄河以南の赤色基盤を覆滅することに成功し、華北では中共の第二の首都であった張家口や延安を占領して中共軍を圧迫した。

また東北では天津から瀋陽を結ぶ満州補給路を打通、南は営口から北はハルピン南方松花江南岸、東は安東、吉林を結ぶ線にいたるまで全東北の約五十パーセントを占領するに至った。

第三期——

中共軍総反攻の時期で、一九四七年五月から一九四八年六月までである。この期間において中共軍は東北では、八回にわたる総反攻をくりかえし、長春、瀋陽、錦州の三都市周辺を残して全満を占領、ハルピンに首都をおいて赤色満州再建を大体完成するに至った。

西北において一九四八年四月、延安を奪回、西安——宝鶏間の隴海線西段を制圧して四川省北部に侵入、華北では、洛陽、石家荘、運城などの主要都市を攻略した。

また揚子江以北の華中地域では劉白承、陳毅、陳賡将軍のいわゆる「南征三軍」を進出させて攻勢を展開、京漢線、津浦線南段をいたるところで切断、その勢力は揚子江北岸に迫るに至った。

第四期――

そして一九四八年七月以来、立憲政府として発足した新政府は、軍政、経の掃共態勢を整え、内戦の規模は両陣営の決戦的性格を帯びる第四期に入った。

新しく中国軍の進駐をみて以来、日僑俘と呼ばれるようになった日本人が、ソ軍駐屯の間に洩らす言葉は、中央軍が来てくれたなら、国民政府軍はまだか――という言葉であった。三月以来、待望の中央軍は進駐したのである。新六軍、そして新一軍であった。治安は、昨年ほど悪くはない。日本人の胸には、あの終戦直後の蔣主席の、

「暴に報ゆるに暴をもってせず」

という言葉。そして、

「もしも、暴行をもって従前の暴行に報い、汚辱をもって、従前の誤れる優越感に応えるならば冤と冤とは、相報い永久に止まるところがない。これは決してわれわれの仁義の師の目的ではない」

という君子の言葉であった。

日本人は八年の中国での所業を忘れていたのであろうか？　敗戦国民として、何を求め、何を得ようというのか？

すでに、帰国のことも決定し、日僑俘管理処長李少将以下、副処長剤少将、督察組組長劉治沢上校（大佐）、張上校などは、真剣にこの一大事業に熱情を傾けていた。

督察組には多くの日系工作員がいて、陰に陽にこの行を援けていたのである。長春との連絡、長春の引き揚げの実務も一切はここで成されていた。中共地区の日僑俘の引き取りということも決して容易な業ではなかったが、これらの人びとは、その難事業のために、幾度も、長春やハルピンへ出張していった。

出発地点、北站（ペータン）の整備も必要であった。錦県、錦西、コロ島の三集中営の、弁事処と多数の日本人を収容する設備も完成しなければならなかった。

全日本人は予防接種、身分証明、写真、腕章、そういう必要な一切の準備手続きを果たさなければならなかった。証書証券類は、町々の分処で領収書と交換しなければならなかった。そういう慌ただしい間にも、内戦の不安はいつも身辺にデマとなって飛んでいた。馬車夫や人力車夫がことごとく、八路軍の便衣にみえるような日があった。

日管の留置場にいる日系や中国人は、こうした容疑者が多かった。

中共地区から、中共区を通って送られてくる証券、証書、預金通帳は、督察組で、厳重な荷造りをした箱も一応、壊して調べるのであった。

第一回は、難民大隊と戦争未亡人の婦嬬部隊が出発していった。

この部隊は北站（北奉天駅）で暴徒の襲撃を受け、あらゆるものを奪われて、また、戻って来たという風説が飛び、次々に待機しているものに不安を与えていた。日管の林軍官は汗みどろになって小盗どもを追い払い、奪いかえした品物を一つ一つ、たどたどしい日本語で怒鳴りながら持ち主にかえしてやった。生活の必要品だけに、それとほんのわずかな全財産だけに彼らの喜びは言葉で現わせないくらいだった。遣送も二度三度重なると順調に治安も万全になっていった。

日本人は、一切の財産を失っているのだから、できるだけ禁制品以外のものは、持たせて帰してほしいという日系からの進言を、会議の席上で組長や張上校は力説した。

時計もいい、万年筆も許可になったと、日系の肩を叩いて張上校が嬉しそうに会議室のある日管の本部の方から、督察組へ帰ってくるのだった。

帰国大隊の帰国は、順調に進んでいた。

途中は無蓋貨車が多かった。プラット貨車もあった。プラットは危険に思えるので四方に棒を縛り、縄で振り落とされないように細工をほどこす。途中で投石されたという情報が日管に入るくらいで、思ったほどの事件も起こらないようだった。女を出せ、金を出さねば汽車を動かさぬというような報告は日管には入らなかった。

日系工作員は、そうした仕事の補助的任務のほかに、関東軍の遁残兵の調査をやらされているものもあったらしい。

一般市民の中には、経済的にも恵まれ、昼も夜も、のんびりと一日を暮らしているものもあった。一方には、総処の補助でその日の生命をつないでいる人も多かったのだ。

開拓地から生命一つで遁がれて来た多くの人のほかに、働くことのできない、幼児をもった母たちも、そういう機関の助けを受けなければならなかった。女として最後のものを生活のために棄てた人も多かった。民会は、だから常に、着物や、下着や、寝具を、市民に呼びかけて寄付を仰がなければならなかった。

出発がきまったなら、金は乗船地のコロ島で千円のレシートに交換し、それ以外は日本に持ち帰れない。あとの金は、総処や弁事処で、証書と引き換えに救済費用にあてる。

物価は次第にあがっていた。コーヒーも五十円になり、どんぶり物は七、八十円になっていた。角砂糖の二十五円は六百円程度になっていたのだ。

ソ連紙幣が、突然使用禁止になり、中国の将校さえ交換ができなくて困惑しているものがあったのだ。使用禁止になる一日前に、不思議に町の露店などでは中国人は軍票を受け取らなかった。

細長い、中央銀行発行東北九省流通券という、まだ、百円が最高の中国紙幣が流通していた。元でなく円とかいてある。

依然、偽満州国中央銀行紙幣は使用できるのだ。インフレは、上海や北京ほどではなかったが、次第に値は騰った。日本人在住中、インフレの恐怖に見舞われなかったのは幸いであった。

そういう時代（一九四六年七、八月）、町中で突然、使役に出てほしいと政府軍の軍服を着た将兵に拉致されて裸にされる剝取り強盗が出没していた。一応、軍服をつけている将兵であるために、日本人では拒むことができない。馬車に乗せて町はずれの砂山とか、鉄西へ連れていって裸にしてしまうのであった。殺傷沙汰はなかった。

日管督察組の分室が、繁華街のきれるあたり、十条というところにあった。

ある夜、この十条の分室が、十数名の武装強盗に襲われ、日系工作員全員が縛られ、拳銃をとられ、金を奪られた。留置場を開放したが、容疑者は逃亡しないばかりか、かえって縛られている日系工作員の縄を解いで救出した。

犯人は何者であるか判らなかった。

あの秋、林洋行の大森という婦人はこの分室預けの形になったまま釈放されないでいた。取り調べ中、自殺をはかって庭へ飛び下りた彼女は不幸にも不具になっていたが、彼女が一番落ちついていた。男たちよりずっと動じなかった。

NKVDの情報をつとめていたという彼女の容疑はなかなか解けなかった。彼女は自分の運命に従順だった。彼女は自分を調べる日系を軽侮していた。余りにバカバカしい自分への疑いに対して。

知識人としての彼女の態度や言動が、かえって彼女の立場を悪くしているようだった。通りすがりに、ふと他家の窓に瞳が走ったというだけで、スパイの嫌疑を被らないとはいえない時代だった。彼女の諦観も長い拘留生活の中から得た唯一のさとりであったかも知れない。

軍統局

日管・糺察隊

「あの女は、しょっちゅうここへ引っぱられて来ているようだが、なんだい？　王上尉に調べられている……あれは、なかなかの美人じゃないか、なりだって一応ぱりっとしている」

日管督察組の若い日系工作員らしい五、六人が、一番奥の日系の室から首を出して、表の方の中国将校たちの広い調室へ、興味をこめた眼を向けている。

「あれかい、あれは、帰国したくないんだよ。俺がついて北站（ペータン）まで送っていったとき、あれが二度目だから、これで三度目だな、何度連れて行っても逃げ出して来るんだ。皆、帰りたがっているのに変わってやがるな……」

「君なんか一番に帰りたいくちなんだろう。俺などは帰ったたって家はないし、このままこんな調子なら満州にいたいね」

「こんな調子ならね……いつも……」

一人が横あいから口を出し、

「いつ中共側にやられるか分からない、そんな時、俺たちも一緒に連れて歩いてくれりゃぁいいが、ここへ置き放しにされたら、何のことはない国府軍への協力者で一コロだ」

「だって、中共側だって、日本人を協力させているじゃないか、無力な日本人は、誰にだって今の所、協力しろといわれたら嫌とはいえない。そいつを、君、いちいちまるでスパイをやったように、とッ捕まってやられたんじゃ処置なしだ」

「だから仕方がない。運だよ。運以外ないよ。わしは早く帰りたい……俺たちはどうなるんだ？」

「希望のものはどうやら留用解除にしてくれるらしいよ。もっとも、用の余りない部署からだろう……いつのことか当てにはならないがね」

話の最中に王上尉が日系の室へ入って来ると、

「あの女、送って行ったのは誰だったかな？」

と訊く。一人が、自分ですと名乗って出ると、

「困ったね、少し日本人同志で説諭してくれないか。何といっても帰りたくないというんだ……」

「王さん、嫁さんに貰ってやったらどうです？　美人じゃないですか」

「冗談いっちゃいけないよ。帰りたがらない女いちいち貰っていたら食わせるの大変だ」

「結婚しているのと違うのですか？　中国人と……」

「どうもそうでもないらしい。結婚しているのなら堂々と残るという筈だよ。あんな風にして逃げてくる筈はないよ。パーロの密偵とも思えない」

「相手の名前が出せないのと違うのですか、将校か何かで、困る事情でも……」

するとー人が、

「ね、王上尉、そんなときにはなかなか中国人は要領がいいから上手くやりますよねえ」

「うむ……」

うなった王上尉も困ったものだというように、

「一度こっちで話してみて、総処の方へ廻して、もう一度、連絡組の方へも話して、どこか一番最近出る大隊へいれてみてくれ……」

といった。善後連絡総処内にある甘連絡組長が、配車、乗車に関する権能を握っていた。

王上尉は、そっちの用務を命じ終わると、

「村井君は、どうしたんだい。今朝から来ていないようだが、ちょっと用があるんだがね」

「昨日の夜からいないんです。合宿へも帰って来ないので、ちょっと心配しているんですが、間違いはないと思いますが、今日も出て来なければ長官部や公安隊の方へも連絡するつもりです」

「来たら、忘れずに僕に連絡してくれないか、頼んどいたものがあるのだ」

「美人のお伴なら、僕が総処へ行ってもいいぞ……」

「第二回に北站へお伴の光栄に浴した俺がつれて行くよ」

「探せという女は、総処出発名簿をいくらひっくり返しても出てこないし、今頃、名前変えたり書類を改竄して他の大隊へもぐり込めるかね？」

「日管も、総処も、係が皆で協力しなければそいつはできないだろう。全然不可能だとはいえないがね。見落としたのじゃないのか？」

「そんな眼じゃないよ……」

　言ってしまってから、その青年は、

「俺はもうこの仕事がいやんなってきたよ、世間でも誤解しているしな……一人でも多く、一人でも無事に日本へ帰したい……俺はいつもその念願だけで働いてきたつもりだが、引きとめるために、日本人を追っかけるなんて……」

「俺も、近頃、ときどき俺のやっている仕事に疑問を抱くのだ。殺人か強盗の犯罪者なら知らず、とくに女の場合など、国際恋愛だってあったかも知れないじゃないか、ソ連人とつき合いがあったという理由ぐらいで、そう念入りに調査しなくてもいいと思うがな……」

「君はソ連贔屓なのか、変だぞ……」

「俺は無色透明さ、俺は日本人を安全に一人でも多く帰国させたい。そう思うだけの話をしているだけだ。変なことといわないでくれよ。大きな声出して隣へ聞こえたらまずいじゃないか。悪いのもいたが、個人としては素朴な人なつこい良いのもいたからな……」

「まあいいや、女なんかに、大したのはいやあしないよ。それより遁残兵の方の武装解除や、引き揚げ勧告の方はどうなっているんだい？」

「俺は、つい二、三日前に、その話はきいたがね、連絡はついているらしいな。何でも岡村大将の方からも、誰か中佐か何かがこっちへ連絡に入っているらしいよ。どうもそのことではないかと思うのだが、文中将に、張上校がしきりに会っている」

「文中将は君、実際に、そんな勢力あるのかい？　会ったものはいるのか？　ここの日系で……」

「小野村班長と、文化班長だけだ。実際偉いらしいが、若いんだってな。三十九とも四十二ともいうが、背が高くて男惚れのするようなりっぱな将軍だそうだ」

　文中将とは、東北行轅督察処長文強中将を指しているのであろう。
俗に、軍統局といい、中国将校の身顫いする機関。正式の呼称は、軍事委員会調査統計局の要職にもあるといわれていた文中将であった。文中将の秘書長には張樹勛少将がおり、張上校がいた。そしてこれらの人びとが日僑の引き揚げ業務に陰に陽に大きい力を注いだのであった。関東軍の遁残部隊の帰順、武装解除、帰国などという重大懸案も、着々と進められていたらしい。

　王上尉から女を預って、一人は総処へ出掛けて行くと、入れ違いのように村井が蒼褪めた顔に繃帯をしてズボン一枚で帰って来た。手足にもひどい擦過傷を受けている。

「おい、どうしたのだ？」

　一人が嚙みつくような声をあげてきく。

「喧嘩でもしたのか？」

　と訊いてから、喧嘩どころか、大きな声一つあげられない村井の日常の温順さを思い出すと、悪いことを言ってしまったというような顔をした。村井はまだ生々しい恐怖をその表情

に浮かべながら、

「辞めさせてもらいます……」

それが精一杯の村井の言葉だった。

村井は文化班にいた。文化班はあとから新設されて、芸能や文化の方を担当する係だった。芸能人に禁制品になっていた楽器の持ち帰りを尽力の上、許可をえたのも文化班長と小野村班長の力だった。そうした仕事は、張上校から、文強中将に連絡され、大きなことはそこで内意を受けて運んでいった。

村井の昨日からの事件はこうである。

夕方四時過ぎ、連絡のため大陸劇場の前を通って、総処の通りへ出ようとして電車通りの方へ出てゆくと、喜久屋百貨店の前で中尉の制服を着た将校と、兵四、五人に呼びとめられ、使役に出てくれと申し込まれた。銃をもった兵は一人しかいなかった。

非常に叮嚀な態度なので、彼は、一応身分証明をみせて、使役を断わると、納得したらしいので、そのまま、喜久屋の方へ歩き出した。

すると、兵隊の一人が追っかけて来て、ぜひ頼むというので、村井は、本来使役に出る必要のない身分であるが、これも中国への協力と、その気になり、待たせてあった馬車に乗ると、ぐんぐん鉄西の方へゆく。

別に不安もなく乗っていると、掠奪で荒廃しきった鉄西の工場地帯へ引っぱり込まれ、ものもいわず、大勢でいきなり殴りかかり、時計から、金入れ、上衣からワイシャツ、ズボンまで剝そうとする。

やっと物奪りと判ったのだが、声をあげても、救いの来る場所ではない。殺されるのだ、と彼は観念したが、ズボンだけは返してくれと頼むと、将校を相手に相談していた一人が、投げつけるように返してくれた。

ズボンだけはくと、彼らは、村井のネクタイで後ろ手に縛り、破壊された古工場らしい隅に縛りつけてしまった。

みんなは引き上げて行ったのであるが、必ず、一人の見張りが執拗に出入している。どうするのか分からない。

あたりは真っ暗になってくる。物音もしない。どうやら見張りもたまにしか来ない。村井は水道管の古く鎖びたやつに、後ろ手に厳重に縛られたまま、一生懸命両手を摺りつけて、やっとネクタイを切って逃げ帰って来たというのである。

純絹のネクタイは、なかなか切れない。

「身分証明をみせたのか？」

と一人がきくのだった。

身分証明は充分納得するまで読んだという。その身分証明は、金入れと一緒にして将校服の男がポケットへ一番先にいれた。

日系工作員から、この調書は王上尉へ、王上尉から劉組長に差し出された。

辞めたいと、恐怖でおののいている村井には、一日休養をとるようにいっておいて、工作員たちは、近頃、ときどき起こる、中国軍の軍服の将兵のこうした追い剝ぎ事件に対しては、徹底的に調査をしなければ、と相談した。これは国府軍の威信にも関する。もちろん偽物と思うが、偽物ならなおのことである。

会議が開かれ、新たに日管将校の中から、馮少校を隊長とする糺察隊が生まれた。係将校もきまって、三班に分かれ、市中の警戒と検索につとめたが、糺察隊という腕章を巻いた中国将校と、日系工作員数名による警戒網には雑魚一匹かからなかったのだ。

そこで村井事件で思いついて、温順そうな日系を先に歩かせ、そのあとから、警戒をする方法をとった。鉄西へ向かう途中、砂山へ向かう道で、銃器をもったこうした制服の兵隊が、続々逮捕されてきた。

糺察隊部は、日僑善後連絡総処の四階にあって、そこへ捕縛されてくる犯人は、厳重な取り調べを受けるのであった。

ことごとく、偽将兵で、服や肩章は町で売っているし、銃器は城内の方に流れていた雑多なものをもっている。持たないものもいる。

糺察隊の活動で、町は次第に以前に増して平和が戻ってきた。

犯人たちはいずれも現行犯で、取り調べ官の前では別人のように哀訴する。泣くものさえあるのだ。なかには強情をはって拷問を受けるものもあったが、拷問の方法は、両手を前に伸ばし空に向けた掌を、平たい板切れで激しく打ちすえるのであった。

よほどこたえるのか、例の大業なゼスチュアなのか号泣するものが多い。この糺察隊本部には日管督察組のものの外は、総処の人びとも立ち入りを禁止されていた。

ちょうどその頃、柳町あたりにあった接客婦を全部帰国させるために、日管はそこの女全部を楼主に引率させて総処へ集めた。

何百人という女群が、中国人の楼主につれられて、ここへ集まって来る様相は凄まじいほどのものであった。

いちいち身上調査をやる。帰国先、教育、家族等一人一人調べるのである。若い日系には、この調査が何だか痛ましくてできにくかった。

ほとんど大部分が、終戦後、生きるために選んだ道であったらしい。開拓地から来たり、戦争未亡人もあった。

だから、花柳の巷に生きて来たようなアカ抜けしたものはいなかった。

女学校も出て、一応りっぱな夫人として北満で生活していたという容貌も十人並み以上の女も二、三人はいた。

その虚無的な眼は、愛情も好意もよせつけなかった。

何といっても、日本へ帰りたがらない女もいた。帰っても生きる道もなく、寄辺もないというのである。

荒々しい生活で肉体を蝕まれていることを思うと、いっそ、このままこの荒い生活で自分を殺してしまいたいという心理に固執してくるらしい。

なりふりも、現在町中でみかける買い出しの主婦よりも粗末で、かつ、泥臭いものが多かった。

何十人かの楼主は、一人一人係官の前に呼ばれて、今日限り、この女たちは五階へ一応収容して日本へ帰すと申し渡されていたが、中には、相当の前借金を持っている女がいる。このままでは困ると訴えるものもいたが、諄々と説諭されると、そこは中国人の「メーファーズ」で、諦め顔で帰って行った。

楼主の代理で来たものも、当局の命令を楼主に伝えるように言い渡されて、すごすごと帰って行った。

抜き打ち的に呼び出されたため、ほとんど残るところなく日本人の接客婦は五階に収容され、ここから日本へ帰させられることになった。女たちは、自由になったということにも大して感動していない風にみえた。

こうした方法で、集団的な日本人も、ばらばらに町中に散っている日本人も、次第に帰国して行く。

それでも、強制的な帰国の網をくぐって城内へ逃げ込んだり、無籍のものになって帰国を拒んでいる男女もいた。

なかには、全然中国語も解さず、日用語さえ話せない身で、城内へもぐり込んでゆく向こう見ずなものもあったのだ。

どうして生きてゆくのだろう、と不思議に思うのであるが、それでも餓死することもなく生きてゆけるものらしい。

シベリアには、相当多くの日本人がノモンハン事件の時代から土着しているという話をきくが、これと同じような日本人が、東北（トンペイ）には随分残っているに違いない。

中国人と正式に結婚しているものは、残留していいことになっていた。慌ただしく婚姻届を出したものもいた。結婚でも相当時間的に長期のものでなくてはならないという風にいわれていた時もあった。

ドイツ人もトンペイには置かれなかった。高勇吉夫人は、昔から有名な国際結婚であったがソ連時代も中国になってからも問題はなかった。ケティ夫人は日本語もうまく、芸術協会の頃から一番しとやかで、いわゆる、いい意味の日本的夫人であった。

墓碑銘なき人々

〔一九四六年八月――十二月〕

うだるような暑さが続いた。敗戦一年目が近づいていたのだ。

瀋陽を第一として五月から始められた遣送は順調にはこんでいる。日僑の姿が町から次第に少なくなってきた。

いつの間にか精白の高粱が、一斤百八十円ほどにあがっている。米は二百円ぐらいになっていて、物価のあがり方は眼に見えて速くなっていた。

細長い東北九省流通券とともに、相変わらず偽満州国中央銀行の紙幣は流通していたのである。

帰国して行くものと、この五月に正式に発令された「日僑技術者の留用」の摘要を受けて、東北復興の一翼を担う人びとがあった。

中共の危機が迫ると、消費都市の物価は騰る。米や高粱は包囲体制にあると、眼にみえて少なくなる。

終戦直後の米はそれほど悪くなかったが、精米も疎悪になり、砂が交じっていた。ときどき白ザラメにガラス粉が交じっているなどというデマも飛んだりした。日本人は米を買ってはならぬ、という指令が出た日もあった。家を調査され、米は封印をして没収された家庭もある。

日僑善後連絡総処でも、不急不要の部署にある人びとは帰国していった。

船をみて気が狂ったという報告もあれば、乗船前日に子供に死なれた母親が、弁事処の人びとから火葬して骨にしてあげるから次の船を待つように懇々と諭され、この再三の好意をふりきって子供の死骸をすてたまま、乗船してしまったというような話もきかされる。

錦県集中営では、若い青年が、他人の幼い子供を中国人に売り飛ばしてしまった。ここまで無事に辿りついて、親は狂気のようになっている。金のために、他人の子供を売ったのである。犯人は捕らえられたが、子供の行方はついに分からなかった。

祖国へ繋がっている海をすぐそばに眺めながら、なお、悲劇はたえなかった。故国へ急ぐ人の足は自分自身のことしか考えなかったのだろうか、ここへ来ると極端なエゴイズムが眼にみえて多くなってきた。

身軽な者も他人の事には一切かまわなかった。ひとのことに手をかすだけの余力がなかったのだろうか？　日本人の社会的訓練の不足が目についてくる。

コロ島から米軍の管理下に入る。同国人以外の人たちに恐怖心を抱く癖のついた在満の日僑は、そこで米軍の将兵をどんな風にみていたのであろう。口笛を吹き微笑を頬に浮かべて、この人びとは疲れきった女や子供に手を貸してやるのだった。雨が降って難渋すれば、自分たちの雨外套をぬいで女や子供に着せて、乗船を援けてやる。階級が上の将校も、決して変わりはなかった。

コロ島は主として病人大隊を収容するようになっていた。完全なる医療班があったのは、コロ島集中営であったろう。そこの第二キャンプには、危険な伝染病の遺送者がおかれる。

ここには、アメリカ軍の軍医が主任医官として留まっていた。日本の医者は、日本軍の少佐や大尉級の軍医が多く勤務していたのである。

病人に対する意見が不一致な場合、アメリカの軍医は、

「僕はこう思うが……今一度、君の意見について考えてみよう……」

といい、自分が正しいと言えば、

「やはり僕の意見が正しいと思う」

また、他の意見が正しいと思えば、

「考えてみたが、君の意見の方が正しいように思われる。君の意見に従って処置しよう」

というように、病人に対する処置は厳正に取り扱われた。ここでは、医師は一個の学究のようにあつかわれた。言うまでもないが病人は貧富とか、かつての生活の高下など一切はな

れ、平等に大切な手当てを受けることができた。

遺送が進むにつれて、集中営に収容しきれないほどの大隊が繰り込んでくる日がある。そういう日は、アンペラをはった屋根の臨時収容所へ入る外はない。

留用者以外の遺送が大体終わりに近づくと、ここの軍医や医者も乗船を待つ身になった。

米軍軍医は、彼らに、

「自分も、やがて、ここを去ることになるだろう。諸君が、乗船し、帰国するのを見送って後に……」

米軍軍医は、協力した医者たちが無事に乗船するのを見送らないではいられない友情を感じていたのであろう。

医師の中には、長春、瀋陽等の開業医が大隊付になり出張名儀で付き添い、ここで留用解除して帰国するものもあった。本来は出発地へ戻るべき人びともあったのだ。あるいはコロ島で多少の勤務を果たし、順々に先任者から留用を解いて帰国することになっていたが、この不文律を守らない人たちもあった。

錦西、錦県、コロ島、ここ三ヵ所に集中営があった。

錦西は下車駅からやや遠い。錦県は小さい野原をこえると幾棟かの集中営が並んでいる。コロ島は駅を下りて、砂地の原を歩くと丘に集中営があった。さく、さくっと足を埋める砂の感触は故郷のにおいがした。

集中営には、日用品、靴、砂糖、煙草、何でもあった。錦西、錦県には、食べものの売店まで出ていた。コロ島では大隊が入ると、臨時にアンペラがけの汁粉やうどん屋が出た。

何ものも持たぬ困窮の人びとと、何千、何万という金を、この最後の場所で稼ぐ人びとと様々であった。金持ち部隊の金費いの荒かったあとは、集中営内の物価もあがっていた。あす乗船ときまって、余った金があれば弁事処へ寄付する。それは総処、弁事処の救済資金の中へ繰り入れられる。

多額の金を寄付して、早くたってゆく金持ち大隊もあった。非難もあったが、無駄金を費わず、多額の救済資金を必要とする総処会計の金が増えることは、そんなに非難するにも当たらないのではないだろうか。

政治的にも経済的にも全然、無力化していた日本人のために、混乱に混乱を重ねているさなかで様々な手がうたれた。人びとは、あの非常な姿を忘れて、平時の常識で振り返って非難することを忘れない。あの日々は常人の世界とはいえなかったのだ。金も物もいらない、生命だけ助かるなら、そう思ったその当時の感情は、誰も彼もすぐ忘れてしまう。

一人でも多く、一人でも無事に——。

こうした思いで、一身を棄てて働いて来た人びとについて、今は誰も何もいわない。

日管の日系工作員のあるものは、八月に入ると、中共側にある日僑の引き取り遣送の業務のために日管将校と共にハルピン地区その他へ出掛けていった。他地区の日僑はどんどん帰国している……。

中共地区日僑遣送は、多難な道を歩いた終戦後の大きな仕事の一つであった。中共地区の難民は長春、瀋陽、四平、哈爾浜市中にあった難民とくらべることのできないほど、惨めなものであったのだ。

国府軍と中共軍との関係を思うなら、この政治折衝というものも、決して生易しいものではなかった。

それればかりでなく、スンガリを越して引き取る作業も楽ではなかった。この仕事も一応成功をおさめ、日本への遣送を実現させることができた。

しかし、この困難な仕事にあたって、瀋陽の日管へついに帰還しない日系工作員もあった。これら困窮者が身体につけている虱の数は、ちょっと、日本内地では想像することのできないほどのものだった。虱は恐ろしい発疹チブスを媒介する。不完全な予防注射ぐらいでは防げないほど、悪質なものもある。

終戦から――引き揚げの完了まで、黙々としてソ連、中共、国府軍時代と、日本人の安全を念願して働き、一身を犠牲にして斃れた、民会や日管に、多くの無名戦士のあったことを思い出す人びとは少ない。

ただ、条約や監督官庁の保護だけで日本に帰って来たのだと、多数の人びとは考えがちである。錯雑する思想闘争と、暗雲の渦巻く中で、これらの無名の人びとは、常に、「一人でも多く、一人でも無事に」という念願を忘れなかった人たちであった。

そのために、ある人は、ソ軍の疑いを受けたかも知れない。また、ある人は国府軍の、またある人は中共軍の……。

そしてまた、そういう疑いは、ただ単に日本人を無事に、安泰に――おきたいという、純正な願いのためであったとは解せられない場合もあったであろう。見えない場合もあったであろう。

「暁に祈る」は憎むべきことである。暁に祈る何々版は、日本人の住む所、大なり小なり必ず在ったように思われる。

そして今、そういう哀しむべき、不快な摘発が行なわれている。摘発し、反省の機を与えることも大いに必要なことである。

あの混乱の中では、自分一人だけのことを考えることが、控え目に行動することが、自分自身には最上の道なのであった。保身の術でもあった。

それを知りながら、中共地区へも、日僑の引き取りに出掛けて行かずにはいられなかった同胞のあったこと、そして、その人たちの犠牲を踏んで海を渡ったのであるということを忘れてはならないのではないか。

そして、この人びとは、何の墓碑銘もない、一本の墓標もない土の下に今は、眠っているのである。

留用解除にならない、日管、督察組の日系工作員は、公用で、コロ島まで出張を命じられる日がある。そんな場合、いい用務で行くことは少なかった。

彼らとて、帰国したくないものは一人もいなかった。長い大陸生活と荒々しい一年以上の東北の生活で、切々として故郷を夢にさえ見るのであった。

ここの砂地は、海に近いことを思わす。

一握りの砂にも故国の香りがする。

砂丘を越えると、松の疎林がある。満州の地続きとは思えない汐のにおいもするのだ。

岸野工作員は、背は余り高くないが健康で、まだ暗雲の渦巻くなかを、四平に、長春に、日本人遺送のために東奔西走しつづけていた。

最後の一人を送りかえすまで……無口な彼は決して口には出さなかったが、その悲願を忘れてはいなかった。錦西も、錦県も、コロ島も、この三集中営いずれにも、日本人の姿は少なくなっていた。うれしくない用務で出張して来た彼は、少しの時間をさいて埠頭まで出てみた。長い間、見なかった海だ。

海は、遠く霞に消えている。

疲れ、働き疲れて、少し感傷的になりすぎているのかと自分をふりかえってみた。海を見ると涙が湧いてくるのだ。

この海が、自分の故郷の海につづいている。海岸へ出ていった。普通人はここまで出られないのだ。

俺がここを通って、ほんとに船に乗れる日はいつであろう？　ふとそんなことが浮かんでくる。帰国不能にならないとは限らない。中共軍の動きは慌ただしい。

海は眠っているように静かだ。

「どうした？」

馮少校が肩を叩く。心の中を見抜かれでもしたように恥ずかしくなって、わらってみせたのだ。

彼はふと、地上に一つの貝殻をみつけた。少校に分からないように、素早く拾いとった。まだ、瀋陽へ戻らなければならない自分なのだ。

彼は、ポケットへひそめた貝殻を、しっかりと掌の中で握りしめていた。少年の頃、故郷の海岸で拾った貝殻のような気がするのだった。岸野工作員は、ポケットの中でいつまでも貝殻を握りしめていた。

第二部　満州国の分解

満州国を演出した参謀たち

実行＝板垣、智謀＝石原

軍司令官本庄繁の綽名は、タクアン石であった。参謀長三宅光治のそれは、ロシアアメ。実行板垣（征四郎）、智謀石原（莞爾）、人情竹下（義晴）と参謀の綽名は上級者の綽名より、むしろ賛辞といった方がよい。いや、自画自賛的ニックネームの匂いが強い。まさか、綽名にまで幕僚統帥、下剋上が行なわれたのでもなかったろうが。

関東軍といえば満州事変。満州国といえば石原と、事変・関東軍・満州国と石原とは切っても切れない。誰がつけた綽名か、智謀石原に間違いなく、満州事変と満州国の誕生は石原以外、多くの軍部、民間の人々の智と勇気、才と力の集積に違いないが、少なくとも作戦主任石原の原作、脚本、演出、しかも主演の作品『満州国』といっても、過言ではない。

この石原を満州に結びつけたのは、飯村穣（当時陸大教官、のち中将）であった。これより先、石原は飯村に対して秘かに満州入り、転任を依頼したものであった。飯村は満蒙視察旅行の途次、当時、まだ、張作霖事件発生以前で、関東軍高級参謀大佐河本大作に、これを依頼した。

石原を満州へ呼んだのは河本であったが、河本と石原の性格を知るものは、直ぐにも何か起こるだろうと噂をしあい、秘かな期待すら抱いたが、風波一つたたず、河本は例の事件で高級参謀と軍人の椅子から退き、代わって登場したのが大佐板垣征四郎（昭和四年三月）であった。

いかなる天才的戯曲家や俳優でも、これを企画し舞台に上演してくれるプロデューサーがいなくては、どうにも宝の持ち腐れである。板垣は、石原の名作をイタにのせるプロデューサーとしてうってつけの人物だった。判断力あり、綽名のごとく実行型であった。

『昭和四年七月初め、十日ほどにわたって関東軍幕僚を加えた北満の参謀旅行演習が行なわれた。石原は佐久間亮三（のち中将）に、満州事変史を書くときはあの北満参謀旅行演習からかき出してくれといったということだ』（雑誌「自由」稲葉正夫）

石原の頭の中には、満蒙処理案、満蒙問題がぎっしりとつまっていた。かの有名な『戦争史大観』『満蒙問題解決案』『関東軍満蒙領有計画』などが、かれの頭脳の中で完成していたのであった。

その頃まで日本人の対満蒙策の代表的なものといえば川島芳子の養父浪速の『対支管見』（大正元年）といっていいであろう。川島浪速の満蒙独立運動は、

一、東漸南侵の伝統的政策をもつロシアに対し勢力均衡を保持。

二、目前の支那問題に対する最後解決を与えアジアにおける日本の指導権の実質的確立。
三、日本内地における人口過剰の危機を大陸への植民によって緩和する（イギリスのような遠隔植民地政策をさける）。
四、大陸における未開発の資源をもって内地の貧弱極まる富力を補足する。
という内容のものだった。

石原構想の転換

石原構想も、満州事変前と、建国以後とは非常な相違を示してきていた。

北満旅行の際、石原案のなかに、満蒙の有する価値は偉大であるが日本人の多くはこれを理解していないと嘆き、満蒙の積極的解決は、日本のため必要であるばかりか、支那民衆のもっとも喜ぶところで、その解決により支那本部の排日運動も終熄（しゅうそく）するとみている。

満蒙問題の解決の鍵は日本陸軍が握り、同地方を領有することで初めて達成せられるというのだ。そして関東軍の満蒙領有計画を、平定、統治、国防と細部にわたって説いた。

しかし、九・一八事変以後満州建国が成り、昭和七年になると、日本領有から、自由独立国家と石原構想は大きく変化を始めた。

昭和七年八月十二日、石原大佐は板垣少将に後事を託する手記を残している。手記『満州国の完成について』の中に「(3)日本政治機関の清算には満鉄付属地行政権（なし得れば関東州も）の贈与により関東長官廃止、治外法権の撤廃による全権の解消。(4)近き将来における満州国の主権たるべき協和会の立て直しと堅実なる発達。(5)満州国政府の改善、軍は堅く干渉を避け、其の自然的発達を期すること目下の急務なりと雖も、日満協和の根本義よりみて日本人官吏につき次の要望をなさざるを得ず――」とある。

石原構想は、しかし、次第に逆行し、その理念とはだんだん遠ざかり、満州国の現実は建国の理想から大きな距離をとって離れ去った。

満州国を生んだ石原は、自分の期待に反して育っていく満州をどんな感情でみつめていたことであろう。笠原総参謀長時代のことであるから昭和十九年晩秋の筈である。

石原中将から、長文の手紙が、笠原中将の手にとどいた。石原の郷里の開拓団を、すでに完成した撫順近くの開拓地へ入植させる話が満州国政府で内定したことに対する石原の手紙には、ぜひとも総参謀長の職権をもって取り止めてほしいと書かれていた。

そこは、すでに、その土地に住みついている満系農民が、建国以来開墾してきた農場であった。日本からの開拓民を迎え入れた場合には、せっかく永年開墾した満系が、この土地を取り上げられ、国境の未開拓地に追いやられるだけである。

この方針は、すでに満州国の閣議で決定していたのである。石原は自分の郷里の農民には有難い配慮であるが、満州国と満系農民の苦痛を考えると黙視するに忍びなかったのであろう。総参謀長が直ちに調査を命じてみると、事実であり、満人を国境地帯へ移住させるばかりになっていることがわかった。

総参謀長は、強硬に、その決定をくつがえすことを要求した。

結果を知らされた石原から再び心をこめた長文の礼状がとどいたのである。少、中、大佐時代を身をもってこの国に打ち込み、少将の時の「石原白書」が禍いして満州を去った石原の胸中は死の日まで理想の国満州への限りなき思慕を抱きつづけていたのであろう。

悲運の植田、梅津、今村

童貞将軍として有名な関東軍司令官（昭和十一年三月六日―昭和十三年九月七日）大将植田謙吉は、ノモンハン事件のあと〝悲運の将軍〟と呼ばれるようになった。将軍は、結果的にみて幕僚の下剋上の犠牲となった一人といえないだろうか。

現地軍や、少壮幕僚の作戦上の失敗は、すべて軍司令官の責任になることはまた止むを得ないところであろう。ノモンハン事件そのものについては多く書かれているのでここでは別のエピソードでノモンハンの悲劇の裏側をうかがってみたいと思う。

かつて昭和三十年著者は、旧知の元関東軍総参謀長笠原幸雄氏（終戦第十一軍司令官）の斡旋で今村均元大将の未発表の手記（檻の中の獏、獄中記）大部七冊を拝借した。最後の陸軍という書き下ろし著書のためであった。とくにノモンハン事件の各将の心理の重要性を考慮して、その会話は今村氏の手記をできるだけ忠実に写させて貰ったことをここにお断わりしておきたい。

「第五師団はなし得る限り速やかに青島より乗船、満州に転進し、関東軍司令官の指揮下に入るべし、輸送船は、すでに青島に向け廻航中なり」

という命を、師団長中将今村均が受領したのは、昭和十四年九月（初旬？）であった。ほとんど同時に参謀本部、方面軍、関東軍の三ヵ所から緊急命令がとどいた。が、師団長は何事が起こったのか知らなかった。折も折、関東軍参謀長からも、

「貴師団の大連上陸予定至急電報ありたし、混成旅団の兵力を一週間以内に上陸せしむることを切望す」

切迫した情勢をうかがうことができる。全山東省と江蘇省北部五十数ヵ所に分散、警備の任についていた第五師団隷下諸部隊、兵員二万五千、馬匹八千という大世帯に急電し、これを青島と蓮運港に集結、乗船せしめるのは大変な仕事だった。

かくして山口、浜田両連隊を基幹とする中村混成旅団を予定期間に大連に上陸させることができたのである。北京に飛んだ師団長は方面軍司令官杉山（元）大将を訪ね、外蒙古付近に生じた日・ソ衝突「ノモンハン事件」を知った。

ちょうど、その直前。

飯村（穣）中将は、陸大校長として視察旅行のため、たまたま新京から奉天に到着したばかりのところへ、中央から「直ちに新京に戻り、関東軍参謀長として、新軍司令梅津（美治郎）中将を迎えよ」という電令に接したのであった。

「おそらく、これが軍始まって以来、もっとも短時間の着任だったでしょう」

飯村氏が筆者に語った言葉であった。

予定どおり今村師団長が大連に上陸すると、四、五日前先遣していた師団参謀の島中佐が埠頭に出迎え、

「軍司令官梅津中将は一昨日山西より飛行機で着任されました。今村師団長が上陸したら、飛行機で来てほしいとのことであります。十時、大連飛行場をたつことに手配してあります。それから前司令官植田（謙吉）閣下が昨夜、星ヶ浦に泊まられ、今日の午後乗船して内地へ

かえられます。昨夜、ここの停泊場に電話があり、第五師団長が上陸し、時間の都合がつき、また、迷惑でなければ星ヶ浦の家で話したいことがあると伝言を依頼されたそうです。師団司令部は本朝九時乗車、チチハルに向かうよう軍の方で手配し、それまでのここでの処置は、私と停車場司令官との間に協定がすんでいるので、星ヶ浦に行かれる余裕は十分あります。九時すぎ私が自動車で迎えにゆき、飛行場にご一緒致します」

今村は副官の山田を帯同、埠頭から自動車で直ちに大連郊外の星ヶ浦に向かった。

星ヶ浦の海のみえる離れ座敷に、悲劇の主人公植田は和服姿で端座し、一別以来二年余の今村を迎えるのである。久闊の挨拶も抜きであった。

「今度の事件は、全く、私の責任で、陛下と国民に相すまぬことと恐懼しておる。とうとうきみの師団まで煩わさねばならなくなった。在満部隊なればともかく、別の任務についており、しかも、事変勃発以来二年以上、戦陣の苦難をなめつくしている師団の将兵を、激しい戦闘の渦中に入れることは断腸の思いがする、が、君国のためです、どうかひと働き願う。唯、この挨拶を幾万将兵の代表者としての師団長に申し上げたいため、ご足労煩わした次第です。ノモンハン付近の模様を語るのは愚痴にもなり、また君に先入感を与えることになってはことにわるい。梅津新軍司令官の指令により承知されたい」

そして今村はとくにその回想録の中で、

『この純武人であり、なんら世俗に欲心をもたれなかった人に対して、最後の武運はめぐまれず、多くの死傷者をあとにして事件の解決をもみないで野に下ることは寂寞の情にたえぬところであろう』

と、しみじみとこの老将の悲劇的な心をしのんだのである。

悲劇的な武将の死

今村は新軍司令官梅津に会い、その指揮下に入った旨の申告を終わり、すでにハイラル、チチハル地区に到着した中村混成旅団以外の戦闘部隊も一週間以内に戦場付近に進出可能の旨を報告した。梅津は、

「第五師団はご苦労です。自分も急に転職の電令を受け、一昨日飛行機で山西からつき、戦況は大体承知し得た」

言葉を切った梅津は、苦渋の表情を浮かべ、

「お互いに心配しあった関東軍の参謀たちの気分に、満州事変時代のものがまだ残っていたのか、準備も整わぬうちに軍外のきみの師団まで煩わさねばならない事態に導いてしまった。中央は重光駐ソ大使に訓電し……（以下略）」

今村は温厚な面に毅然たる覚悟を示し、

「私の師団の戦闘加入で、敵に停戦意志を起こさせるよう奮闘いたします。唯一点お願いしておきたいことは、先遣しました連絡参謀の言によると、第一線軍、または師団の責任指揮官をさしおき、関東軍の参謀が挺身第一線に進出するはよいとして、これが部隊に直接、攻撃を命じたり、叱咤したりして、多くの損害を蒙らしめていると、前線の責任者は痛憤しているとのことであります。もし左様なことが真でありまして、私の師団にも参り、職分でないことをなそうとしましたなら、私はこれをとり押さえ、軍司令部へ送りとどける決心です。

この点、あらかじめ諒承していただきます」

　新軍司令官はきっぱりこれに回答した。

「ここの参謀の多くが更迭した、がよく訓戒して逸脱行為に出でしめないこととする」

　これが少壮蒙快無比の参謀少佐辻政信のことであるかどうか筆者は断定しない。が、辻に『ノモンハン』なる著書がある。これと対比して読まれる場合、右の梅津・今村談話はさらに興味深いものとなるであろう。

　ノモンハンがいかに悲劇的な敗北の一頁であったかは、今では誰知らぬもののない事実である。また、右の二将軍の会話をみてもその真底にひそむ暗い澱みが察知される。

　帰京戦況上奏後、小松原師団長も病死したが、実は、それも自決であったといわれ、長谷部大佐も、伊尾木中佐も、そして酒井連隊長も、悲憤の自決を強要された。また、他にもある。第一線部隊長の処置はむごかった。しかし、作戦を立案し指導した幕僚で処罰らしい処罰をうけたものはいなかった。

　梅津軍司令官は、飯村参謀長に命じ、極秘の『国境警備要綱』を作成させた。これは軍司令官、参謀長、第一線では師団長だけしかその内容を知ることができなかった。何かあったなら拡大しないうちに新京（軍司令官）に報告せよと下命した。さらに梅津は、幕僚統帥を厳戒し、幕僚会議の時など文官（満州国官吏）をバカにするなと参謀を激しく叱ったのである。

「国境警備要綱」の制約が解かれ、「戦時防衛規定」の発動が下命されたのは、昭和二十年八月九日、ソ連軍侵入の直後であった。

関東軍終焉のとき

関東軍の終焉は、いかなる軍の末路よりもっとも悲劇的であった。そして、ありとあらゆる侮辱と罵倒を浴びつつ、日本陸軍の最後の幕を閉じた。

敗北につぐ敗北のビルマや、ニューギニア、その他多くの孤島における日本軍の最後でさえ、その最後は悲壮なる武人の詩をもって彩られたのに……。

しかし、関東軍はまことに暗く、汚辱にみちた哀史だけをもち、一片の悲壮な詩もなく軍の悪い面だけを露呈して幕を閉じたごとくいわれ、信じられている。

ソ連軍が八月九日未明（八日深更）、突然、各国境地帯から侵攻を開始して以来、王道楽士であったはずの大満州帝国は、たちまち血の地獄と化したのである。その混乱は極に達し、今日に至るまで、まる二十三年近くなるが、およそすべての記録は敗戦時関東軍への非難のみである。

昭和二十八年十二月七日の各紙は「関東軍最後の日」の真相という記事を、その時の引揚者であった関東軍の師団長、課長（大佐）級その他特務機関員などの綜合報告を伝えた。それが、今日に至るまで信じ語り伝えられている。例えば、『帰らぬ山田軍司令官ナゾを秘めた三日間』という類などである。その記事は、

『総司令官山田乙三大将は、前日旅順の関東神宮地鎮祭に出席したあと大連星ヶ浦で静養中であった。留守を預かる総参謀長泰彦三郎中将、総参謀副長松村知勝少将はただちに山田司令官に連絡（中略）九日朝第二航空軍（新京）の新司偵機が、山田大将を迎えに大連へ急行

したのだが、待ちわびる大将はなぜか大連から姿を現わさず、ようやく開戦三日目の十一日朝飛行機で司令部に登庁（中略）この三日間、山田大将がなにを考え、なぜ帰庁が遅れたかは、未だにその真相は不明である』

というのであった。この間の消息を、当時、関東軍総参謀長秦彦三郎中将の手記によって、その真相を追求してみたい。

『これより先、司令官は三浦関東庁総長の要請による大連に出張することになっていたが、虎頭正面の情勢不穏のため、一時出張延期をして貰っていたのである。ところが同方面も平穏に復したのと、総長の切なる希望とのため、八日八連に出張することとなり昨日出発されたばかりである。目先の見えぬことをしてしまったと思ったが、後の祭りである』『大本営からはまだ何らの指示もないが』『総司令官には速やかに帰還して貰わねばならぬ。天明とともに司令部偵察機を大連に急派した。司令官は昼過ぎ大連から帰還し、宮廷府に到り、臨江に遷都の案を提出された』

あのいやな日を思い出すことは自由であるが、われわれも悪い面、誤まったところだけにピントを合わそうとする狭量さだけは避け、歴史の正しい歩みを発見することにつとめなければなるまい。しかし、今日でも当時の関東軍に対する非難は、

一、八月九日のソ連参戦がなぜ大本営、関東軍に予知できなかったか。

二、国境地帯の開拓団になぜ早く南域安全地帯への避難を命じなかったか。

三、大都市（とくに新京）において関東軍の家族、満鉄、政府官吏の家族の避難を最初に行ない、居留民を見殺しにした。

等々、枚挙にいとまないほどである。

ごく最近、「文芸春秋」に『満州帝国の最後を見て』（古海忠之＝旧満州国総務庁次長）に要約されている関東軍への非難を引用してみよう。

『あとに残る大きな問題は日本人居留民の処置であった。ソ連軍が侵攻してくると同時に、一般市民は引き揚げろといっても組織的にいかないが、関東軍家族は命令一下で動くからといって、一番先に引き揚げてしまった。次に満鉄の家族が、汽車を自由にできる利点を使い、一、二等寝台車でサッと引き揚げていった。次に、満州国政府の家族を引き揚げろといってきた。これは非常におかしい。一般の居留民をほっておいて、軍官の家族だけが引き揚げるとは何事であろうか。市民は、この事実を知っているから、おもしろくない。不満が大分でてきた。私どもは居留民優先の鉄則で引き揚げにあたったのであるが、相当混乱が発生した。無蓋貨車に老幼男女ぶちこんで引き揚げさせたのだから、大変だった』

軍のいう大義名分とは

筆者は当時の真の責任者（関東軍作戦班長草地貞吾元大佐）に対して、この問題に関してこの間の事情を確かめてみた。

筆者の質疑事項は、「一般地方人を代表し、且つ一般市民にとって甚だ冷酷な言い方ではあるが、戦時下においては、兵員兵器が先行し、もし、戦闘行動に必要とあらば民間人を見殺しにすることも止むを得ないこともあり得る。この八月九日から終戦の十五日正午までの間はたしかに戦闘中であった。将兵兵器の輸送のための民間人の犠牲なら大義名分もたち、理由もある。しかし、十一日から十五日までの間の、軍人軍属の家族の優先避難はいかなる理由によるものか」であった。

草地大佐は作戦班長と呼ばれてはいたが、事実上の作戦第一課長であった。ずっと関東軍の第一課長は少将になっていた。終戦直前、総参謀副長少将松村知勝第一課長が兼務。

「関東軍は、総参謀副長二名制であり、政務担当の一名、中将池田純久の内地転任によって、松村少将が副長の職務に専念しなければならなくなった」

他の問題は別として居留民問題にしぼろう。直ちに会議がもたれたが、その内容は、

一、関東軍は日本人として、軍も民も区別して絶対に考えなかった。

二、輸送の大綱が決定したのは十日であった。

国境地帯は統制連絡がとれぬため、各部隊、開拓団等区別なく各個に第一線から後退するよう任さざるを得なかった。開拓団を見殺しにしたといわれても対戦中は手がなかった。軍隊には以前から自由意志で南へ退っていいということを、常々会議の席で責任者に伝達してある。公けにやることは作戦企図暴露をおそれ不可能であった。

第四課高級課員原善四郎中佐、鉄道参謀の若松中佐、この二人に民間人避難の責任をもたせたのだ。

『その大体の要領は三本の併行路線を活用しハルピン付近のものはまず、拉法、吉林付近に、新京付近のものは通化より北鮮に渡り、奉天付近のものは安東より平壌地区に輸送しようとした』

草地は右の決定をもって後宮大将（第三方面軍司令官）に連絡のため、奉天に飛行機で飛んだ。十一日朝、第一列車から十一本が確保された。

承詔停戦録と呼び、また、関東軍終戦始末と表記された草地大佐の記録によって、この間の消息をさらに追ってみよう。

『翌十一日関東軍総司令部に帰着した後、

「まだいるかと思ったら家族はもういなかった。随分早く行ったものだが、輸送はうまく行っているかね」

と鉄道参謀の若松中佐に尋ねた。ちょうどそこに第四課の原中佐参謀も居たが、

「軍の家族が第一列車に昨夜乗り込み、本早朝出ました。後は逐次やっています」

とのことであった。私は直ぐさま、

「君たちは何ということをしてくれたか、なぜ軍の家族をイの一番に出したのだ。君たちらしくもないではないか」

と、少し気色ばんで難詰した。ところが居留民関係の主任原中佐は平然と、

「草地さん、それくらいは私たちも考えていましたよ。まず一般市民を送り出したいものと満州国政府側、居留民団係に要求連絡したのですが、永年住みついた邦人はなかなか腰が重くどうしても今晩乗車することはできないとの回答――結局、輸送の定量は定まっているでしょう。だから軍は仕方なく……（中略）」

……私自身でさえ前記のように原中佐や若松中佐を難詰したのである』

永住し、土地も家も財産もある市民が、そうあっさりその居住をすてかねるということも

無理のない気持ちであろう。軍として十一本のせっかく確保した列車をそのまま停めておくわけにはいかなかった。

「一例をあげますと」と、草地元大佐は苦渋に表情をゆがめてこう語った。言葉どおり記しておきたいと思う。

「十五日に戦争が終わるとは誰も考えなかったことです。もっとも重要なポストの第四課長、これも古い友人ですが、宮本君（大佐）も着任したばかりであったし、関東軍第一方面軍の参謀副長の板間（訓一少将）さんは九日発令をみ、また、南方軍の四手井綱正中将は、池田さん（純久中将）の後任の総参謀副長として台湾から飛びたち、チャンドラ・ボースと飛行機事故で死んでます。戦争はもっともっと続くと思えばこその配備変えの転任なのです」

関東軍に戦える戦力も兵員もなかったことは、私もたびたび書いたところであるが、草地文書をみると、その実際には一驚した。ためしに引き写してみたら、原稿用紙（四百字詰）十一枚に及んだ。

「私は実は作戦班長ではなく兵力抽出班長となったわけである。その以前から昭和二十年春まで関東軍総参謀長であった笠原幸雄中将（終戦時第十一司令官）は常にこういわれた。

『東京も随分困っている。もし東京から兵力転用の御命令があったならば何は措いてもサッサと出してあげなければならないぞ』

『満州国防衛の重任を一身に担い、いやしくも落度のない総司令官梅津美治郎大将も山田乙三大将も兵力抽出に関する限り一言の文句も注文もつけられず盲目判を押された』と」

抽出は驚くほど多大なものであった。義理にも総軍などといえるものでなく、無敵関東軍ではなく、無惨関東軍であり、無力関東軍であった。天皇の命による「静謐確保」のその文字通り、静かなる終焉を迎えねばならぬ関東軍であったのである。

銃殺志願集団

ソ連軍侵入す

一九四五年八月九日未明、ソ連は参戦と同時に満・ソ国境へ空陸から侵入を開始した。興安（元の王爺廟）の日本人は後まで玉砕を覚悟し、案外動揺をみせていなかった。

「われわれが蒙古人を棄てて去ったら満州国の他民族の信義を裏切るばかりでなく、嗤いものになる」との覚悟と、中央（関東軍及び政府一部）の反対を押し切り、巨費を投じて、ここに成吉思汗廟を建てて以来、興安四省の蒙古人官民は、日本人と運命をともにすることを誓い、満州国の他省、他民族間にはみられない日・蒙協力の関係にあったからである。

情勢の切迫してきた八月初め、金川特務機関長公館で、省公署、協和会幹部と興安軍官学校長ブルジン中将はじめ、蒙古人指導者を中心に、

「蒙古人は最後まで日本人と協力する」

「日本軍がたとえ撤退を行なう場合も、それが作戦上の必要から行なわれる転進であるなら、われわれは蒙古人と共にここを玉砕の地と心得て戦う」と固く誓約しあったばかりであった。

ソ連参戦と同時に特務機関は、関東軍司令部からの緊急命令を受領、軍機関は一切興安から撤退することになり、撤収に際して、在留日本人に向かって、直ちに新京方面に南下すべしと厳命した。開戦の翌日の午後四時にはソ軍戦車約二百が興安へ侵攻するという情報が入った。しかし、それはデマであった。

『日本人撤退』この命令はソ軍侵入の情報にも動揺しなかった興安の蒙古人ばかりではなく、玉砕の覚悟をきめていた日本人自身の心をかえって大きな混乱に突き落としてしまった。

十一日には軍機関一切は興安を去った。遠く西北方に砲声らしいものをきいたが、多分満ソ国境地区の阿部中将部隊とソ軍とが戦闘に入ったのであろう。

玉砕から撤退へと方針を変えた興安の日本人指導層は、官民及びその家族を何とか安全な地点へ退避させなければならなかった。前興安東省々次長で現在興安総省協和会副本部長の高綱信次郎が中心となり、白浜参事官、総省福地警務庁長、浅野参事官、岡部参事官等が緊急協議の末、その部署分担をきめた。

白浜は即日二、三名をつれ、情況報告のため、自動車で新京へ先行、高綱は各機関の官吏職員、その家族をつれて、ジャライト旗に。浅野は西科前旗県公署の現地参事官であった関係上、一般住民を率いて南下することとなった。（この一団は十四日、葛根廟付近でソ軍戦車のため全滅させられたのである）

高綱は幕僚を整備、茂手木人事科長、山崎財務科長、松井協和会企画部長、吉原事務官等

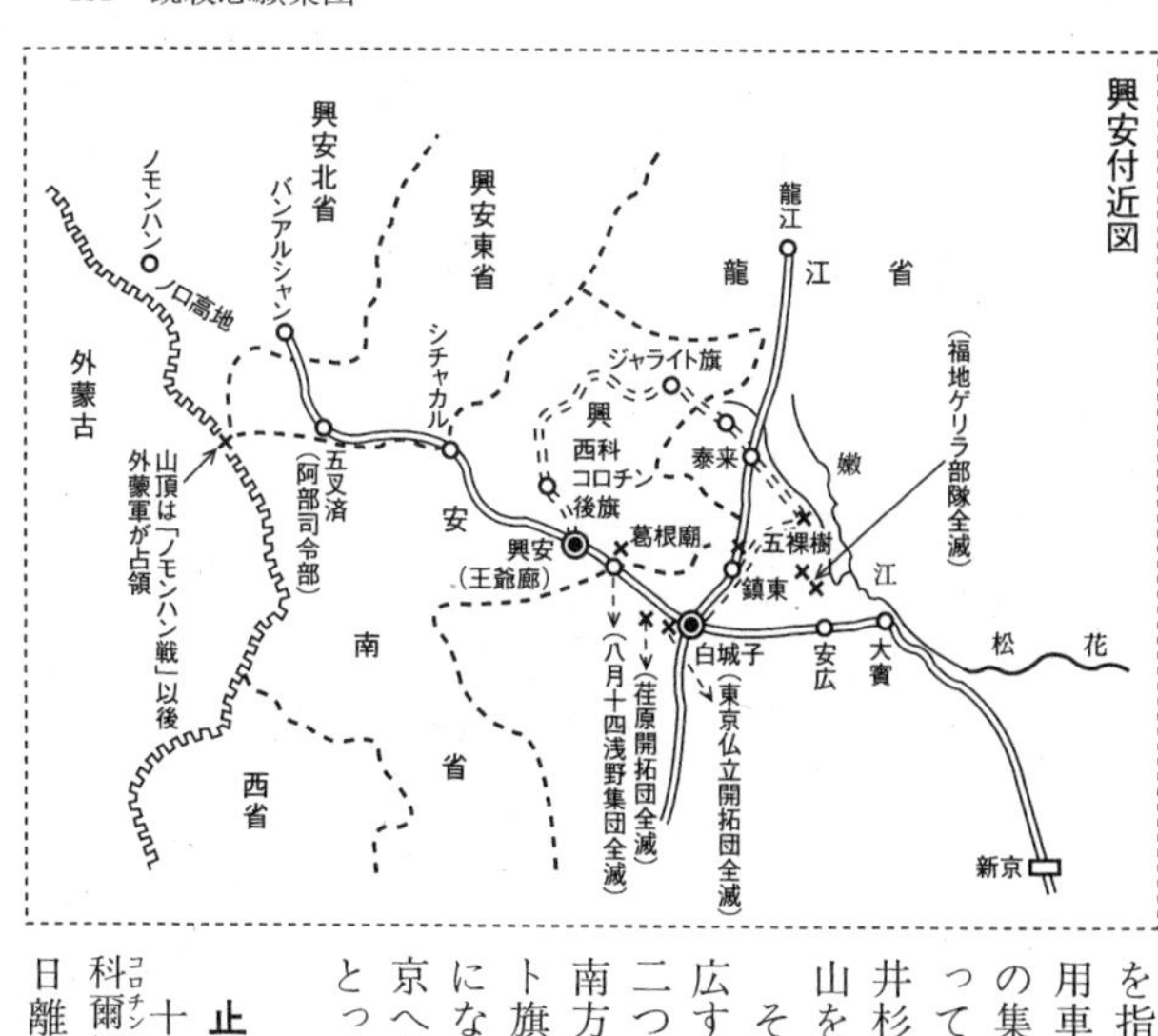

を指揮班として、十一日、トラック二台、乗用車二台、その他馬車を手に入れると約八百の集団を率いて新京とは反対の北西方に向かって出発した。満州事変の原因となった中村、井杉両名が虐殺された谷間を抜けて山を登り山を越えて進むつもりでいた。

それは終戦前ソ連が参戦した場合、総省は広すぎるので蒙古民族の混乱を防ぐ意味で、二つの機関、一は現総省々長ポエンマントが南方のタラハン旗に、高綱は北方のジャライト旗に公署を設置して行政を司るということになっていた。だから高綱は白城子を経て新京へ向かわずにジャライト旗の方向に進路をとったのであろう。

止まれ、お前たちは軍人か？

十二日には西科後旗（蒙古名サルシン。科爾沁（コロチン）右翼後旗）に入った。集団はそこで昨日離れてきた興安方面に盛んに加えられたらしいソ連機の爆撃の響きをきいた。集団長高綱は爆撃状況を調査させるため、松井を指揮者として省公署の二、三の参事官事務官を興安に戻した。帰っての報告によると、まず特機がやられ、向かいの協和会本部に一弾、それは高綱の大きな事務机を貫いていたという。街に二、三ヵ所、鉄西の工場地帯二、三ヵ所、駅前、軍官学校、各一個。だが成吉思汗廟は何の異変もなく静かな姿を丘の上にとどめていた。

豚一頭を殺し昼食をとってから西科後旗を過ぎると、開拓団が加わった。屯(むら)を離れて高地を進行中、遥か左手の陵線上に匪団らしいものを認めたと同時、いきなり射ち出してきた。止むを得ず西科後旗で買い入れた計四十三台の馬車を楯に、女子供をその右翼に隠し、速歩で歩かせながら、騎馬の高綱、警察隊、開拓団は行進する馬車と馬車との間から応戦した。ヒューン、ヒューンと無気味な音が耳許を掠め過ぎたが、誰にも弾丸は当たらなかった。約一時間後と思われた頃、集団の武力の前に匪団は目的を達せず遠ざかっていった。

バラバラ降り出していた雨はにわかに勢いを増し、子供を背に一人を前に抱き、さらに手を引いている母親たちの足並みは乱れてきた。見ていると子供と母の背の間に滝のように流れ込む雨水がそのまま足許から河となって流れている。夜になった。指揮班は男たちに子供を一人ずつ背負わせ、眠るな眠るなと叱咤しながら歩き続けた。五叉溝(ウサコウ)方面で激戦中と思われる砲銃声を夢現(ゆめうつつ)の間にきいた。時折、真っ暗な夜空を裂いて青白い照明弾が無気味に一角を照らし出した。危険らしいと思われる道は遠廻りをし、女子供を励まし誘導しながらの行程は地獄の苦しみだった。五、六日歩き続けたが、車馬も悪道路で思ったほど進むことができなかった。

こうして好心屯（ハオシントン）という無名集落に着いた。よい心の村……集団の心を和ませ安堵させてくれる村名である。好心屯に入る手前でトラック、乗用車が全部泥濘にはまり込んでしまった。屈強な青年に任せ、村に入り、屯長に会って日本人の窮状を訴えると渋々応じてくれた。点呼をとってみると省公署の老小使夫婦二人が行方不明になっていた。泥濘から車を引き出す作業に従事していた青年の一人が集団本部へ駈けつけて来て、「今ソ連軍の戦車らしいものが後方に現われた」と報告した。くるものがいよいよきた。

高綱は蒼褪（あおざ）めている集団の女子供全部を村公署の建物の中へ入れ、男子二百五、六十名全部を村公署の前に整列させ、戦車が現われたなら越中でもタオルでもいいから銃の先につけ門柱に登って降伏の意を示すこと、事ここに至って無用の抵抗をしてはならない、すべて集団長の命を守るよう悲壮な訓示を与えて待った。銃器、刀剣は一切男たちの前に積み重ねた。日本刀四、五十振、小銃百二、三十梃、手榴弾約百、拳銃二、三十梃あった。

間もなく遠くに二十台ほどの戦車らしいものが姿を現わし、一台が先頭になってこっちに向かっている。戦車ではなくアメリカ製の水陸両用の装甲車らしい船型のものであった。肉眼でよく見える所まで進んで来ると、装甲車の上に立っている将校の中佐の肩章が眼を射るように光った。各車両には十六、七名ずつの兵が乗っており、中には女軍医や女の看護兵らしいものもみられた。

装甲車を下りて一人の大尉が下士官兵七、八名を連れ白旗を掲げながら近づいて来た。白旗を掲げているのが異様に思えた。集団長はこっちの白旗を早く掲げよと眼で合図をした。堂々たる態度で乗り込んで来た大尉は、ここの代表者は誰かという。高綱が前に出ると彼は握手をして、まず第一問を発した。

「お前らは十五日停戦協定が結ばれたことを知っているか」

「それらしい情報はきいたが知らない」

達者なロシア語で高綱は答えた。すると、

「日本天皇が東京湾の軍艦の上で降伏文書にポトピス（署名）したことを知らないか」

「お前たちは軍人であろう？」

「われわれは満州国の官吏およびその家族で南へ退避しつつあるところである」

大尉の命令で兵七、八名は男の身体検査に移った。結果は勲章が出てきて、嘘をついたと強硬に突っ込んできたが、日本でも満州でも勲章を貰うのは敢えて軍人のみではない、と話すと彼は理解した。沢山の紙幣が各人から一時取り上げられたが、これは金だから返すと戻された。双眼鏡や銃器刀剣の一切は没収された。

「日本刀は先祖代々から伝わって来た記念物であるから、刀だけは返してもらえないだろうか」

交渉すると大尉は返してくれた。大尉が本隊の方へ帰りかけた時、突然、村公署の望楼から発砲したものがある。大尉は、何か！　どうしたと叫び、望楼に向かって兵と共に勇敢に突進して行った。マンドリン（自動小銃）の連続音がしばらく続くと、大尉は高綱の所へ駈け戻ってくるなり激しく突き飛ばし、

「貴様は軍人に違いない、来いッ！」

ひきずるように望楼の下へ拉致される、行ってみると、そこには頭を柘榴のように割られ、

鮮血にまみれた二人の日本兵が斃れていた。

「これは何だ？　お前の部下であろう？」

「部下ではない、なるほど、これは日本の兵隊に間違いないが、私は知らない。多分これは阿部中将の部隊の兵と思うがソ軍に敗北して三三五五、われわれの集団と前後して南下しておった模様だから、あるいは夜中われわれの中へまぎれ込んだのかも知れない」

　大尉は了解したらしい。せめて姓名だけでもと思って、そっと死体に手をかけてみたが血がひどく名前を詳しく調べることはできなかった。後になって集団のものに尋ねると一、二日前入った遁残兵の二人に違いないが、こっちが白旗を掲げようとした時、君らは地方人だ、われわれは軍人だから立場が違う、と止めるのを振り切って望楼の方へ駈け出して行ったということがわかった。

　大尉は高綱を連れ、老人子供女のいる建物に案内させた。婦女子のあるものは位牌に向かって合掌しており、数分前の激しい銃声に、夫たちが銃殺されたものと信じて泣き伏しているものもあった。一様に生色はなかった。大尉はこの中に主人から預かった手榴弾や拳銃を持っているものは全部出せ、もし検査して後から出たら全部銃殺するといわせた。おムツの中などに隠していた手榴弾八個、拳銃二梃が出た。大尉はそれを兵隊に渡すと、元の位置に戻り、

「今晩はこの村に泊まってはいけない、われわれの先へ出てもならぬ、後へ戻り適当な村へ泊まることを許す」

　と言い渡した。さらに指揮者の中佐から型のような訊問があった。

「武装解除されたこれから先、行く先々で紅髪子（フォンフーズ）（匪賊——昔、中国人がロシア人を指して言った言葉であるが、ロシア人にはこう言わなければわからない）に襲撃されるに違いない、何とかして保護して頂きたい」

彼は宜しいと答えた。この事件のため二時間余り費やしているうち、車も馬車のものも一切合切この好心屯（ハオシントン）の村民に奪われてしまっていた。一人が村公署の側の民家に自分のリュックを発見してソ軍に訴えると、中佐は直ぐ奪い返してくれたが、馬車に積んだ米、毛布、シューヴアその他の荷物は何処へ隠されたかわからなかった。身につけたもの手に持っていたものの外、すべてを失ってしまった。心の中で高綱は屯名をかえた、（不好心屯（ブハオシントン））と。

日本降伏が事実なら、急遽、一応新京へ出るべきであろう。

持っている阿片を全部出せ！

四キロほど後戻りして寺に一泊させてもらい、朝、唐蜀黍と粟の食事中、武装解除を知っている好心屯の村民が、今度は服やリュックをねらって奪い始めた。幸いなことに、そこへソ軍の兵二人が集団を迎えに来てくれたので被害は僅少ですんだ。ソ軍の車両も二、三が泥濘に落ち込んで進退を失っているというので助勢を出し、中佐に会って、早速匪襲を受ける有様ゆえ、保護方を申し出ると、

「日本刀を戻してやったではないか」

「相手は銃器を持っているし、老人や女子供を一人でも犠牲にしたくない」

「先になり後になるかも知れないが保護するから」

と承諾し、先に出よと命じられた。集団はこうして身軽にだけはなったので、できるだけ速度を早めて前進していったが、またまた遠い陵線の彼方に、今度はずらりと並んだ強力な匪影が望まれた。目測で約三百、長い鎌が二、三十、夕陽に煌やいて見えるし、なかには七、八名の紅槍匪とも思える槍の先に紅布をつけた奴さえ加わっている。後方にはソ軍の影もなかった。仕方なく警務庁保安経済係長だった福田等が先行してこの匪団と交渉を始めると、条件は、お前たちの持っている阿片全部を出せという。

地方工作に奥地深く入る場合、必ず阿片が必要であった。その阿片を持っていることを匪団は知っていた。阿片半分と一万円を出すということで交渉は成立した。そうこうしている所へ装甲車の先発隊らしいものが姿を現わした。明らかに匪団の方は動揺している。よくみると日本軍の無線車らしい車に、中佐が副官と護衛兵二、三と乗っている。高綱は手を合わせて、ごらんのごとく、もうこのように匪賊に苦しめられていると訴える。この様子をみていた頭目、副頭目は何か叫んで遁走し始めた。

「あいつらか？」

中佐はもう自動車の側へ下りて、日本の騎兵銃のような銃をとって発砲した。一発は外れ、二発目は副頭目の背を貫いて斃した。匪団はソ連軍の出現にいつの間にか陵線の彼方に姿を消していた。するとそこへ一人の老人が鶏と卵を大きな籠に入れて売りに来たが、中佐は無雑作に百チェルボネス（千ルーブル）紙幣を一枚渡そうとすると、老人は手を振って断わる様子を示す。中佐は笑いながら別のポケットから小さな紙包の黒砂糖のような阿片を三つほど出してやると、老人はハオ、ハオと連呼しながら籠のものをすべてそこへ並べた。中佐は泣いている女や子供に、それをわけてやった。手にしていた銃を、これを持って行くがよろしいと高綱に渡してくれた。集団長は中佐に感謝の意をこめ指揮班の中からウォルサムを選び出して、
「ナピアミヤチ」（記念のために）
とって欲しいと差し出すと、中佐は首を振ってどうしても受け取らない。集団長も指揮部の連中も、心からナピアミヤチを連発して、中佐のポケットへ無理に押し込んでしまった。一梃の銃が、途中、三十人、五十人と収容して千名を越えた集団を守ってくれる巨砲のようにさえ見えるのであった。

日本人の案内はご免だ

浅野参事官の率いた住民の班に対して、もう一つ高綱班と呼ぶべきこの集団は、統率者つまり集団長高綱の下に、幕僚長ともいうべき総省の茂手木参事官、幕僚として山崎参事官、それから松井企画部長、咲山庶勉科長、吉原総省事務官、警務庁倫正警正（警視）、酒井警佐（警部）、大江特務股長、それに後から加わった横山西科後旗開拓団長があり、集団の構成員は、興安総省公署、協和会興安総省本部、総省立病院、興安学校、興農合作社及び農産公社の一部、拓殖公社の一部、中央金庫興安支店、興安種馬場、西科後旗開拓団並びに訓練所、興安味噌醤油会社、総省西科後旗公署、シチャカル旗公署、ジャライト旗公署、ハロン・アルシャン満鉄従事員、その他特殊会社等の職員と家族、それに五叉溝（ウシャコウ）阿部中将部隊遁残兵約百が加わっていた。

情況は確かに悪化の一途を辿っている。日本軍の惨敗は、こうしていても、ひしひしと身にこたえてくる。今はソ軍の他に匪団、野盗の群れ、掠奪者を警戒しなければならず、食料を求め、仮泊する屯（村）民の感情も充分考慮に入れなければ危険だった。この動乱で全部が匪賊化している村がある。

集団は必ず斥候二名を先行させ匪賊を偵察しながら行進していったが、ある日、その斥候の二名が待てど暮らせど本部へ戻って来ない。仕方なく前進して行くと、どうも匪賊に襲撃され犠牲になったように思われる。薄暗くなったのでその屯を強行突破することに決意して屯の入口まで進むと、道端の溝の中で虫の息になった一人を発見した。すぐ手当てすると死の直前らしい息の下で、その近くにもう一人が倒れているはずであるという。手分けして高粱（コーリャン）畑、包米（ボーミー）畑、ソバ畑を探し求めるとこれも重傷を受けて倒れているのを発見した。一人の方は生命だけはとりとめることができるようだ。警戒を厳にしてこの匪賊村に一泊することになった。

何を誤解したのか五、六軒の大きな民家はどこもここも夕食の途中から逃亡したあとがみられる。各家に全部が分宿し、翌早朝、一枚の手紙に五百円の現金を残して出発した。

次の日は、協和会の村分会長をやっていたという村長に、匪襲はあるし、ぜひ道案内を頼みたいと申し出ると、二、三日前、日本の兵隊が通過し、待遇が悪いといい案内の事務員を惨殺し、村役場の時計や什器を破壊して去った。今日はその殺された者の葬式である。日本人の案内など御免だという。殺された人の家を見舞いたいからと、松井が百円包んで挨拶に行き、村長に内密に阿片を贈ると急に態度を変えた。西瓜をくれたり案内もつけてくれた。

泰来には蒙古人で昔ジャライト旗の王であったマトマラブタンの親戚がいて、惨めな日本人の集団に食事の世話から途中の食料のことまで心を配ってくれた。

指揮部が最も心を使ったのは情報だった。正しい情報と正確な判断を失ったら、それは直ちに死を意味するからであった。

各集団全滅す

新京へ向かう最短距離である大賚（タイライ）へ出るため、五棵樹（ウーコーシュ）まで来て、情報を集めると、
一、嫩江（ノンジャン）の支流の河は雨のため幅四キロ以上増水氾濫して渡河不能である。
二、五幗樹警察署長（中国人）の言によれば優勢な騎馬の匪賊のため、自分の分署も襲撃されて引き上げさせた状況である。
情報はいろいろの角度から分析され批判された。確度甲。とうてい南下は不可能という結論に到達した。しかも署長は警察官を付けるから白城子へ出られよと忠告してくれる。この日まで連日小規模ながら匪賊とは遭遇してきたのだが、とうてい有力な匪団の蟠踞（ばんきょ）する地点へ足手まといの女子供を連れ、武器のない集団を進めることは困難であった。

署長の忠告に従い五幗樹から百八十度方向転換、坦図（タント）へ向かう。坦図に着いてみると青天白日旗が掲げられ、協和会分会は中華民国地方治安維持委員会という看板に塗りかえられている。そこの委員長は元の協和会分会長である。窮状を訴えると町の中にある馬店（マーテン）（馬も泊めるが人も泊める）二、三軒に分宿することができた。前途にはなお濃い不安が横たわっている。たとえその日暮らしにもせよ、せめて確とした最終目標を確立しておかなければなら

ない。坦図で二日ほど泊まっている間、指揮部は集団長を中心に今後いかにすべきかを検討した。

「浅野参事官の隊はもう無事に新京に行き着いていているだろう」

誰も彼も心で羨んでいたことを一人が口にした。われわれは最初からコースを誤っていたというような口吻（こうふん）にさえ高綱にはききとれた。浅野集団は真っ直ぐ白城子方面に向かい、途中、岡部参事官の用意する乗物によって（彼は貨車を用意した）新京へ向かう予定になっていた。しかしその浅野集団は終戦の前日十四日、興安と白城子の間の葛根廟で、ソ軍の戦車群に遭遇し無残にも全滅していたのであった。勿論、そのことは知らない。知らないばかりでなく、むしろ長い苦難な道を喘いでいた高綱集団の指揮部では、とうに新京に安住しているであろう浅野集団を羨んでさえいたのである。

さらに今一つの遭難についても知らなかった。この高綱集団を後方から掩護しつつ、追従していた警務庁長福地ゲリラ部隊というのがあった。福地隊長の幕僚部は江川警務科長大橋特務科長、中村参事官、横田シチャカル旗事務官、鈴木ジャライト旗参事官、緒方協和会総省本部事務長、中山総省西科後旗事務官以下、警務庁、西科後旗、ジャライト旗、シチャカル旗の屈強な日系武装警察隊百余名であった。

ゲリラ戦を展開しながら追従していたのであるが、先行の高綱集団が方向を変えたため本部を見失った福地隊は急遽、五棵樹から方針を変更、新京に向かうことになったものと思われる。彼らも五棵樹で情報は得たに違いないのだが、武装完備の騎馬隊である福地隊は、恐らく情報を無視し、そのまま強行突破を企てたものと思われる。この福地隊は鎮東県と安広県の間で優勢な騎馬匪賊隊の襲撃にあって交戦、福地隊長、緒方、中山ほか多数が戦死、大橋は行方不明、残余は四散し、事実上壊滅してしまった。のちソ軍の捕虜となったものもいた。横田は昭和二十二年七月、中央アジア、ウズベック共和国コウカント市病院で死んでいる。このことも高綱集団は知らなかった。

こいつらをどこで殺すか

今後の方策をねっている所へ突然、少尉を長とした十名ほどのソ連兵が高綱のところへ来て旋回銃を突きつけながら、

「銃を持っているということだが出せ!」

いきまいた。銃? そうだ、中佐から貰った千名の集団を匪襲から守る一梃の火器があった。高綱は銃について説明したが信用しない。少尉は拳銃を逆さにしていきなり高綱の頭部を殴った。吹き出す血を松井が自分の手拭で抑えてくれた。早く銃を出すように指示し、射手である警察官の所へ案内して銃を差し出すと、少尉は空に向けて全弾を射ち尽くし、高綱、松井その他指導部全員に向かって、同道せよと命じた。通って来たどこかの屯で密告したものに違いなかった。指揮班の連中は、彼らのマンドリン銃で尻をこずかれながら千メートルほど離れている駅の側へ連行され、生垣のそばに座れと命じられた。

「グジェ・ウビワーチ・イオ」(こいつらをどこで殺すか)

ロシア語のわかる集団長は、今度はわれわれも帰れんようだ、そっと小声で知らすといずれも生気を失った。生垣の横に座らせたまま兵たちは駅の中へ入って少尉と何か相談してい

る。その間一人の兵がマンドリン銃をひねり廻して皆を監視していたが、その兵隊も呼び入れると、二台のトロッコに分乗してそのまま泰東の方向へ疾走して去った。いつの間にか見物の屯民が彼らを取り巻いていた。放置されたのだから待つこともなかろう、相談しあって集団本部の方へ帰りかけると、一人の中国の青年が巧みな日本語で話しかけてきた。

「今度はメーファズだ。また必ず仇をとる時がある。いやメーファズだ」

不安に思いながらもきく。

「貴方はどこで日本語を習いましたか？」

「北京大学を出て竜江省のチチハルの警務庁にいました。郷里が坦図なので帰って来たのです」

その素振りは今の日本人に同情もし、敗戦という現実を共同の運命と感じているかのようにさえ思われる風である。町へ帰って来るとソ軍の戦車隊がやはり濁流のため進路を変更しなければならなかったのだろう、坦図の町へ入って来た。誰もロシア語を知らなかった。治安維持委員会から高綱を呼びにきて通訳を依頼した。

「もうしばらくすると軍隊が入って来る、それまでに酒と肉の用意をしておけ」

ということだった。中尉は通訳の労をねぎらう意味からか、明治の角砂糖を山のように出して、しきりに高綱や委員会の連中にすすめる。舌の上でとける砂糖の甘味は忘れきっていた一つの味覚だった。「われわれは白城子を通って四平街へ行く」中尉の言葉だった。白城子で新京までの汽車に便乗できたら、そう考えて、白城子で交渉するために、倫正警正と吉原事務官の二人を戦車に同乗させてもらうよう咄嗟にひらめいた考えを申し出ると、中尉はあっさりと承知してくれた。

不意打ちのコン棒

貨車で沢山だ、便乗さえ許されるならこんな苦しみをしないですむ。そう思うと二人が吉報をもたらすのが待ち切れない思いだった。出発以来二十何日を費やしている。好心屯で無用の抵抗を試みて死んだ阿部部隊の二人の兵士を数に入れないで、病人、産婦、子供、老人をもう二十六人失っている。指揮部で互いに前途の対策を講じている所へ上衣も何もかも失って泥と血にまみれた吉原がよろめきながら入って来た。倫正警正がたおれる姿を見たがどうすることもできなかった、すぐ救援に行ってくれと苦しそうにいう。せっかく便乗を許された戦車は鎮東(チントン)のずっと手前で泥濘にはまり込んで行動の自由を失ってしまい、おろされたので取り敢えず本部へ戻るため、元の道を歩き続けていると苦力風の男二人に出会った。南の情報をとるつもりで煙草などやりながら話しかける。彼らは撫順から徒歩で来たという。つい心をゆるし不用意に二人が先に出たと思うと、男たちは背後から不意打ちに棍棒で殴りかかってきた。倫正も吉原も強力な一撃を喰って争う力を失っていた。吉原はとっさに上衣や銭入れを投げつけ、高粱畑へ飛び込み、やっとの思いで帰って来たという。

すぐ治安維持会に頼み、騎馬の偵察隊と元気な隊員を十名ほど、線路づたいに探しに出した。日本人に対する満人（中国人）の感情は険悪だ。数時間後、顔がふくれあがって相の変わった倫正が救援隊にかつがれて帰って来た。衣類や持ち物は剝されたが幸い致命傷はなく助かった。

前途の不安はますます濃い。新京に着くまで幾日かかるかわからない。食料もその場その場で手に入れるため、やがて健康なものも栄養失調に陥入ることは必定だった。精神的疲労は今に集団全部が参ってしまうだろう。指揮部はこの際善処しなければ全部が斃れるにきまっていると考えた。そこで健脚組を組織した。老幼、歩けないもの五分の一ほどを坦図の治安維持会に頼み、元気なものばかりで先発し新京から迎えに戻る。維持会が引き受けてくれたので心を鬼にして、不安がったが、坦図に残すことにした。（これは後に新京へ迎えることができた）

鎮東まで出ると、ここの地方治安維持委員会長は元の鎮東県長とわかったので会うと、

「日本人が入って来たら殺せ、という申し合わせになっているほどだ。とても世話などできない」

考えられぬほどの悪感情が支配しているらしい。詳しくきいてみると副県長以下日系が竜江省へ引き揚げる際、停車場とか県公署、目ぼしい建物を敵に利用されるという名目で自爆して去った。ソ軍に利用されるより、県民に多大の不便と反感を植え付けてしまった。高綱は苦しい弁解をしなければならない。

「あなたにはわかるだろう。この建物の爆破は十五日停戦協定の前か後か」

「前である」

「それでは何処の国でも撤退する時破壊して去るのが通念なのだから、どうか県民諸氏にもあなたから理解させてもらいたい」

ようやく集団は元県長の理解を得て学校に一夜を泊めてもらうことができた。鎮東にはソ

軍の中尉を指揮官とする電信修理班がいた。幌のかかったトラックの中に起居していた。汽車の交渉をすると、自分には権限がない、白城子は要地で格も高く、停車場司令官の大佐がいるから交渉しろという話である。供出用に集めてあった四五個の腕時計の中から一番良いのを選んで、中尉に贈ろうとすると、五百ルーブルの紙幣をポケットから出し、買うという。いや金はいらない、その大佐に紹介状を願いたいのだ。中尉は気軽に一枚の紹介状をかいてくれた。

全員銃殺を願う

白城子に着いたのは出発以来まる二十九日目であった。二十九日の難行は出発の時の人々の姿とは思えなかった。見る影もなく惨めに乞食のように変わり果てていた。何のための二十九日？　無駄な道を苦しみ喘ぎながら歩き続けたのか。無駄な廻り道が安全地帯に置いたのだとは、その時は考えない。二十九日の「時」が会戦の切迫した感情をソ連軍の心理から拭い去っていたのであろうか、そう考えることだってできるのだが、彼らはそれさえ思ってはみない。思ってみる余裕など心になかったのだ。

停車場司令官の大佐に会い紹介状を示し窮状を訴えた。汽車は出せないという。とても歩けないし、食も宿もない。途々匪襲を防ぐ方法もない、いずれ全員が殺されるか死ぬにきまっているのだから、せめて全員銃殺してもらえないか。

「貴軍の手で殺されるなら意義がある」

意義があると高綱は言った。

「バカなことを言ってはいけない。今しばらく待て、ゲネラル・マイヨル（少将）がちょうど、ここへ来る頃だから、きいてやる」

　死んだ方が楽だという気持ちは誇張でも嘘でもなかった。ゲネラルと大佐の返事を待っていると、おおと懐かしそうな叫びをあげて一人の満人が駈けよって来た。いつも新京への往復の時、貴賓室へ案内してくれる劉という庶務係である。変わり果てた閣下の手を劉はしっかり握った。

「日本の駅長は自爆して新京へ去りました」

　非難ともきかれない言葉で劉が言った。

「さあ、すぐ焚き出しをしてあげましょう」

　劉は七、八百人の焚出しの指揮をしてくれている。だが、せっかくの御馳走ができる頃、突然、ソ軍から出発命令が下りた。大きな客車二両をやる。つめられるだけつめ、乗れない男は屋根へ乗れ。そして、憲兵一人と公安局から警官一人をつけてくれた。

　白城子の駅は進駐軍でごった返している。指揮部は、二両に全員を押し込まなければならない。指揮している高綱の所へ四、五人の酔っぱらった兵が来て、物もいわず傍の一人の婦人と共に駅の裏側へ拉致していった。手に手に大きなナイフを逆手に高綱を裸にし、時計から紙入、腹に巻いていた少なくなった公金まで奪い、婦人を裸にして、奪うものがなかったのか、時計を四個出せという。幕僚部へ戻って、山崎が預かっていた供出用から二個を出し、渡してやると、まだ不足だといってきかない。無理を言うならゲネラルに告げるぞと嚇しておいて、哀れな姿で汽車に飛び乗った。二両の他は、ソ軍の兵士がいっぱいだった。酒に酔っている兵が多い。新京まで無事故で行き着けないような不安が襲って来た。

食事が間にあわず、劉がトマトの入った大きな箱をいくつも積み込んでくれるのを、高綱は茫然と眺めていた。指揮部は二両の箱の間の連絡機の所に位置した。夜八時頃出発して今日まで約三十日間、歩き続けた行程とほぼ等しい距離の新京へ、翌朝十時には着くはずである。それが信じ難いほど不思議な気がするのであった。

廃帝溥儀と八咫鏡（やたのかがみ）

そして終戦

昭和二十年九月十四日の夜半、新京の南嶺捕虜収容所は瀟々とした雨に濡れていた。

「寝るか」

満州国陸軍少校（少佐）小林薫が軍官学校時代に可愛がり、現在も当番である宮島候補生にいっているとき、一人の背が高く、ゴマ塩の無精髭をのばした痩せた老人と二十八、九歳の青年が、

「よろしくおねがいします」

といいながら、彼の部屋に割り当てられてきた。

「こんな老人が捕虜とは……」

多分、満州国関係者としてここが選ばれたのであろう。老人は品がよかった。六十五、六

歳にみえたが、実際はどうなのか見当もつきかねた。老人が丁重にいった。

「祭祀府の外島といいます」

老人はそう名乗って、肩から掛けていたズックのカバンを大事そうに外すと、今までの遠慮深さとはまるで反対の態度で、床の間の真正面にそのカバンを置いた。小林たちも荷物らしいものは持っていなかったが、先任者に断わりなく汚いズックのカバンを床の間の正面に立てかける外島と名乗る老人の様子に妙な感情を抱いた。若い方はただ丁寧に頭を下げるだけで名乗りもせず、口もきかない。一目で兵隊ということがわかる。

「赤のごはんを作ってもらうわけにはいきませんか」

老人は妙なことばかりいう。軍官学校（陸士）予科生徒連隊長であり、沢山の生徒をかかえている小林は、作ろうと思えば赤飯ができないことはなかった。

「明日は建国神廟の祭日ですので……」

という。先月は敗戦当日ですっかり忘れていたが、この老人が祭務処長の外島閣下だったのかと思い出した。

軍事部参謀司第四科の建軍勤務で、対内精神教育を担当していたことのある小林は、祭祀府とは無縁ではなかったのだ。

ズック鞄の中の神器

だが、気にかかるのは、床の間のカバンだ。万一、武器でも入っていたら、ただではすまないからである。

「あの床の間のものは何でしょうか」

と、小林は疑わし気な調子できいた。

外島はしばらく黙って考えこんでいる様子だったが、突然、畳の上に両手をついて、頭をすりつけると、

「神器、八咫のみ鏡です」

といったきり、顔をあげなかった。声は出さなかったが、肩を小きざみにふるえ泣いているようであった。そのあいだ、若い男は小林の態度を見守るように鋭い眼を向けていた。

小林は敗戦の報知より、この言葉にはびっくりした。外島は涙でくしゃくしゃになった顔をあげると、

「皇帝は、神鏡を天皇陛下のお手におかえししたいと仰せになっていたのです」

文字通り小林は呆然としてしまった。

伊勢神宮の奥深く奉祀され、神代から代々、日本の皇室、国民の尊崇のまとであった八咫鏡は日本では天照大神ご自身なのだと教えられてきている。そのご分神である神鏡が、この汚い寒々とした室の床の間に、ズックの防毒マスクのカバンのなかに納められているということは、小林にとって思いもかけぬ驚異であった。

天皇が贈った三種の神器

康徳七年（昭和十五年）は日本紀元二千六百年にあたっていた。その六月二十二日、満州国皇帝溥儀は、新京を出発して二回目の訪日の途にのぼった。彼は伊勢神宮、橿原神宮、そ

の他諸陵にまいり、七月六日帰国した。

七月十五日、溥儀は、天照大神を建国元神として宮廷府内に造営した建国神廟に奉祀し、自ら祭主として、その鎮座祭を行ない、満州帝国の憲法である組織法を改め、新たに祭祀府を設けたのである。総裁は橋本虎之助であった。

『朕茲ニ敬テ、建国神廟ヲ立テ、国体ノ悠久ヲ奠メ……天照大神ノ神体、天皇陛下ノ保佑ニ頼ラサルハナシ……』

この詔書は、日満両国が肇国の祖宗を同じくしていることを、中外に宣言したものだ。

「この鏡をみること、われをみるが如くせよ」と天照大神が瓊瓊杵尊に授けたと伝えられ、伊勢の神宮に太古から奉祀されている八咫鏡そのままのものが、満州国宮廷府内の神廟に祀られたのである。

昭和二十一年八月十六日、極東国際軍事裁判の証人として喚問された溥儀の証言と態度は、日本人を驚かせ、あれはにせ者ではないかという噂さえ囁かれたほどであった。

「日本天皇は予に三種の神器を贈った。これは予にとってこの上もない恥辱を与えたものであり、予の家族とともに泣いた」

自分の先祖でもない天照大神を押しつけた日本に対して、悲憤やるかたないといった大仰なゼスチュアをしてみせたものである。

この神器について左のような記録もある。

『満州国で調製した鏡を伊勢大廟に持参し、御祓いの上、持ち帰ったものである。日本皇室はこのことについて何等関係がないばかりでなく、建国神廟に天照皇大神を祭祀しようとしたとき、天皇陛下は「中国の皇帝は由来天を祀るのが通常であり、天照皇大神を祭るのは適当ではあるまい」と仰せられ反対せられたのである。また神廟の神宝として剣が奉祀してあったが、それは溥儀皇帝が日本訪問の際、日本天皇陛下から贈ったものであり、その好意に酬いるため彼自らこれを神宝として祀ったに過ぎない』（池田純久著『陸軍葬儀委員長』当時の関東軍総参謀副長）

皇帝溥儀逮捕さる

東京裁判のソ連側証人は三人であった。皇帝溥儀、大陸鉄道隊司令官草場辰巳中将、満州国総務長官武部六蔵である。証言を拒否した草場の奇怪な死につづいて、武部は、午前の証言を午後には急にひるがえしていることを思いあわせてみると、溥儀が、あのような証言をしなければならなかったということもわかる気がする。

皇帝溥儀の心境は別として、この神器は、昭和二十年八月九日のソ連の参戦、そして、奉天飛行場で皇帝溥儀の逮捕という事態のなかでどのように処理されたのだろうか。

大公報の潘際坰記者のかいた、『傀儡皇帝溥儀の告白』という一文のなかに「シベリヤへ、三種の神器とともに捕わる」という章がある。

『私の飛行機には、弟の溥傑と吉岡安直と、祭祀府総裁の橋本虎之助、ほか二、三人の随員が同乗した。橋本は鏡、剣、曲玉の三種の神器を奉持していた』とあり、愛親覚羅浩さんの『私は今も溥傑氏の妻である』には、

『通化からの飛行機は、初め二台に十数名乗る予定でしたが、つごうで一台だけ先発するこ

とになり、橋本祭祀府総裁が神剣を、外島祭祀処長が神鏡を奉持して、それに吉岡御用掛、田上憲兵曹長、黄侍医、毓修に溥傑氏と溥儀氏併せて計八名が搭乗いたしました』とある。

小林の前に現われた奇妙な老人こそ、この外島だったのである。

若い従者は、宮廷府付の直接護衛の田上という憲兵曹長だったのだ。

天皇に直接おかえしする

関東軍司令部が八月九日、ソ連の参戦を知ったのは、タス通信を傍受した満州国通信社からであった。所定の作戦に従い、総司令部は急速に通化へ移動することになった。十一日のことである。皇帝をはじめ、満州国政府の首脳部も総司令部とともに通化への後退が要望された。

皇帝の蒙塵（もうじん）にまっこうから反対したのは緑林出身の総理張景恵だった。新京に作戦する軍として、皇帝が新京に留まることは絶対に困るのだ。だが、張は理非を説いて反対した。皇帝が戦闘の危険をさけ、首都から離れることは三千万国民の統治者として、国民を離反させる最大の原因となるといってききいれない。

新京特別市の内外は、もう市街戦の準備にごったがえしていた。軍司令部の要請は強く、皇帝、政府の通化後退は決定した。この薄倖の運命の子は、またふたたび清朝廃帝の宣統帝の昔の姿に戻ろうとしているのだ。

外島は皇帝溥儀を次の間にひかえて待っていた。時間は切迫している。

突然、溥儀の室の電燈が消えた。もしか？　と外島は不吉なものを感じたが、黙ってひかえていた。長いすすり泣きの声は、慟哭にかわった。

平常は貨車以外使用しない東新京駅から旅立つことになっている。外島は静かに声をかけた。

「もう、間もなくお時間でございます」

溥儀は電燈をつけて外島にこいと命じた。

「鏡をもってゆく」

神鏡は直ぐそばの建国神廟から皇帝の居間に移されていた。外島は黄と白の絹に包まれて安置されている鏡をいれるものをとりに、皇帝の室を退った。外島がふたたび室に戻ると、

「日本に行きたい。わたしの生きられるところは日本だけだ」

と小声で囁くのであった。そして、

「天皇陛下に直接おかえししたい。神鏡をおかえししてからなら、敵に捕らえられようと、自分の身がどうなろうと悔いはない」

ともいった。

外島は安徳天皇のことを瞼（まぶた）に浮かべた。うやうやしく礼拝し、ふくろのまま丁重に神鏡をカバンに収めた。重かった。カバンを頭にかけようとする手がふるえた。重さのためばかりではなかった。溥儀は、後ろにまわって、よじれたカバンのひもを直してくれた。八月十三日であった。

神器を抱いて日本へ

十五日の終戦を、総理、総務長官らは、通化できいた。皇帝はそこから、余り遠くない山中の大栗子にいた。法州国皇帝を退位し、満州国の解体を宣言したのは十八日大栗子においてである。十三年で亡びた帝国であった。

小型飛行機を大型にのりかえるため、十九日夕方、奉天飛行場に着陸したとたん、武装解除のため着陸したソ連軍の軍使の手に捕らえられたのだ。関東軍総司令官もすでに朝鮮を通過したころと信じていたころである。

南嶺の捕虜収容所でも、関東軍首脳部が溥儀を売り渡したという噂がひろまっていた。だが、外島はそれだけは信じなかった。表面の理由は大型機への乗りかえであったが、宮田参謀の名で知られている竹田宮恒徳王と会いたいという溥儀の心を知っていたからである。

溥儀は通化に送られ、橋本たちは新京に、同行者もバラバラにされた。元関東軍参謀長の中将、祭祀府総裁の橋本虎之助は大物と見込まれ、関東軍首脳部、政府大官とともに、新京の旧海軍武官府内に軟禁されたが、外島は南嶺の捕虜収容所に送られてきたのである。

外島は名を瀏といった。国学院を卒業して、明治神宮司典をふり出しに、大阪住吉神社、箱根神社等の宮司、敦賀気比大宮司等を経て、昭和十九年四月、祭祀府祭務処長に転じたものだった。

収容所で互いに履歴などを語りあっているうちに、外島の恩師が東大教授文学博士・宮地直一であるときいたとき、小林はその奇縁にますます、外島を助けて神器を日本に奉還せねばならないと思った。

「失礼ですが、ご老年であり、軍人でも、政治家でもない閣下をソ連が国内へ連行するとは考えられません。多分、私はソ連へ連れて行かれるでしょう。しかし、もし私が日本へ帰ることができましたら、宮地の所へまっさきに参ります。神鏡とともに閣下が日本に無事で帰国なさったら、宮地のところへ、そのことをぜひお知らせおき下さい」

小林が宮地といったのは、博士の息、直邦を指していた。小林と宮地とは小中学とも同級の親友だったのだ。

小林は何とかして神鏡と外島を無事日本に戻したいと心魂を砕いた。収容所の移動ははげしく、外島を護衛していた憲兵曹長も、作業大隊に編入されて室を去り、残っている数え年十九歳の宮島が相談相手では脱走をはかるにも心もとなく思われた。

「ここを脱出させ、朝鮮に送りこんだら」

捕虜収容所の司令官のサインをもらえば、まだ外出もできた。少年の候補生をかかえている小林は比較的自由だった。外出証明をとった小林は宮島を連れて収容所の門を出た。

途中二度ほど検べられ、南新京駅を反対の方向に右折すると、誰か後をつけている気配がした。小林は宮島に注意をうながした。男は満服を着た若い男だったが、すり寄るように肩を並べると、

「何気ないふりで聞いて下さい」

といった。スパイだと感じたが黙ってうなずくと、

「満州国軍の方ですね。関東軍第四課の山下参謀に伝言して頂きたい。朝鮮は南北三十八度線で遮断され、交通は不能です」

若い男はそれだけいうと、足早に総務庁のある方角へ左折して姿を消した。これで、小林

の計画は見事に粉砕されたのだ。

小林は関東軍の将校と将校大隊に編入され、十一月二十六日に新京を発って北へ送られた。だが外島は胸部を冒され、孟家屯の陸軍病院に移された。そこで外島は、病院をぬけ出して忠霊廟の草むしりをしていたという。

悲哀の歴史に彩られて

小林は昭和二十三年七月、舞鶴に上陸した。そして、宮地家を訪ねたのは八月十五日だった。彼が選んだこの日は、偶然にも建国神廟の記念日でもあった。

小林を迎えたのは親友の直邦ではなく、母堂、博士未亡人だった。

「外島さんは、とってもあなたに感謝しておられましたよ。すべてが希望のようになったと伝えて欲しいといわれました。歌が残っていますよ」

「では?」

「ええ、帰国されると二十二年二月一日なくなられました。なに一つ思い残すことがないといったような大往生だったそうです。命よりも大事なことは上々の首尾、くれぐれもよろしくとのことでした」

といい、二首の歌を示した。

皇帝いまさず新京荒れ果てぬみ鏡やすけきここにおわせど
大君にみたまやすしと告げまさむモスコウいかに遠しとはいえ
というのである。

外島がとし江未亡人に伝えた言葉は婉曲であった。天皇も日本の皇室もどうなるかわからない終戦の複雑な政治情勢の下で、神器八咫鏡のことなど秘密にしておかねばならなかったのだろう。

　小林は、皇帝が手ずから、天皇陛下におかえししたいと、あれほど切願したという神器は、皇帝の意のようにはならなかったが、悲哀の歴史で染められた神鏡は、皇帝の望んだように納まるべきところにもどされているのだと信じて疑わなかった。

　しかし、その関係者はすでに死亡し、神器が日本には戻ったものの、果たしてどこにあるのか、その在りかは今は知るすべもないのである。

消えた関東軍——遁残日本兵三十四万

裸にされた東北

いつの間にか冷たい秋風が吹いていた。秋風の冷たさは日本人の皮膚にだけ痛々しいほどに突き刺さってくるようであった。秋の短い大陸で、間近にきく冬の跫音(あしおと)を今年ほど痛みをもってきいたことはないだろう。しかもこの瀋陽市（奉天）を目指して、みるからに惨めな難民の群れが諸方から流れ込んで来る。少しも頼りとはならないのに日本人の一番集中している町、それが唯一の心のよりどころのように……。

昼近い時間になると、南七条の端から大広場近いメーンストリートの両側には、主に満人の露店と売食いのために違いない日本人が家財道具をならべたてて、俄ごしらえの露店が、隙間もなくぎっしりならんでいた。日本人の店は明らかに、その人々の昔の生活を物語る豪華な置物や、骨董の類から、思い出の結婚衣裳などが物の哀れを誘うようにならべられていた。

歩道は鎖のようにつながった群衆が肩を摺りあわせ、歩行さえ困難なくらいもみあって、遅々と流れている。広いロータリーの辺りで、この群衆はやや緩い形に崩れて、また狭い道路の入口へ吸い込まれる黒い紐のようになって流れ込んでいく。見ているとそれはちょうど、甲板の上を太い鉄の碇綱がすれあって往復しているようであった。

一体何の目的でもみあっているのかわからない。雑沓の中へ押しあいへしあいしているのであったが、ロータリーの角々には、ソ連軍の警備兵が例の自動小銃(ピントフカ)を肩に立てている。無恰好な公安隊員が、大きな歩兵銃をかついで歩いている。中には討伐用のモーゼル一号を腰のバンドに二梃も三梃も裸のまま差しているのもあった。

群衆はここでちらと不安と心配の眼色を駛(はし)らすと、なるべく早く雑沓の中へもみ消されるようにこのロータリーの広さを恐れ足早になる。今の日本人には家の中に、じっとしているよりこの雑沓の中の群衆の一細胞となることが一番安全感があったし、心の苦悶や恐怖を、この雑沓という保護色が包んでくれるような気がする。人通りの少ないところでは身体検査が始終行なわれる。もちろん正規の検査ではない。金や時計が目的であった。家にいることは掠奪者闖入の恐怖が四六時中つきまとっていたからであろう。

瀋陽へソ連軍が入って武装解除を行なったのが八月二十日で、それから五日間、組織的な、そして整然たる大掃除のような暴動が日本人街に起こり、掠奪にあけくれ、物資という物資は城内の方面へ全く移動してしまったかに思われた。

軍人軍属らしいものは、いつの間にかことごとく北陵収容所へ移されて、大隊編成で、北へ北へと送られているという噂であった。

昼夜の別なく、銃声が諸方にきこえ、夜間はいつも小戦闘を思わせるほどの銃声が絶え間なかった。

地下のグループ

そうした混乱と恐怖時代に、三人あるいは五人の若いグループが瀋陽市内では名をきいただけで恐れおののくゲ・ペ・ウ（通称チエカ、VCHK＝GPU――一九三四年ごろNKVD、最後にはMVDとなった）の眼をくぐって、何かを画策していた。

顔色や皮膚がいくら似ていても中国人に化けることは、どのように苦心しても難しかったし、満人や白系露人、韓国人の密偵が網の目を張っているなかで、この青年たちは猫のように嗅覚を働かし、鼠にように敏捷に活動していた。一人一人異なった要素をもってはいたが、なべてソ連軍と共産主義への死の戦いを挑んでゆこうという点だけで一致していた。

いまはソ連の治下であっても満州は必ず国府軍の手に渡されるべき地域である。これらの青年の頭にこびりついているのは、岡村兵団と蔣介石とが協同して、遠からず満州に入ってくるという噂であった。中共軍の勢力はてんで問題にしていなかった。もちろん、終戦の年の中共の実勢力は未知数で、それに疲弊していたソ連の軍事力も彼らは過小評価していたのであろう。

載笠機関が東北（トンペイ）地方へも潜入しているに違いないと考えるとき、何とかしてその秘密機関と結びついてソ連や中共の暴圧から日僑俘を解放したい、そう念じているのだった。武力を奪われ、去勢されたようになっている同胞の姿をみると、ついこの間までの特攻精神が、血の中にたぎりたつ思いの青年も少なくはなかった。瀋陽の、それも片隅の一角が抱いている悲惨な難民の姿をみるにつけ、吐け口のない憤怒が、地下で歯を鳴らした。

小柴もその一人であった。つい終戦まで奉天省公署の科長の位置に座っていた張瑞は、まぎれもない国民党員で、すでに満州帝国時代から地下運動をつづけていた。おそらく軍統局（軍事委員会調査統計局——藍衣社、C・C団）——つまり載笠機関から派遣されていた対満工作の首脳であったと思われる奉天省の秘密主席李光沈、羅慶春をはじめ、全満で三千余人が、終戦の近づいたころ、憲兵隊、特機、特高の手でいっせいに検挙された事件があったが、李光沈、羅慶春たちは死刑の宣告を受け、執行を待つばかりになっていたのをあらゆる手段で引き伸ばし、ついに終戦にいたったのである。そのとき検挙をまぬかれた張瑞とともに死刑執行引き伸ばしに力をつくしたのは小柴であった。そういう因縁で張瑞と小柴はしっかりと結ばれていた。

軍統局と直接つながっていると思われる張瑞も、いまのソ連治下では日本人同様、あるいはそれ以上危険な位置にあるといわなければならなかった。ゲ・ペ・ウばかりではなく中共の特務にひっかかればそれが最後だ。だから地下に潜っているほかはない。高塚などはこのグループの一人だった。

富永、日下部、柿本も別の一グループだった、このほかに元関東軍の中佐の清水伝作。園田などというグループ。前田たちの一党があった。組織も背景もない人間が、どう動いても気が焦せるばかりで始まらない。バラバラで地下工作をやっても効果があがらないことに気づいた彼らが、時間をかけて、同じ目的で動いているものの連絡をつけることに成功した。横の連絡ができてみると、恐ろしく狂暴で知性のない一グループのあることがわかってきた。

満州国軍の大尉で終戦直後銃殺になったという第二軍管区司令官王大将の副官であった秋葉、いまは民会にかくれている同じ満軍の憲兵特高課長だった猪股たちは反ソテロの陰謀を企てているらしい。

百や二百の手榴弾や拳銃で何ができるというのか。それでなくても窮地へ追いつめられている日僑全体の上に、どんな災厄が降りかかってくるかしれない、新しい政治理想と思想的手段で国府と結びつこうという夢をみている他のグループにとって毛穴のそそけだつ思いがした。

こういうテロ陰謀団や、誤った建軍運動のあることが彼らの大同団結の一つの原因となったのであろう。いよいよ近いうちに松島ビルで第一回の秘密連絡会議を開くというところまで漕ぎつけた。もちろん目立っては取り返しのつかないことになる、そこは特務工作でもやろうというのだから隠密行動で、会議は午後一時、早朝から一人二人、目立ぬようビルに集合するよう各人の許に秘密指令が飛んだ。

小柴、張瑞を仲介として国府軍と極秘裡に連絡をとるため履歴書と写真をもって集まれ、国民政府の正式特務工作員とする、それがその日の主要目的であった。

第四練成飛行隊

この少し前、富永グループが、密かに青葉町のアジトで一つの情報を前に協議していた。

ソ連が進駐すると、日、満両空軍は、ほとんど現在位置のまま、無事故に投降接収を終わったなかに、日本軍の第四練成飛行隊二十何機が、地上整備員、家族の一部をふくめて無傷のまま遼陽と鞍山の間に放置されたままあるという。指揮系統を失っていたものか、同飛行隊のものか、密かに奉撫地区防空戦闘司令官野口中将のもとに指示を仰ぎに来たのを、このグループが耳にした。戦時の奉撫地区は満軍野口中将（ノモンハンの野口部隊長、のち満軍に入る）の指揮下に入るからである。野口中将はソ連軍が入ると部下に町に潜入せよと下命して、自分は第一装軍服で、迎えにきたソ連軍将校とともに官舎から抑留所へ伴われていった。

日下部は旧憲兵隊、柿本は航空隊、そのためか平然とこの問題を処理するつもりでいる。

「こわして人間だけ瀋陽へ移動させよう」

日下部がいった。すると柿本が、

「飛行機も飛行隊も全部いかれた。この際それくらいのものをソ連へ出しおしみしたって始まるまい」

「ポツダム宣言には違反する、暴行掠奪勝手気ままのソ連なんかに何でやるんだ！」

日下部が憤然としていう。柿本が、

「満州じゃ、一応、受降担当国はソ連だからな」

といった。突然、富永が怒鳴るような声で、

「ソ連の畜生にだけはやりたくない！」

そして、

「いっそ、中共へやれ、血は水よりも濃しだ。いくら共産軍でも中国人なら、ソ連よりはま

しじゃないか、捨石を打つつもりでやれ」

簡単に林戦闘隊の中共引き渡しがきまってしまった。最初に、この情報を受けた柿本が現地連絡員に、命令（?）を伝えた。人間だけは奉天へ来るようにいい添えて……。

「全機全員通化へ移動せよ」

八路軍（中共）の命令で、地上整備員、家族もひっくるめて、そのまま消息は断たれてしまった。柿本は林戦闘隊のことを同志にはかった責任を感じ、日夜、苦しんでいた。

フーテン

「われわれの工作に誰か少し年輩者で貫録があり、押し出しのきく奴はないものかなあ。国府と連絡がとれても、われわれ若僧じゃ、事大主義の中国側にまずいと思う」

日下部のいう言葉を、先刻から考えていた一人が乗り出すようにしていった。

「うってつけの人間がいる、フーテンだ」

「何？　フーテン？　大事なときに、フーテンなんかと冗談いう場合じゃないよ」

たしなめるように声をあげる日下部に、

「中国語で福田はフーテンじゃないのか」

「福田？」

杉本は思いついたことがあって誰にも詳しい説明はやめておいた。天の啓示のようにひらめいたものがあったからだ。

「よし、その方のことは僕がやる。明日さっそく日下部君と福田閣下引き出しに出掛けよう」

　杉本がいうと、柿本が、

「明日は一時から特務工作の初顔合わせじゃないか？」

「ああそうか、いいだろう、二人ぐらい、こっちから柿本君一人行きゃあ」

　ひどく決心した調子で、

「事後承諾という奴で、福田閣下の履歴は明日出しておこう、僕が代理で書く、写真は後からもらうさ」

　そういうと彼は、押し入れから天井裏へ上って行くと、小さい写真をはった履歴書を柿本に渡した。

「日下部君のもある、新しい同志諸君には、すまないが君から話してくれ、福田さんのは今僕がかく」

「そんなこと勝手にやっていいのか」

　目の前に鬱積していた反ソ感情が、この特務工作の団結で原子力のような威力を発揮するような気がして感動で胸がなった。

「履歴書に写真、こんな際大丈夫か」

　日下部の不安そうな声に柿本が、

「大丈夫さ、向こうも正式特務工作員にするからには必要だろう。国府の地下工作員の手に行くのだから、せめて国府の護照でもなくちゃ」

「奉天や新京の今日では、護照のある方が危ない」

「永久にソ連がここに留まるわけはないのだから、そっと隠しておくさ」

強力なものから身分を保証されるということがひどく気強く感じられるのだった。

偽装中将閣下

青葉町の裏通りへ切れると、急に閑静な住宅街になる。どこもここも木材や鉄板で厳重に戸締まりがしてある。怒濤のなかから、急に静かな入江へ投げ出されたような気分だ。日下部も杉本も、こういうところを歩くときが一番危険なのを知っていた。十分な注意を払って歩いた。

「その福田閣下っていうのはいったい、何者かね?」

昨日の不審をもう一度口に出してみる。杉本は澄ました顔で、予備少佐でついこの間まで大広場のヤマト・ホテル支配人だという。

「……少佐か」

明らかに失望の色を表情に表わしてつぶやいた。

「一芝居やるのさ、どうせ目下、誰の前歴もいい加減なものだ。同期生に今村均大将たちがいるよ」

外囲いの塀をやっと警備にたっている隣組の人に声をかけて入れてもらうと、もう一つ関門を通って、曲がりくねったコンクリートの細い廊下を伝って、二階にある福田の家へ着いた。通されると無造作な着流しに、だらしなく兵子帯をしめ、頭にタオルをのせた福田が出てきた。

「何じゃ、杉本？　用は？」

日下部は横柄な奴だと思ったが黙っていた。自分のこと以外口をきくなと緘口令をしかれていたからだ。杉本は、特務のこと、第四練成飛行隊の救出工作などについて相談をもちかけた。

「そりゃ難しいな、とても手は出ん」

あっさりいった。声を改めて、

「一飛行隊なんかに神経を使うにはあたるまいよ、やっちまったものをいまさら仕方がないだろう。もっと大きい仕事はないのか」

妙に構えている風貌が、ロボットに使えるぞと日下部も内心思いはじめていた。杉本はさすがに履歴書のことはいわなかったが、今日初会合のことなどを話し、指導者になってもらいたいと申し入れると福田はいやな顔もせず、よし力を貸してやろうといった。

杉本はここぞと、予備中将ぐらいにして、元関東軍政治顧問、元満鉄顧問、あるかないか知らないが、大きな看板をかけて国府機関へ売り込む、実際の工作は若いものがやる。大きい政治工作の時出て頂きたい、そして困窮のどん底にあえぐ同胞を、やがてここへ来るであろう国府側と協力して助けたい、いかがでしょう？

福田はたった今帰った小柴も同じようなことをいっていた。おかしな日だと思いながら、

「ええじゃろう！」

あきれたもので、この偽装中将はもう将軍口調で二人をあしらっていた。

「いま、城内へ使いを出したが、小柴という男も同じようなことをいっとったぞ。諸君、せ

っかく奪闘するんなら……」

言葉を切ってから、

「小柴たちは短波で、互いに連絡している旧関東軍の無電を傍受しているということだが、食料を廻わしてくれ、弾薬をくれなんてのう、何でも長白を中心に沢山の兵力が遁残しているということだ」

小柴――というより、小柴のしっかり握っている張瑞――その張瑞がつかんでいるのが軍統局の大物の文張中将であるらしいことを知った。国民党のために、暗殺、誘拐、謀報と特務工作では始終日本軍が手玉にとられてきた恐るべきゲ・ペ・ウのような載笠機関の大物である。福田は、

「きみたち、もっと大きいことに手をつけろ、長白山脈ばかりではない。諸方こもっている関東軍を山から引き下ろす……」

日下部の心を掠めたものがあった。

(長白へ入る)終戦直後、新京へ忽然と姿を現わし、一言を残すとまたいずれへか去ったあの加藤柏次郎中将の謎の行動だった。

「あいつらは第二祖国を建設するちゅうて山にこもった……」

「………」

「日本の敗戦を知っとったのだ。何もかも失くなる。日本本土が失われてもあそこを第二の祖国として大和民族再生の地とするという考えだ」

確かにそういう夢想を関東軍の首脳はもっていた。まだそんな夢を抱いたまま山にこもっ

ているのであろうか。

「まあ、派手に動かんことじゃなあ」

即製の退役中将閣下は、さすが年輩者であり、でっぷり肥った体をゆすりながら将軍のように言葉つきで鷹揚にいった。

ゲ・ペは眠っていない

彼らには特別の嗅覚、触覚がある。

民会の前を越すと、同時に二人は立ち止まってしまった。

「変な気持ちがするな……」

「俺もだ……」

どっちからともなくこういった。用心を重ねて松島ビルの手前までくると、はたして遠巻きに黒山のような群衆がざわめいているのが眼に映った。二人は、はっとして互いに眼を見合わせた。群衆の後ろからそっと近づいてみると、公安隊、それにソ連兵が軽機をすえて松島ビルは包囲されていた。少し離れてトラックが眼についた。

「あっ、鏑木がいる」

小さい声を日下部が耳許であげた。

「柿本も……大仏……しまった」

思わず杉本もつぶやいた。みると山内、若い福田、高塚、知らない顔が続々と銃や拳銃をつきつけられて引っぱり出されてトラックへ追いあげられていく。

「……危ない!」

耳打ちすると未練を振り切るように、そっと身をずらして一角から離れ、そのまま町の雑沓の中に二人はもまれるように入っていった。

「何のことはない指名手配をするため、写真までつけてやったようなものだ」

「誰かうまく持って逃げていないか」

二人は身をふるわした。

「それにしてもさすがゲ・ペ……」

口ごもりながら、

「今日乗り込んできやがるとは……ちょっとこわい……何もないうちから、これだ」

鮮やかな手配だった。特務工作隊をつくろうとした最初の日、集まるのを待っての一斉検挙だった。ゲ・ペ・ウのスパイがいたのか? 裏切りか? われわれは反ソ政治犯人だ。現場にいなくともすぐ手配されるに違いない。どこへ潜ればいいのか。いや潜るにしてもたったいま引っぱり出そうとした福田にだけは連絡しておかなければ福田が危ない。雑沓のうちをまた、人の身体で洗うように逆に流れていくと、いきなり肩を叩かれた。

息がとまった。顔色は土のようになっていたに違いない。追い抜くようにしながら、低く早口の声が耳許を掠めた。池田だった。

「二十四、五人やられた。書類は大丈夫だとは思う……あとは裏屋根伝いに……」

そのまま二人を追い抜いて人混みのなかへ消えていった。大半が、いや、ほとんどがやられてしまった。日下部が口早にいった。

「いまから俺は高田だ、どっかで髭を落とす。連絡方法は変えよう、何とかして俺の方からつける。お前も帰るな」

「今日から俺は伴、福田氏を逃がして俺も潜る」

日下部が別れがけに、つぶやいた。言葉と声音は杉本の耳からいつまでも離れなかった。

「ゲ・ペは眠ってはいない」

スタンケヴィチ将軍の軍曹

翌日だった。大広場、日赤に住んでいた小柴は身の危険を知ると、常から用意してある綱を投げ、隣屋敷の庭伝いに表門に向かって駈け出した。

「どうしたんだ、そんなところを！」

衛兵長の軍曹に呼びとめられてしまった。ソ軍が入って以来、小柴はいやな用を足してやって衛兵たちと親密だった。心は焦るが、振り切って門外へ出るわけにはいかない。いまさら、たいへんなところへ飛び込んでしまったと後悔した。早くここをゴマ化して正門から逃れたい、ブロークンなロシア語で焦りを押さえながら相手になっていた。一人の下級将校と公安隊が正門へ廻ってきた。公安隊が門内にずかずかと入ってきたのが、軍曹にはひどく癪にさわったらしい。飛んでゆくと将校ともども門外へ押し出し、頑丈な肩を怒らせて怒鳴りつけた。

「何だ！」

「あの男を調べることがあるから渡せ」

門内の隅の小柴を指していった。

「断わる！」

小柴がびっくりするほど荒々しい言葉だ。

「職務によって逮捕に向かったのだ」

軍曹には虎の威をかりて、歩兵銃を傲然（ごうぜん）と構えているキタイスキーが無性に腹立たしい。

「事情は知らぬ。あの青年は俺の親友だ、悪い男じゃない」

「反ソ政治運動をやる無頼漢だ」

衛兵所にいた数人の兵隊は全部自動小銃（ピントフカ）を構え、それぞれ狙いよい配置についている。将校は威嚇のつもりか腰の拳銃に手をかけ、二、三歩門内に入ろうとした。公安隊もついて入った。軍曹はさっと拳銃を抜きとると裏正面から向かってくる将校の胸に狙いをつけ、

「ここを、どこだと思う？　奉天（ムクデン）衛戍司令官コフトン・スタンケヴィチ閣下の公館だ。しいて押し入るなら射殺する」

若い将校は、はっとして門の扉に眼を注いだ。改めて屋敷の構えを見直すと拳銃をサックにおさめ、案外素直に帰っていった。軍曹は門外へ出、後ろ姿を注視していたが、小柴の所へ戻ると、

「衛兵所へ来い」

と先にたっていって二つのコップにビールをついで、一つを小柴に与え、

「呑め」

仕方なく小柴はぐっと一息に呑んだ。喉がからからでうまかった。

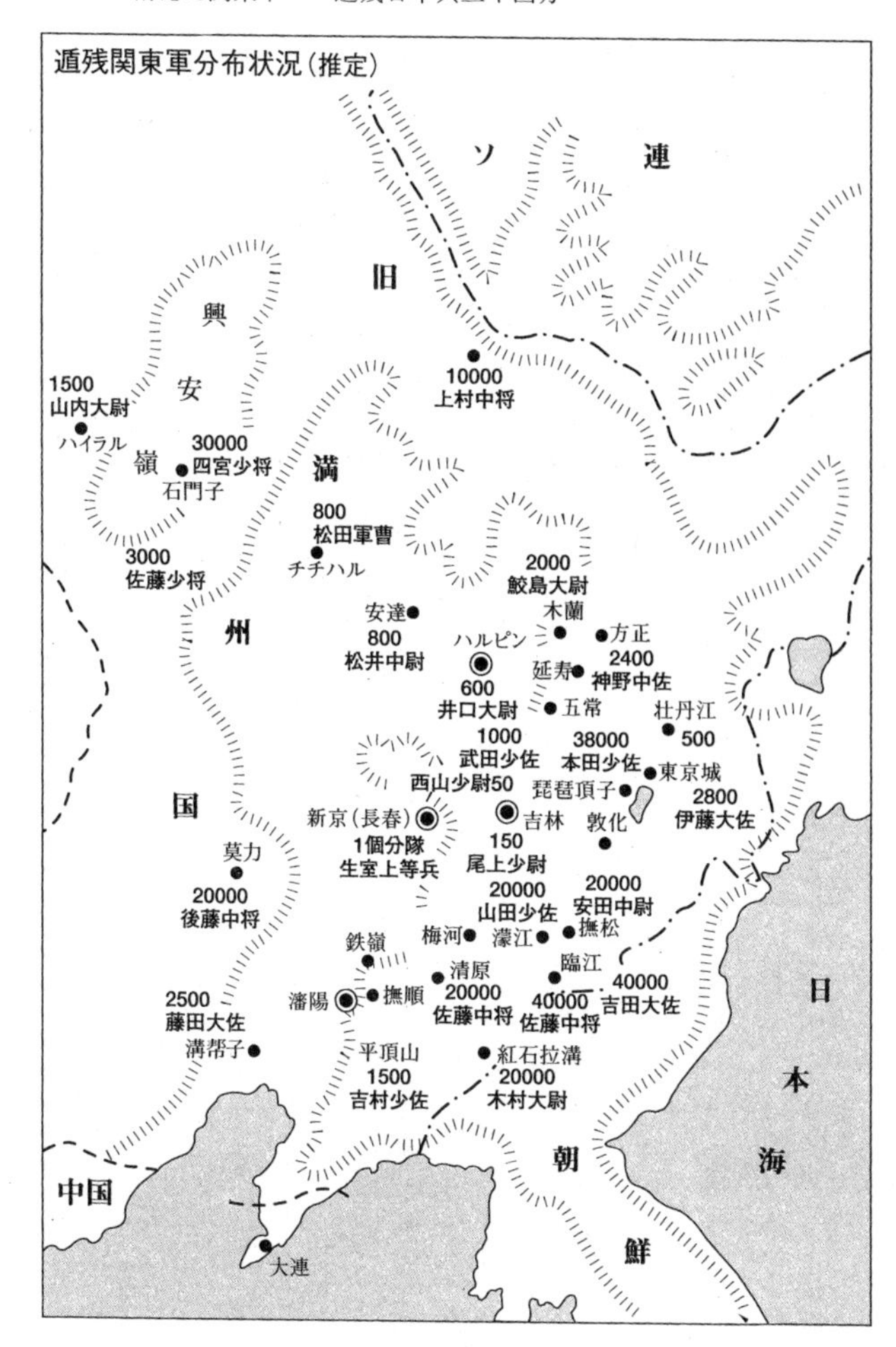
遁残関東軍分布状況(推定)
ソ
連
旧
興
安
嶺
満
州
国
1500
山内大尉
ハイラル
30000
四宮少将
石門子
10000
上村中将
800
松田軍曹
チチハル
3000
佐藤少将
2000
鮫島大尉
木蘭
方正
安達
800
松井中尉
ハルピン
600
井口大尉
延寿
2400
神野中佐
五常
牡丹江
500
1000
武田少佐
38000
本田少佐
東京城
西山少尉50
琵琶項子
2800
伊藤大佐
新京(長春)
1個分隊
生室上等兵
吉林
150
尾上少尉
敦化
莫力
20000
後藤中将
20000
山田少佐
20000
安田中尉
梅河
濛江
撫松
鉄嶺
清原
20000
佐藤中将
臨江
40000
佐藤中将
40000
吉田大佐
瀋陽
撫順
2500
藤田大佐
溝帮子
平頂山
1500
吉村少佐
紅石拉溝
20000
木村大尉
日
本
海
朝
鮮
中国
大連

「俺はお前が何をやったか知らない。俺はお前がいい男だと思っている……しかし……」

大きな手で小柴の手を握り、

「お前との友情もこれで終わりである」

そういって正門まで連れて行くと辺りに注意を払いながら、突っ放すように追い出した。

小柴は感謝の眼を一瞬、軍曹に注いでいっさんに横丁へ駈け込んでいった。

高砂隊事件

十月二十日午前零時を期して、連判状に加盟した高砂隊と呼ばれる日本人六十余名は、大和署とか敷島署、主として日本人街の警察——今はソ連軍の駐屯警察としてソ連将校と公安隊のつめている警察、交番を手榴弾で襲撃した。千山事件とか通化事件と同じようなテロ事件が恐怖に沈んでいる瀋陽市中に勃発した。

彼らの真意がどこにあったかわからなかったが、圧迫に圧迫を受け、惨めに呻吟しつづけていた日本人のための、悲しく無意味な怒りの爆発であったろう。相当の損害は与えたようではあったが、日本人への迫害と、特務工作についている日本人への検索の眼は倍加されていった。首魁（しゅかい）秋葉はその夜のうちに逃亡してしまった。

高砂隊という名から判断して、ソ軍と中国人の離間策とみる向きもあった。連判状によって全員逮捕され、主謀者たちは北陵で戦車のキャタピラの下で圧殺されたともいわれ、ソ連へ拉致されたとも伝えられた。名前が似ていたため、巻き添えを食ったものも出た。不運はいつも大口を開けて、思わぬところに待ちかまえていた。

首魁の一人といわれた猪股——に似た男が千代田公園裏で銃殺されていたとも噂されたが、民会に席をおいていた猪股は、事件数日後、民会から拉致され、その後、見たものは一人もなかった。

軍統局への密書

年が変わった。例年にない暖かさといっても、雪も降ったし零下である。あれ以来、ゲ・ペ・ウの眼を巧みに潜ってどこへ潜んだのか、秘密結社の連中は瀋陽の町に姿を現わさなかった。二月初めだった。瀋陽大広場のかがしクリーム本舗の二階に忽然と姿を現わしたのは、福田、小柴、それに東北(トンペイ)地方独立守備隊劉光凡少将、金少将、劉治沢大佐、張瑞大佐だった。まだソ連は駐屯していたが、中共は一応市外へ去り、国府軍の前進指揮所のほんの一部が瀋陽に入っていた。

しかも大広場にはヤマト・ホテルがあり、ここにはソ連の高官がいる。すぐ側の三井ビルには反ソ政治犯の身を顫わす秘密獄舎があった。旧東拓あとは十余年前、満州事変の関東軍司令部で、今は赤旗を翻えしたソ軍衛戍司令部になっている。

会議の目的は、東北の日本人をどうするかという中・日共同工作の秘密会議であった。福田偽中将は例のかっぷくにものをいわせ、杉、小柴を秘書として会議を牛耳り、北京宛の意見書を作成していた。

そのなかで、どろ柳の葉より惨めな日本人の生命と財産の保護を強調した。出発は二月中旬、その密書を持った杉本が前進指揮所の劉大佐、馬少佐と北京に向かう予定だ。

東北工作班の前田が日軍将校の服、小柴が長靴を持って来た。加茂町にあった国府軍前進指揮所（元奉天省商工会議所）前のアジトに入り夜を待った。将校数名に守られて馬車で北京行き列車に乗り込むため、皇姑屯駅前の支那風呂で一夜を明かした。この支那風呂こそ国民党地下工作のアジトだったのかと初めて知った。

劉大佐は杉本の胸に李訓亭という中国名の名札をつけ、肩章や袖章などをつけてくれた。朝五時ごろ起きると、国府将校に守られて駅に向かった。二、三度歩哨の誰何を受けたが、何ごともなく駅へ着いた。雑沓などというものではない。構内へ踏み入ると苦力の群れ、中国難民にもみくちゃにされ、汗、ニラ、ニンニクの強烈な臭いに辟易しているうち、あっという間に劉大佐、馬少佐とははぐれてしまった。杉本は切符も金も何も持っていない。駅員は革の鞭を鳴らして群衆を殴りつけながら整理に狂奔している。阿鼻叫喚だ。最後の一両だけが二等車で中国要人が乗ることになっているが、その箱へ近づくことはできない。黒い小山のような人の群れから、窓という窓を一生懸命に探がし求めていると、一つの窓から、昨夜、顔見知りになった便衣の中国将校がこちらを見ている。夢中になって手を挙げると眼顔で来い来い――と呼んでくれた。苦力や難民たちを押しのけ、群衆の肩や頸を踏みつけるようにして、やっと窓から潜り込んだ。眠ったふりで押し通していると、昼過ぎ、その便衣の将校は買ったマントウをくれたので礼をいって腹をふくらました。

錦県で一応下車する約束になっていたが、ここの駅は野営しようとするもの、移動する国府軍将兵でごった返していた。切符もないし構内でうろうろしていると駅員に誰何されてしまったが、怪しげな早口を南方語と間違えたのか行ってしまった。改札口の向こうに立っていた劉大佐が発見して無事引き出してくれ、宿舎の錦州病院に向かい、先行していた張瑞大佐たちと、ここでしばらく滞在して、文書の整理、中国語への翻訳などにかかった。

葉少校（少佐）……紹介された杉本は意外な感に打たれた。高砂隊事件の首魁秋葉に余りよく似ている。しかし黙っていた。すべての用意が整ったので三日後北京へ向かうことにきまった。するとその夜、ソ軍撤収の電報が入り、つづいて中共が瀋陽市内に侵入、鉄西は火の海であるという緊急情報が入ってきた。書類は完備しているから、錦県前進指揮所から責任をもって提出しておくということになり、劉、張両大佐は一応残り、杉本と馬少佐は再び瀋陽へ新一軍の軍用車で戻ることになった。

木曾町のアジトに入ると、ソ軍の撤収した瀋陽は不気味なほど沈黙のうちに沈んでいた。主権者交替の一時期の不安動揺はおおえなかった。

東北（トンペイ）特務工作隊

福田を首班に、東北工作隊が完備した姿で発足した。他に東北司令長官部第二処の中に対日関係の白鳥という日本人を中心とした一つの組織ができあがっていた。白鳥——名は変わっているが確か北陵捕虜収容所で日本人を牛耳っていた関東軍の田中中佐そっくりである。いつ脱走して白鳥となったのか、もっと驚いたのは、錦県にいた秋葉としか思えない葉少佐が控えていることだった。またその一翼に日下部と高田が宣導組の一員として対中共情報の椅子についていた。

日僑俘管理処に督察組ができると、劉治沢大佐が組長となり、日系は福田を中心に、特務工作班に杉本、一般工作班小柴が担当することになった。

錦県で二月末提出された福田の書類に対して国府から正式任務が指示されてきた。そのうち大きい三つの問題は、(一) 三民主義思想の宣伝をせよ、(二) は特技者の保護——中共その他への連行を防ぎ危険な場合はかくまえとのことだった。特技者というのは、細菌関係、特殊兵器、原子関係、冶金学などの技術者を指していた。そして、(三) は旧関東軍遁残兵の工作だった。

福田はその日から秘密分室を大広場横の路地のなかにつくり、同志を糾合再建にとりかかった。特務工作隊が遁残兵の問題に挺身している間、日管は、日僑遣送問題に着手しなければならない。難民の給食、一般遣送中の食料問題を処理するため、一部の同志たちは東北公司という買い付け機関を創立した。白鳥、秋葉であった。ソ連時代の民会は東北善後連絡総処と改称し、主目的を日本人の故国日本への遣送に振り向けたのであった。

福田の指揮によって、特務班に集った日系は、清水、佐藤、大野、大西、杉本、高木、園田、及川、丹下、入江、野間、水野、細川、山田、高田、木山ら。

遁残している関東軍！　瀋陽本部へ集まってくる資料を整理していくうち、戦わなかった関東軍は健在であり、その恐るべき兵力に、いまさらながら驚きの声をあげた。

まだいる関東軍三十四万

■第一次遁残兵工作員派遣経過報告書
民国三十五年（昭和二十一年）五月十日起算に関する日軍遁残兵宣撫工作計画による第

一次工作員派遣要領を持って、実行せる通化方面に対して得たるところの経過および情報左のごとし。
◎派遣人員十名。撫順方面より潜行せる人員（第一班六名）、四平方面より潜行せる人員（第二班四名）、所要資金五万円也。
——撫順方面の情況報告
撫順方面より潜行せる工作員は民国三十五年五月十四日午後三時、撫順より平頂山方面に於ける日軍情況偵察に潜行せしめたり。佐藤間道中尉を長とする三名は二個小隊を以て編成せる主力を旬子溝に、一方、孤家子に於ける先遣部隊は、八路軍の情況偵察及び糧食購入中との情報に接したるため、直ちに孤家子に急行せしも、一日違いの十五日に到着したる為、先遣隊を発見することを得ず、付近住民の言を綜合するに分遣隊は主力に合すべく孤家子東南方方面に移動せる事確認を得たり、依って同工作員は村民を案内に杜家店に到着したるところ八路軍の知るところとなり左の情報を村民に託して全員戦死せり。
——情報（五月二十四日午前五時瀋陽本部着）
『これが最後の土産です。日軍数約千五六百平頂山方面に移動しつつあり。無電機なし、八路軍の警戒厳重のため、これより潜入できず、部下二名戦死す。自分は八路軍に突入します。後を宜しく。於杜家店、佐藤間道』
この情報に接した本部においては、この事実を第二回目派遣の工作員には秘して五月二十六日午前六時、瀋陽より大野芳夫中尉を長として大西敏夫見習士官および高木普准尉をもって編成したる工作隊を平頂山方面に潜入させたのである。六月五日午後四時三十分、高木准尉一名が帰瀋し、彼の報告を綜合、六月六日に行轅（東北行轅）に提出した中間報告はつぎのようなものであった。

㈠六月一日平頂山方面の日軍との連絡に成功せり。旧関東軍第三方面軍の編成下にありたる吉村大佐の指揮せる三七二〇部隊にして兵数千六百五十四名内婦女二百一名ありしも、一名死亡、現在婦女子二百名あり。吉村大佐は密告によりソ軍に逮捕され行方不明にして、通化方面の主力指揮官は加藤中将の隷下にあるため加藤中将自ら指揮をとれるもののごとし。

㈡同部隊は八路軍に強制的に編入されたる日本人を救出しつつ二道溝方面の主力に合流すべく通化方面に移動を開始しつつあり。

㈢同部隊は加藤中将の指揮下にある本部隊の一支隊として主なる任務は中共軍に収容されたる日本人救出に服したる模様なり。

㈣同部隊は無電機なし、同部隊の本隊は無電機を使用、山中部隊と連絡しつつあり、兵器弾薬多数あり、なお兵員数不明なるもトラック使用中なり。

㈤同部隊の本隊に無線暗号文手交のため、大野中尉、大西見習士官は同部隊と行動を共にしつつあり。

㈥同部隊の隷下にある連絡員中山中尉以下三名を撫順に同道せり。

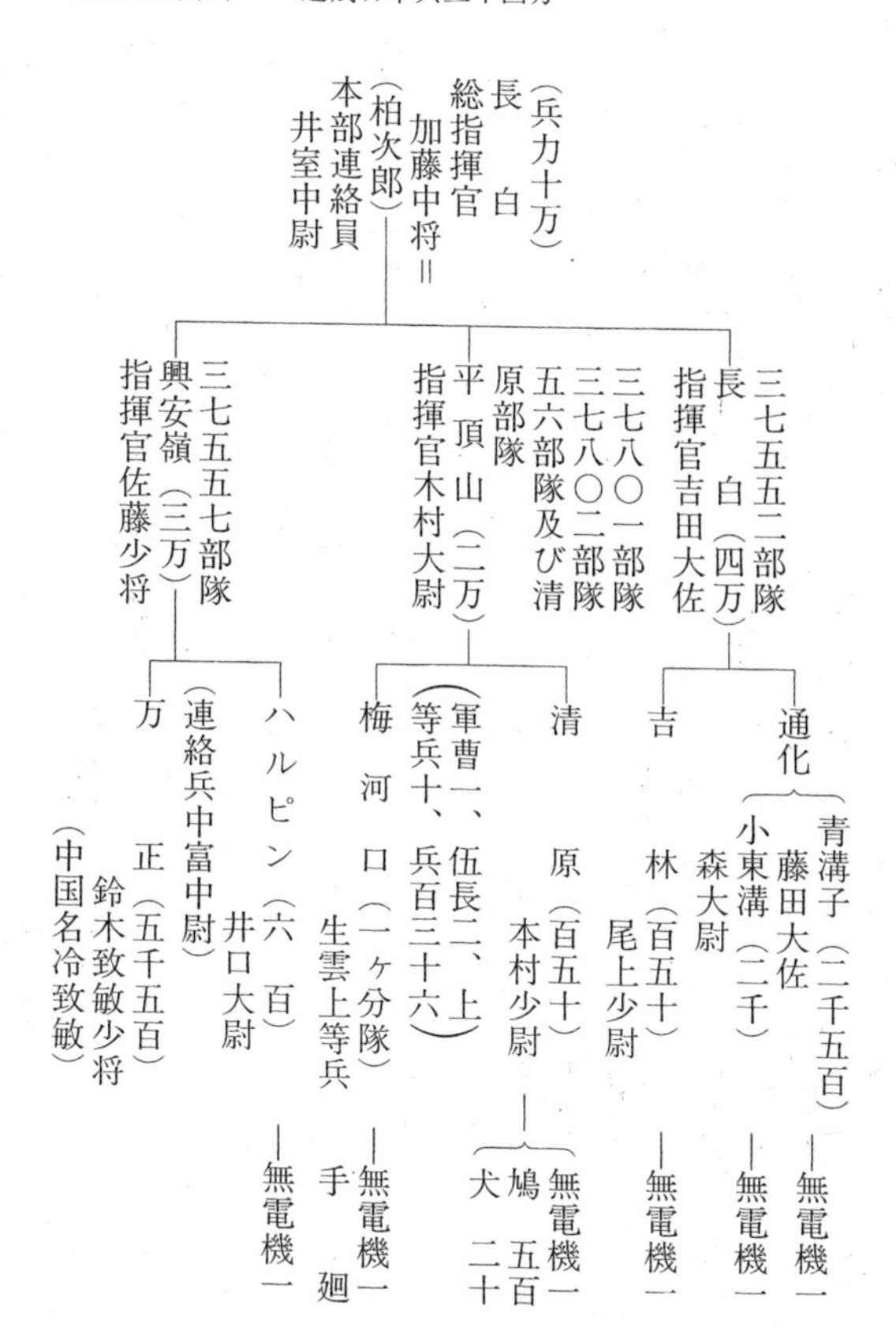
（兵力十万）
長　白
総指揮官
加藤中将＝
（柏次郎）
本部連絡員
井室中尉
三七五五二部隊
長　白（四万）
指揮官吉田大佐
通化
青溝子（二千五百）
藤田大佐
—無電機一
小東溝（二千）
森大尉
—無電機一
吉　林（百五十）
尾上少尉
—無電機一
三七八〇一部隊
三七八〇二部隊
五六部隊及び清
原部隊
平　頂　山（二万）
指揮官木村大尉
清　原（百五十）
本村少尉
無電機一
鳩　五百
犬　二十
（軍曹一、伍長二、上等兵十、兵百三十六）
梅　河　口（一ヶ分隊）
生雲上等兵
—無電機一
手　廻
三七五五七部隊
興安嶺（三万）
指揮官佐藤少将
ハルピン（六　百）
井口大尉
—無電機一
（連絡兵中富中尉）
万　正（五千五百）
鈴木致敏少将
（中国名冷致敏）

特務本部は高木准尉を案内にたて清水伝策(元中佐)は撫順にいたり全般にわたる山中遁残部隊の動向、所在地、兵員数を調査しようとしたが、指揮官の許可がないからと称して、部隊の意嚮、行動、装備、兵員数、所在地に対して確たる答えを拒んだ。右の情報はその間、知り得た知識を基礎として作製したものであった。

清水は単身総指揮官に会う準備を整えたが、道中主力に接近することが非常に困難なため、一応、中山中尉に中国側の対日工作と東北における日系の活動情況、さらに今日の国際情勢を説明し、総指揮官に報告するよう、通化に向かって出発させ、後日の連絡を約して瀋陽へ帰ってきた。諸情報および、無電連絡の盗聴などによって山中にこもっている部隊の概略の数や装備などがだんだんはっきりしてきたのであった。

――公主嶺方面の状況報告

『四平方面より潜行せる工作員は五月二十六日午前七時、川村真吉曹長を長として吉田智重、野間道夫、入江数馬四名を以て第一班とせり。瀋陽より出発せる第二班工作員は四平より伊通に潜行する途中、六月一日公主嶺東北方同家溝山中に日軍遁残部隊を発見、直ちに野間を帰瀋せしめ六月八日左の如き緊急情報を提出せり。

㈠六月一日公主嶺東北方同家溝山中(三二〇高地)に八路軍の追撃を遁るべく山中に潜伏せる日軍部隊を発見せり、同部隊の指揮者は小川中尉にして兵数一千五六百名。兵器は大半破損し現在使用中のものは僅少にして小銃のみなり。無線機なし。

㈡なお同部隊の情況は共産軍と数度の戦闘により二千名程有りしも四五百名戦死、残余の千五六百の兵員も糧食欠乏と数度の戦闘により被服其他甚しく困難なる情況下にあり』
情報を提出、指示を仰いだところ左の命令を受けたのである。（提出より約十日後）
「現地部隊（国府）と連絡をとり武装解除の後、被服食料を支給せよ」

■第二次工作員派遣経過報告書

第一次工作に引続き第二次工作員を派遣したる結果得たる情報および経過左の如し。
◎派遣人員六名。撫順方面三名（中西中尉、原田軍曹、武田伍長）、四平方面三名（佐藤少尉、田中軍曹、吉田軍曹）、所要資金三万五千円也。

——撫順方面の状況報告

撫順市内に於ける特務工作班は中西中尉を長として情報蒐集中のところ六月二十日つぎのような報告を本部に送達してきた。

——情報（民国三十五年六月五日）

㈠長白地区に於ける日軍部隊は旧関東軍隷下部隊の他、朝鮮軍の一部が入山し兵数約三万程度なり、また陸軍部隊の他羅津方面海軍部隊も入山したること判明せるも装備は不明にして旧関東軍残余部隊と合流せしこと確実なり。なお長白方面に於ける旧関東軍部隊の現在まで判明せるものつぎのごとし。（A）臨江独立守備隊（六百）、（B）通化憲兵隊及警察隊（五ケ中隊）、（C）大栗子独立守備隊（一ケ中隊）、（D）石人行隊（一千）。
㈡白頭山方面に入山せる部隊は旧関東軍三七五五七部隊なり。

㈢方正方面に入りたる鈴木致敏少将隷下の部隊は三七七〇部隊なり。
㈣清原方面に於ける中共軍の総兵力は四万程度にして、そのうち中共軍に拉致されたる日系約一万、技術者及び婦女子五百名のほか、撫順方面の中共軍二万程度、うち日系約二千あり。同方面遁残兵の意図として右情報を提出した一部隊は兵約二千を擁し、清原方面の中共軍と対戦、日人救出の希望熱烈なり。

——四平方面の情況報告

『四平方面より潜入せる第二次工作班、佐藤少尉を長として長以下三名を以て東豊より梅河口方面の状況を調査しつつ現在通化東方八道溝に待機しおるものと予想さる。以下、佐藤少尉の第一報第二報を記載す』

——第一報告

㈠東豊付近の情況。東豊北方黄泥河子の道路より東豊に向いたるも飛行場四粁付近より道路両側四百米位までは、中共軍の厳重なる歩哨戦を突破、山中倉庫の入口に出でたるも一夜数十回の巡察監視のため、内部の情況不明なり、飛行機は一日十数機吉林方面に往復する模様なり。
㈡梅河口付近の情況。市内は各所に中共軍の駐屯をみる。中国人の話によれば一万は駐屯しおるとのことなり。なお日軍らしきものが潜入し連絡しつつありとの情報に接し、二日間にわたり調査せるも判明せず、旅費に窮し服を売却せり、隊長殿（清水伝作を指す——筆者註）必ず命令通り実行します。安心して下さい。

以上の情報を同志である中国人に託しておいて、さらにつぎのような第二報を本部へ送って来た。

——第二報告

『自分は今、小堡より七粁の小恒道河子との中間集落に到着、石油燈のもとでこの報告書を書く、今、午後十時ごろ。皆元気旺盛』

㈠通化付近の情況概要＝（A）通化市内の日系は少数居住しおる模様なるも男は中共軍に連行され、婦女子および老人のみなる由（B）飛行場使用不能、大なる穴各所にありて離着陸不可能なり（C）汽車は三源堡の二粁先まで運行中なり、しかし中国人たりとも乗車不可能なり（D）戦車数十台、自動車数百台あり、中共軍の兵力五万程度（E）日軍は市内に一兵も無し（F）中共軍は現在、新紙幣と国幣（満州国紙幣）と交換中。

㈡八道溝方面情況報告＝（A）八道溝には日軍が時々自動車をもち、五六百名一団となり、物資買出しに一週間に一度はくるとのこと（B）中共軍が八道溝を襲撃したるとき、山中の日軍が来襲して中共軍と数度の戦闘を交え、中共軍を市内より撃退したるにより、八道溝の中国人は山中の日軍に対して好意を持つよし。

㈢臨江方面の情況報告＝（A）臨江東北方高地一帯は日軍何万となくおり、農耕、炭焼、伐採、陣地構築等の作業をしおる様子なり。

『以上の第二報は中国人の談話により、情報として報告するものなり、後十五日ほどして目的地（長白）に到着の予定なり、工作資金のことあれば通化の隊長の知人宅に中国人の使を出したるゆえ、資金入手次第、早葱溝に潜入す、中国人は我々一行の同志にして情報伝達に協力しつつあり、この情報本部に持参したるものに何万円かの謝礼をなされたし』

平頂山方面から潜入した大野班の報告等綜合検討してみると、通化東北方、長白山、濛江などには、敗戦後、一年近くを迎えようという日、なお、想像以上の日本軍遁残兵のあることがはっきりしてきた。

通化方面からの情報のなかには、

「……ソ連、八路軍の軍政下に、日本人は極度の圧迫を受く、さらに朝鮮義勇軍（朝鮮人民会青年部）を創始、八路軍の掩護下に三者協力、力なき日本人圧迫と行政を専らにす、後十二月下旬、奉天第四練成飛行隊（日軍飛行隊）林部隊長（少佐）の指揮下の航空部隊空地より約四百侵入……」

問題の林戦闘隊は中共と協力していたのであった。また一つの報告から謎の加藤中将の所在が判明してきたのである。

「長白の総指揮官加藤柏次郎中将と旧知の間である福田中将閣下に、次期工作において自ら出馬あらんことを切願す……民国三十五年六月二十五日」云々というものが本部にとどけられてきた。第一次、杜家店へ出た佐藤班は悲痛な遺書と報告を残して全滅した。本部が探し求める者は敵方にあったり、手のとどかぬ山に健在であったのだ。純粋な現地工作員は、福田を真の中将閣下と思い込んで心服している。

■敦化方面緊急報告（民国三十五年六月二十九日）

『民国三十五年六月十五日長春方面に対する工作員田辺他一名派遣せるところ四平にて得たる情報すなわち敦化方面に約三万の日軍部隊あり、中共軍と戦闘中なる緊急報に接し予定を変更して一路敦化に潜入せり、別表の経路によって小火棚溝にて第一報を送る』

――情報（民国三十五年六月二十二日）

『六月二十一日午後十一時報告地たる覇溝の集落南端において一部隊に遭遇せり、指揮者は及川少尉なり、初めは相互警戒せるも、彼の言により彼は敦化方面主力部隊の将校斤候たること判明せり、よって当方の意志を伝えたるに彼は快よく山中部隊の位置、兵力および情況を説明せり於小火棚溝、田辺工作員』

（一）位置（敦化方面琵琶頂子）、（二）指揮官（久保少佐）、（三）兵力（三万八千）、（四）装備（各人小銃携行、軽機、重機、歩兵砲、曲射砲、その他師団装備を有す。無電機なし、糧食三ヵ年分有り）。

◎遁残兵部隊の行動左のごとし

㈠吉林方面――西山少尉は兵五十を指揮し全員便衣を着し、吉林市内に潜伏行動中なる朝鮮解放連盟加入の日本人某（終戦前協和会職員、現在日共宣伝関係の者といわる）の一味を捕えるべく行動中なり。

㈡敦化市内――久保少尉兵五十を指揮し、朝鮮解放連盟同人にして東亜共軍中の日本人に対し思想指導責任者海流鼠の一味追跡中なり。

㈢牡丹江方面――上条少尉は兵五百を指揮し牡丹江街付近に位置し、ソ軍の輸送中なるトラック五十数台を襲撃、糧食、兵器を捕獲、兵千五百を捕虜とせりと。

㈣同部隊付近の一般情況＝（A）秋梨子溝に日本婦女子六百名（敦化北方二四粁）、（B）牡丹江集落に日本人七八歳位の子供五六百（敦化北西方二八粁）、（C）東馬鹿溝北方集落に開拓民二百名（敦化北方四四粁）中共軍に連行中、二名は逃亡、東馬鹿溝北方を北進中、日軍右遁残兵に遭遇せるところ、看護婦（旧満鉄女社員）にして中共軍に拉致されしのち凌辱を受けたるため面目なしと、歎願によって殺害せる実情を語れり。

＝以上を綜合しみるに同部隊の一般状況は長白方面の加藤部隊との連絡はなく、青年将校の指導下に行動中のものにして、同青年将校の大多数は特別攻撃隊の将校なる由、国際情勢および東北政情に対して一切の情報なく、唯〻共産主義撲滅に対して最後の一兵にいたるまで敢闘を辞せずとの信念の下に行動中なりと思考す。

■興安嶺方面遁残兵情況（民国三十五年六月二十六日）

民国三十五年六月七日瀋陽本部よりハイラル、王爺廟（興安）方面の遁残兵の情況調査連絡に出発せる園田道夫および尾形清両工作員は第一報を長春より左のごとく寄せたり。

――第一報（民国三十五年六月二十三日）於長春　園田道夫

㈠後藤信三少将指揮下の三七五五七部隊は本部をハイラル市におき、北方は上庫力より額爾租（李屯）線に先遣隊を出し、北方に対し厳重警戒中にして、南方には先遣隊主力を阿爾山におき、指揮官山内大尉以下一千五百を以て、胆楡街を中心として保康西北方約十六粁、套爾吐温徳の中国人集落に斤候を出し警戒中なり、東方方面は額爾租方面の先遣隊と連絡のため、甘南村集落付近に駐屯警戒中なり、主力一個師団は去年（昭和二十年）八月十五日朝、関東軍興安嶺秘密陣地において、満州里方面の敵に対し厳重なる警戒網を布き守備中、ソ軍侵入当時、日軍俘虜としてソ連に護送されつつある関東軍将兵を北黒線小興安嶺、老竜川の中間にある辰清河鉄橋を爆破して、七個列車を襲撃、一万名の日俘を救出せる部隊なり。

㈡同方面日軍部隊の意嚮概要——主爺廟副県長夫人以下五百六十三名を護衛して四平方面に南下、套爾吐温徳の中国人集落に到着せる部隊は山内大尉の指揮せる斤候隊にして、婦女子団に対し左の如く伝言して同地点にて袂を分ちたりという。

『われわれは国府軍の命令あるまで日本軍人のまま現地において守備に任ず、他に何等の意なし、北方は、われらにより死守す』

——第二報（民国三十五年七月二日）

『さきに六月二十六日付を以て中間報告せる興安嶺地区遁残兵動勢について、さらに、山中よりチチハルを経由して、長春に連絡のため、到着せる騎兵連絡兵と接触、以下の情報を得たり、彼等連絡兵は石門子付近の集団本部より四月二十八日出発、浜洲線に沿い、山中を騎行、斉々哈爾城外に五月十五日到着、三泊の後五月十八日チチハル市出発、平斉線、京白線に沿いて南下、六月十日に長春に到着、その間、札蘭屯、チチハル市、白城子は中共軍の占拠するところにて警戒厳重を極め幾多の困難に遭遇せり、当初彼等の意図する所は巴彦鎮額爾和地区の連絡兵と合体ののち、チチハル市に設置せられたる先道将校団と打合せ、国府軍と接触を試みる予定なりしも、中央側の先遣将校団に対する警戒厳重なるため、中央側と交渉不可能に陥りたるため、にわかに予定を変更し、相当なる困難を排除して長春に進出を決行したるものなり、ハイラル地区はソ軍の重圧と食糧其他の情況に漸次主力を鳥努耳より興安嶺中の秘密陣地に移動し、さらに周囲の状況と食糧消費長期対策により十六地区に分散、これが実質上の指揮官は藤田中佐之に当れる模様なり、兵力約一個師団、停戦当初、満州軍および興安間の各駅に分駐せる若干の兵力装備は、白系露人の反兵とソ軍の優勢なる空軍をあわせた進撃によって各個撃破を受け撤退、主力に合流、現在ソ軍の存在認められず、情報工作員のみを半径状に配備し、主力陣地の防衛に当りおれり、上庫力の先遣部隊も同様なり、南方ハロンアルシャンの部隊も一部興安主力に合流、一部南下し、中途において分散、なかんずく、一部は四平街において日俘の取扱い（武装解除捕虜）を受けたり。莫力達瓦山中の要塞によれる約一個師の一部は額爾和の先遣部隊を通じ、チチハルの先遣将校団を使って国府軍側と接触、之が交渉につき希望しつつあるも距離上の困難と長春における各機関工作員の錯綜のため、積極的交渉遅れたる情況なり。なお、莫力達瓦方面の守備に当りたる一部兵力は種々の困難により南下、チチハル市において武装解除を受け、現在中共軍の労役により辛うじて生命を維持し、国府軍の触手を待望しつつあり、最初軍と合流せる開拓義勇軍の大部分もこれに包含せらる、以上の情況に基き、準備完了のうえは白城子を経由ののち、チチハルにおける先遣部隊との連絡に当るべく目下各方面の情報蒐集中なり』

本部に集まってきた資料によって、分布図を作ってみるとつぎのようになったが、北蒲地区その他にいると思われる部隊の調査は到着しなかった。もうこの頃になると瀋陽、長春の一般遣送は順調に運び、留用者など正式に決定していた。しかし、まだ全満には武装された旧関東軍部隊が散在していたのである。

第一軍、新六軍など国府軍の虎の子部隊も陸続と東北に入ってはきていたが、総司令部林彪、李立三参謀長以下東北解放軍は、政治工作員、密偵、無数の便衣隊とともに満州に侵攻、いまや、国府軍を質、量ともに圧倒するかの形勢を示していたのである。

■日軍遁残部隊兵力装備分布

——長　白——

加藤中将（四万）——

三七五五二部隊
三七五五三部隊
三七五五六部隊
三七八〇一部隊
三七八〇二部隊
騎兵、工兵、輜重、衛生、海軍

重機関銃……二百
軽機関銃……六百
歩兵砲……二百
曲射砲……二百
戦車……六百（？）
無電機……有
馬匹……六百
潜火艇……六十

―臨　江―
佐藤中将（四万）――――――（他装備……不明
　　　　　　　　　　　　　（無電機……有
築城部隊
臨江守備隊
憲兵隊
三七五五七部隊

―無　松―
安田中将（二万）――――――（築城装備を有す
　　　　　　　　　　　　　（無電気……有
部隊名（不明）

―濠　江―
山田少佐（二万）――――――（小銃……一万八千
　　　　　　　　　　　　　（重機関銃……六
　　　　　　　　　　　　　（軽機関銃……十五
　　　　　　　　　　　　　（歩兵砲……二十
　　　　　　　　　　　　　（曲射砲……二十五
　　　　　　　　　　　　　（自動車……二十
　　　　　　　　　　　　　（無電機……有
部隊名（調査未了）

——紅石拉子——
佐藤中将（二万）——
長白分流隊

小銃……五百
重機関銃……十
歩兵砲……六十
曲射砲……三十五
戦車……八十
自動車……三百
無電機……有

——平頂山——
吉村少佐（千五百）——
三七八〇二部隊

小銃……千二百
重機関銃……十
軽機関銃……五十
歩兵砲……三
曲射砲……二
自動車……十
無電機……有

——清平——
室牟井中尉（六百）——
三七五五二部隊

小銃……少数
無電機……有

―永　陵　街―
清水憲兵少佐（三千）――――
三七二二三部隊

小　銃……二千
歩兵砲……三
曲射砲……三
自動車……三

―琵琶頂子―
本　田　少　佐（三万八千）――
二五二五二部隊
九三八部隊
三九三部隊
五〇三二部隊
七六五四三部隊

小　銃……四万
重機関銃……二十
軽機関銃……八十
手榴弾……三万

―方　正―
鈴　木　少　将（五千五百）――（装　備……不明
築城部隊

——莫力達瓦旗——
後　藤　中　将　（二万）————（築城部隊装備
　部隊名（不明）　　　　　　　無　電　機……………有

——石門子——
四　宮　少　将　（三万）————（機械化装備
　一三八部隊　　　　　　　　　無　電　機……………有
　三七五五七部隊

瀋陽を中心としての工作は終戦直後からの関係もあって、比較的順調につづけられ、情勢も手順よく集まってきたが、長春を基地に北満に展開された工作は、国・共戦闘地区に近いせいもあり、ハルピン付近はソ連軍をひかえ、精密な報告もなかなか集まってこなかったが、園田、及川、水野らの工作員の活躍によって、七月中旬初めて完備した報告がもたらされた。

■ハルピン東北地区旧日軍潜在概要
◎情報の出所、民国三十五年七月二十三日、ハルピンより神技部隊副官今泉中尉南下し報告す。
　——詳　報
㈠加藤兵団　（A）部隊長加藤志郎少将——佳木斯より後退したる部隊　（B）装備その

——一覧表

地区	地点	部隊長	兵力	装備	受領日付	確度
方正	南方六〇K 依蘭北方五〇K	加藤少将	一万一千	戦地一個旅団	七月二十六日	甲
東京城	西南五〇K	伊藤大佐	二千八百	歩兵連隊編成	〃	〃
木蘭	北方八〇K	鮫島大尉	二千	歩兵装備	〃	〃
延寿	東南七〇K	神野中佐	二千四百	通信連隊	〃	〃
孫呉	西北方地区	上村中将	一万	兵団（第四軍司令官）	〃	〃
五常	西南五〇K	武田少佐	一千	普通装備	〃	〃
安達	西北方九〇K	松井中尉	八百	歩兵部隊装備	〃	〃
チチハル 漱江関	中間東北地区	松田軍曹	八百	不明	〃	〃

他、歩兵二個連隊、砲兵二個大隊（重砲一五榴山砲）、輜重兵一個中隊、肉薄挺身隊

（C）現地情況および連絡情況——右加藤兵団前田中佐副官以下四名ハルピン市内に潜伏、福島少将（仮名）と連絡中、四月十三日ソ連軍の手に捕縛せられ、その他現地より村松少佐以下三名連絡のため来哈中、現在は今田大尉連絡責任者なり、終戦後戦闘なし、糧秣、

衣服三ヵ年間あり、衛生関係良好、通信機にての連絡は電池、ガソリン材料無きため不能。
㈡伊藤部隊　（A）部隊長伊藤修二大佐――旭川歩兵連隊、新55＝（東京城西南金剛村）朝鮮系（西南五〇K農地開拓団）（B）装備その他、歩兵三個大隊、歩兵一個大隊（C）現地情況その他――該部隊は糧秣の補給困難なるため、謝文東と協力し牡丹江市の八路軍に対し三回にわたる攻撃に成攻せるも現在は八路軍のため圧迫され、東京城西南金剛村（朝鮮系集落）西南方七〇K農村開拓団の宿舎に宿営しあり、糧秣不十分のため現在にいたるもなお謝文東と連絡あり、衛生関係不良にして目下中島曹長薬品購入のため秘かに長春に潜入中（二十八日ハルピンに帰る予定）
㈢鮫島部隊　（A）部隊長鮫島大尉――混成部隊　（B）装備その他、各種兵科混成――東安付近難兵――　（C）現状その他――謝文東と連絡協同して混合部隊となり、木蘭東北地区に於て八路軍と戦闘中、糧秣被服の補給は謝文東より受け、現在は開拓団に駐営しあり（団民約六百）
㈣神野部隊　（A）部隊長神野勉中佐――電信八連隊　（B）装備その他、電信四個中隊、警備兵二個中隊　（C）情況――終戦後玉泉北方に潜伏したるも本年（昭和二十一年）四月二十四日ソ連軍八路軍によって寿東南方に圧迫、移動をよぎなくされ、糧秣被服は一ヵ年分あり、部隊長秘かに来哈工作しあり、連絡員今泉中尉来長中。
㈤上村兵団　（A）部隊長上村中将（第四軍司令官）（B）装備他――各種兵科　（C）現情――ソ軍により連行せられたるも病弱のため、孫吾陸軍病院に入院加療中脱出し、山間を彷徨しつつ帰哈したる日軍遁残兵の言によれば、右上村兵団は各山間地区に潜伏しあり、糧秣被服衛生材料五ヵ年分を領有すと、終戦前と何等異ることなく、元気旺盛、顔色とくに良好なりと。

㈥武田部隊　（A）部隊長武田少佐──混成部隊　（B）装備他──小銃若干、軽機関銃若干　（C）現情──約千五百名五常地区に集合したる日軍および開拓団員を主体として混成したる部隊にして兵器不十分なるため、近郷開拓団として帰農せるもの約五百あり、当地国府軍馬某と協力し八路軍と戦闘したる事実あり、兵の素質不良なり。

㈦松井部隊　（A）隊長松井中尉──漱江より南下せるもの　（B）装備他──不明　（C）情況──漱江より松井中尉に指揮せられハルピンに南下中安達西北方九〇Kの山間に潜伏したるものなり、糧秣不十分なり、松井隊長秘かにハルピンに潜入、福島少将と連絡指示を受けたる模様なり。弾薬は五、六回の戦闘にたえる分のみあり。

重複していると思われるもの、確度低いものを除いて合計すると三十四万八百五十四名という数字が出てきたほかに一個師団とか、何兵種何個中隊などという報告を加えたなら、その総兵力は厖大なものになる。

敗戦のまる一年目、八月十五日がきた。その八月十五日付の緊急情報が、特務内部に複雑な心理の相剋をもたらせ、疑惑を招き、特務工作を崩壊にみちびく一つの動因になったということを彼ら自身気づいてはいなかったのだろうか。

■小山子および敦化方面における緊急情報（民国三十五年八月十五日）

㈠場所　拉浜線五常駅東北方二十粁小山子および琵琶頂子。㈡指揮官　神尾谷中佐。㈢兵力　三千七百名――本田少佐他の主力部隊と合すれば約七万以上の予定。㈣装備　各人小銃携行、軽機五十、歩兵砲十。

『現在情況……神尾谷中佐指揮官として小山市街付近に於て越冬せしも、周囲の情況、生活上の方策より小山子方面より撤退、敦化北方琵琶頂子に根拠せる本田少佐の部隊と合流すべく南下せり』

神尾谷部隊の動向は非常な危機の上にあった。兵力の大小ではない、部隊行動として、これが中共軍へもし合流するようなことがあったら、何を苦しんで一年余、たくさんの犠牲を払って、こんな工作をする必要があったろうか、報告文だけは急いでつくったが、今は最高指令を待つひまはない。本部は独断で動くほかなかった。及川班は山田、入江の二人が長春を経由して吉林から水路で、同時に陸路から清水班が無電機をもち、土屋、丹下の二名が出発した。

崩れゆく道

瀋陽にあって生命の危険に脅かされる度も幾らか少なくなったのは、国府軍治下となり日僑俘管理処督察組が第四期の改組を行なった昭和二十一年の四月末であったろう。特務も軌道にのってゲ・ペ・ウの眼を恐れていた半年前とは比べものにならなかった。とはいえ、瀋陽市中には残留スパイの眼がいたるところに光っている。督察へ出入する日系工作員は、ある場所は決して通らなかった。二階からライカのレンズが活躍しているという情報が入っていたからだ。スパイのレンズといえば水野がソ連時代秘かにビルの二階から、あるいは町角で数十枚のソ軍の暴虐振りを撮った証拠写真は、張瑞大佐の手から軍統局へ廻っていたはずだ。眼を覆わずにはいられないものがあった。これが戦争の実態なのか、総じて人間の心に潜んでいる悪魔なのかと写真を見せられて不快になった。

馬車夫や人力車夫にも油断ができなかった。兵力が手薄とみれば一夜のうちに、市内は国府軍から中共軍に早変わりすることは、長春や四平その他の都市ではしばしば経験した事がらであったからだ。しかし瀋陽には平和な日がつづいていた。東北行轅督察処長文強中将（東北保安司令長官部督察処長兼務）を総指揮官として張瑞大佐が表面に出ている一般工作の日系側は小柴班と富永班、それに中国側の意思をうけて新聞、雑誌、芸能を担当するため新たに文化班が設立され安野が班長となった。福田を最高幹部としての特務工作は、なお果敢につづけられていった。行動班長に清水、杉本が福田の秘書、上海の諜報関係にあって、新京海軍武官府へ連絡に来て終戦になり、そのまま瀋陽に潜入した海軍の水野が通信班、それに国府空軍へ宇佐見が派遣された。

こうした組織のなかで特務の行動はあくまで地下工作で隊員の行動も極秘にされていた。

工作資金を一番必要とする特務は、その点一番苦労した。第一次は東北(トンペイ)公司から三万ほど出、第二回目は国民政府から二十万円程度支出され、最終工作費は旧満州ガス会社から四、五十万円の金が出た。

遣送は今がさかりというより、もう終わりに近づいていた。いやな敗戦の思い出の日も過ぎ、朝晩は冷えびえとする季節になっていた。本格的な工作が進むにしたがって特務工作隊の首脳部のうちには大きい疑いが湧きあがっていた。山にいる部隊の兵力装備を調査することだけが、この生命を賭け多くの犠牲を払った特務の果たして最終の使命であったのか……と、山にいる部隊、遁残兵……およそ日本人であれば喜ばれぬ名で呼ばれている数十万の人々——を、一日も早く日本へ帰す手段を講ずることこそ真の目的ではなかったか。割り切れない大きな黒い塊が胸につかえている気持ちである。

それればかりではない。日本人の常ともいうか、一般工作と特務との間に、平和な日々がつづくと、反目が湧いてきていた。特務の間にあっても危険な現地を踏むものと、安全な本部にいるものとの間には何かしら溝ができたような気がしてくる。ゲ・ペ・ウ、中共の特務を前においていた絶え間のない危険が遠のいて緊張がゆるんだというのであろうか。

損得や名利や、保身で集まったはずではない。ひたすら、同胞の危急を援けようとする純一な感情で出発したはずではなかったか……長白の第二祖国……真実そんな悪夢からさめきれないでいるのだろうか。ソ連を真の受降担当国と信じないためか、一九四三年のカイロ宣言でも、一九四五年のヤルタ秘密協定でも、満州は中国政府の国土である。正当なる受降官が定まるまで現位置を守る、そういう意思なのか！　とまれ戦わざる沈黙の関東軍数十万はなお生きている。

長春へ

長春は瀋陽よりも共産軍の浸透力は濃い。一応表面は新装備精強の国府軍で市中は確保されていたが、瀋陽より遙かに危険度が高い。そのため、いまは瀋陽より長春に工作本部をおき未開拓の処理しなければならない多くの問題があった。それは長春には建軍運動が盛んであるという情報に基づいて杉本は福田から真相調査の命を受けていたが、余り気が進まなかった。杉本が長春行きを話すと、安野が君に長春へ行ってもらいたかったのだよといった。話をきくと益田隆、斎田愛子、東楽団たち長春の芸能人の留用解除と帰国の手を打ってやってくれという話である。文化班を見ている杉本は新しい芸能人にあうのも気が変わるかもしれない、少し腐っていた時でもあり長春行きの肚をきめた。特務の女工作員の平田槇子も一度、長春の母の許へ帰りたいといっていた折なので、及川の後を追うように長春に向かった。

劉大佐と張大佐の不仲は工作に暗い影を投げている。日系の対立も表面化してはいないが、彼ら自身のなかに「対日工作」と呼ぶもの、「対華工作」と呼んでいるものがある。言葉はただ対日といい対華といっても、その抱くものの考え方は全く相反する二つのものであった。ようやく内部の情勢も輻輳(ふくそう)してきた。

杉本は東楽団の宿舎を一時の宿にして、詳しく事情をきくと、槇子をつれてダイヤ街に出て喫茶店に入っていった。第一ホテルや扇芳ホテル、あの古びた稲荷さんも元の姿だったが日本人は残り少なく冷たい風が心の中を吹き抜けるように寒々とした気持ちに囚われる。

喫茶店でコーヒーをのんでいると、

「杉本君！」

だしぬけに呼んだのは及川だった。及川の顔色には何だ女連れで呑気そうに——という激しい非難が浮かんでいる。及川の背後には見なれない長身の中国の中佐が立っていた。及川

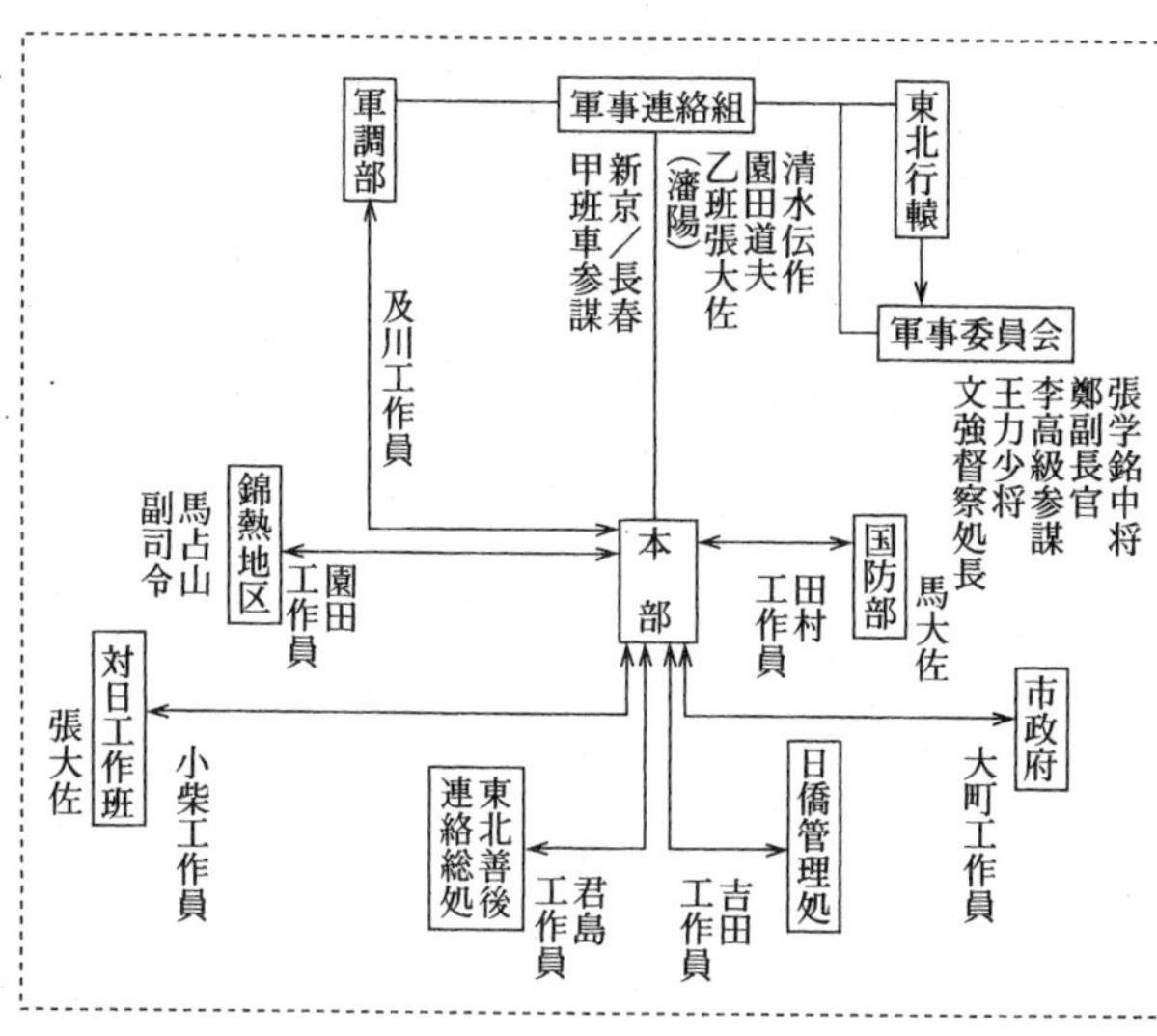

は長春経由、神尾谷部隊工作に出発したはずではないか、君こそ、いまごろ長春で何をしている？　いいかけるのを、

「まあ、ちょっと腰かけて話そう、こちらは長春前進指揮所の車参謀……」

杉本と槇子はボックスの中で起ち上がって挨拶をした。

「槇子さん、元気で何よりだね」

及川は元来、女の工作員を好かん、ずーッと前、まだソ軍時代、奉ビルの中にソ連宣社というものができた。そのころ、特務関係のうちに山上幸子という四十前後の女がいた。何でも前身は承徳の憲兵司令官の二号だったといわれていたが、及川はこの危険な時代、女の工作員なんかよした方がいいと主張したことがあった、すると福田がお前たちよりよっぽど役にたつぞ、女だから中共だってソ連の中へだって度胸一つで入っていける、あ

れは、妹分を李立三と結婚させ、代償に張学詩から難民救済費として二百万円寄付させてい
る、盛大な結婚式をあげたのを知らないのか、といわれたことを覚えている。だから槇子を
見ても苦い顔をして挨拶だけを送った。
「さっそく用件だが、どうも電報をみてきてくれたのじゃないようだな、俺は逮捕されてい
るのだよ」
　笑いもせずいった。
「逮捕？」
「そうだ、目下軟禁中さ」
「どうして？」
「中共軍スパイ嫌疑だよ」
「じょうだんじゃない！　護照は？」
「護照がきいて処置が軟禁だよ。何しろ、暗号文を持っているのだ、疑われるのも無理もな
いよ。といって、工作内容は何も話せないからな、行轅宛、電報は打ったらしいが、高級参
謀李少将の会館に捕らわれの身さ」
　及川は中国語で特務の杉本のことを簡単に話すと、車参謀は、
「劉副長官に会い給え」
　といった。槇子を一応東楽団の宿舎へ帰しておいて、どうも元張景恵公館のあとと思われ
る前進指揮所へ連れられていった。

無人のビルディング

前進指揮所の紹介電報によって、文強中将の代理として張瑞大佐が長春へ駈けつけてきた。陸路から清水行動班長は無電機を携え土田、丹下の三名と出発したまま、未だに帰還していない。及川は山田勝治、入江数馬二人とともに、改めて吉林に出て水路で神尾谷部隊工作に出発していった。張大佐の到着によって文強中将を総帥とする特務の容易ならざることを前進指揮所でも知ると、本腰をいれてこの問題に力を注ごうという方針に傾いてきた。

数十万にのぼる未解決のままの旧関東軍将兵に対する処置に東北(トンペイ)で経験する最大の問題である。終戦後まる一年余の今日、なお、数十万——さらに調査が進めば、どれほどの数になるか、また彼らが何を意図しているか、その潜在兵力はいずれにしてもなおざりにできる問題ではない。今日まで、国府軍に抗戦したものはなかったが、与えるに時間をもってすれば未来には大きい危機と不安が横たわっている。すでに、いま、神尾谷部隊という一つの例証が眼の前で起こりつつあるではないか。神尾谷中佐の意図が、もし全東北(トンペイ)の旧関東軍部隊の上に現われたとすれば、それはいったいどういう結果になるのであろう。いままでにない完璧な組織がつくりあげられたのだ……、かたちの上においては……。

瀋陽班の班長は元中佐の清水伝作、副班長入江以下、長春班は元関東軍参謀赤塚少佐が班長、副班長園田、及川以下、三江地区山田勝治、村越、野間、長白地区鈴木、大保、吉林地区小泉、加藤、ハルピン地区斎藤、坂、敦化地区獄間沢、総員三十八名の配置がきまった。昭和二十一年九月末であった。

泰山鳴動兵一人

及川は帰ってくると、機関に報告する前にそっと杉本を呼び出して外で会った。

「御苦労さん……どうだった？」

「清水さんは帰っている？」

「まだだ…」

「途中の話はよす、神尾谷部隊の工作はもう遅すぎたよ。どうなっているかわからん。目的地のずっと手前の岸に、ぼっそり一人の兵隊がたたずんでいる。俺はそいつを船の中へ呼び込んで、いろいろと話をきいたが、神尾谷部隊は事実上潰滅してしまった。部隊長以下中共軍へ入ったかも知れない。他の部隊を探して合流したいものは適当に自由行動をとってもいい、部隊幹部の命令はそうらしいのだ。無理にその兵隊をつれて帰ってきた」

言葉がきれたが、つぶやくように力なく、

「清水さんが帰ってこないのは不思議だなあ」

及川は心配そうにいった。そして、

「このあいだ、瀋陽をたつとき、清水さんのいった言葉が俺には忘れられないのだな。ただ兵数や装備を調べることが目的じゃない……山の兵隊をいったいどうするのか……」

日本人と南方人との間に東北人(トンペイ)が、たちはだかっている。国府の椅子を求める東北人は情報だけをエサにしているのではないか。誰かのいった言葉が思い出されてくる。

「泰山鳴動して薄汚れた日の丸の旗をもった兵一人……か」

逃亡

長い一年何ヵ月、何人もの犠牲者を出し、幾度か死線を越えた工作で得た、たった一人の帰順兵！　三十何万のうちのたった一人！　出征の日には晴れがましく近隣知人に寄せ書きをしてもらった日の丸であった。いまの日本人のように見る影もなく汚れ、旗とは見極めがつかぬほどであった。及川はあの汚れた日の丸が眼の底にしみついていてやり切れない。しばらくするとわれにかえった及川は声を低め、鋭い調子でいった。当たりどころのない怒りをこめた声だ。

「俺は山の将兵を放ってはおけない。こんなことをしていたら、きっと中共へとられてしまう！　同志を裏切ったといわれてもいい、俺は上海へ飛ぶよ。吐月笙だ……チンパンの吐月笙に直にあたる……」

杉本にも新しい決心が湧いた。特務から秘かに脱れ出て日本へ帰ることだ。日本へ帰るについては遁残部隊の資料だけは持ち帰りたい。それだけが唯一の証拠だからである。だがこれは容易なことではなかった。日管督察組へは、遣送途中挙動の怪しい日僑や所持品は疑われたもの、戦犯容疑者たちが始終連れ戻されてくる。遠く乗船直前の、錦県、錦西、コロ島からも……。身体検査の関門はたくさんある。彼はもう一度、槇子を利用しようと思った。女の方が発見される危険率はいくらか少ないに違いない。諸情報は薄い罫紙に毛筆で克明に書かれた。それに特殊の油をひいて、濡れてもいいようにして一インチほどの幅に細く切り、ナンバーを打った。それを彼女は一番下のものの中にシンにしていれた。町の大隊に編入させて彼女だけを別に日本へたたせた。

第三部　関東軍の終戦始末

対ソ交戦関東軍主要部隊表

間島及び北鮮正面

第79師団（秦） 師団長・中将 大田貞昌	歩兵第二百八十九連隊 〃　二百九十連隊 〃　二百九十一連隊 砲・工・輜・医院等
第112師団（公） 師団長・中将 中村次喜蔵	歩兵第二百四十六連隊 〃　二百四十七連隊 〃　二百四十八連隊 挺進大隊・砲・工・輜連隊等

第127師団（英） 師団長・中将 古賀竜太郎	歩兵第二百八十連隊 〃　二百八十一連隊 〃　二百八十二連隊 挺進大隊・砲・工・輜連隊
機動第1大隊	機動第1・2・3連隊
混成第101連隊 羅津要塞部隊 羅南師管区部隊	

東寧正面

第128師団（武英） 師団長・中将 水原義重	歩兵第二百八十三連隊 〃　二百八十四連隊 〃　二百八十五連隊 挺進大隊・砲・工・輜連隊等

独立混成 第132旅団（奮戦） 旅団長・少将 鬼武五一	独兵第七百八十三大隊 〃　七百八十四大隊 〃　七百八十五大隊 〃　七百八十六大隊 挺進大隊・砲・工・輜等
第124師団（遠謀） 師団長・中将 椎名正健	歩兵第二百七十一連隊 〃　二百七十二連隊 〃　二百七十三連隊 挺進大隊・砲・工・輜連隊等

牡丹江正面

第126師団（英断） 師団長・中将 野溝武彦	歩兵第二百七十七連隊 〃　二百七十八連隊 〃　二百七十九連隊 挺進大隊・砲・工・輜連隊等

第135師団（真心） 師団長・中将 人見与一	歩兵第三百六十八連隊 〃　三百六十九連隊 〃　三百七十連隊 挺進大隊・砲・工・輜連隊等
野戦重砲第二十連隊 第九遊撃隊	

東安正面 第126師団（前掲）	歩兵第二百七十七連隊 〃　二百七十八連隊 〃　二百七十九連隊 挺進大隊・砲・工・輜連隊等
第135師団（前掲）	歩兵第三百六十八連隊 〃　三百六十九連隊 〃　三百七十連隊 挺進大隊・砲・工・輜連隊等
第十五国境守備隊	

ジャムス正面

第134師団（勾玉） 師団長・中将 井関仭	歩兵第三百六十五連隊 〃　三百六十六連隊 〃　三百六十七連隊 挺進大隊・砲・工・輜連隊等

孫呉正面

第123師団（松風） 師団長・中将 北沢貞治郎	歩兵第二百六十八連隊 〃　二百六十九連隊 〃　二百七十連隊 挺進大隊・砲・工・輜連隊等
独立混成 第135旅団（不朽） 旅団長・少将 浜田十之助	独歩第七百九十五大隊 〃　七百九十六大隊 〃　七百九十七大隊 挺進大隊・砲・工・輜等

ハイラル正面

第119師団（宰） 師団長・中将 塩沢清宣	歩兵第二百五十三連隊 〃　二百五十四連隊 〃　二百五十五連隊 挺進大隊・砲・工・輜連隊等
独立混成 第80旅団（鋭鋒） 旅団長・少将 野村登亀江	独歩第五百八十三大隊 〃　五百八十四大隊 〃　五百八十五大隊 〃　五百八十六大隊 〃　五百八十七大隊 挺進大隊・砲・工・輜等

西方正面

第63師団（陣） 師団長・中将 岸川健一	独歩第二十四・二十五大隊 〃　七十七〜八十一大隊 〃　百三十七大隊 迫・工・輜等

第107師団（凪） 師団長・中将 安部孝一	歩兵第九十連隊 〃　百七十七連隊 〃　百七十八連隊 挺進大隊・捜・砲・工・輜連隊等
第101師団（弘） 師団長・中将 鈴木啓久	独歩第二百三～二百六大隊 独歩第三百八十八～三百九十一大隊 迫・工・輜等
独立戦車 第9旅団（奮迅） 旅団長・大佐 北武樹	戦車　五十一連隊 〃　五十二連隊

地図にみる関東軍交戦部隊の最後(日ソ戦闘要図)

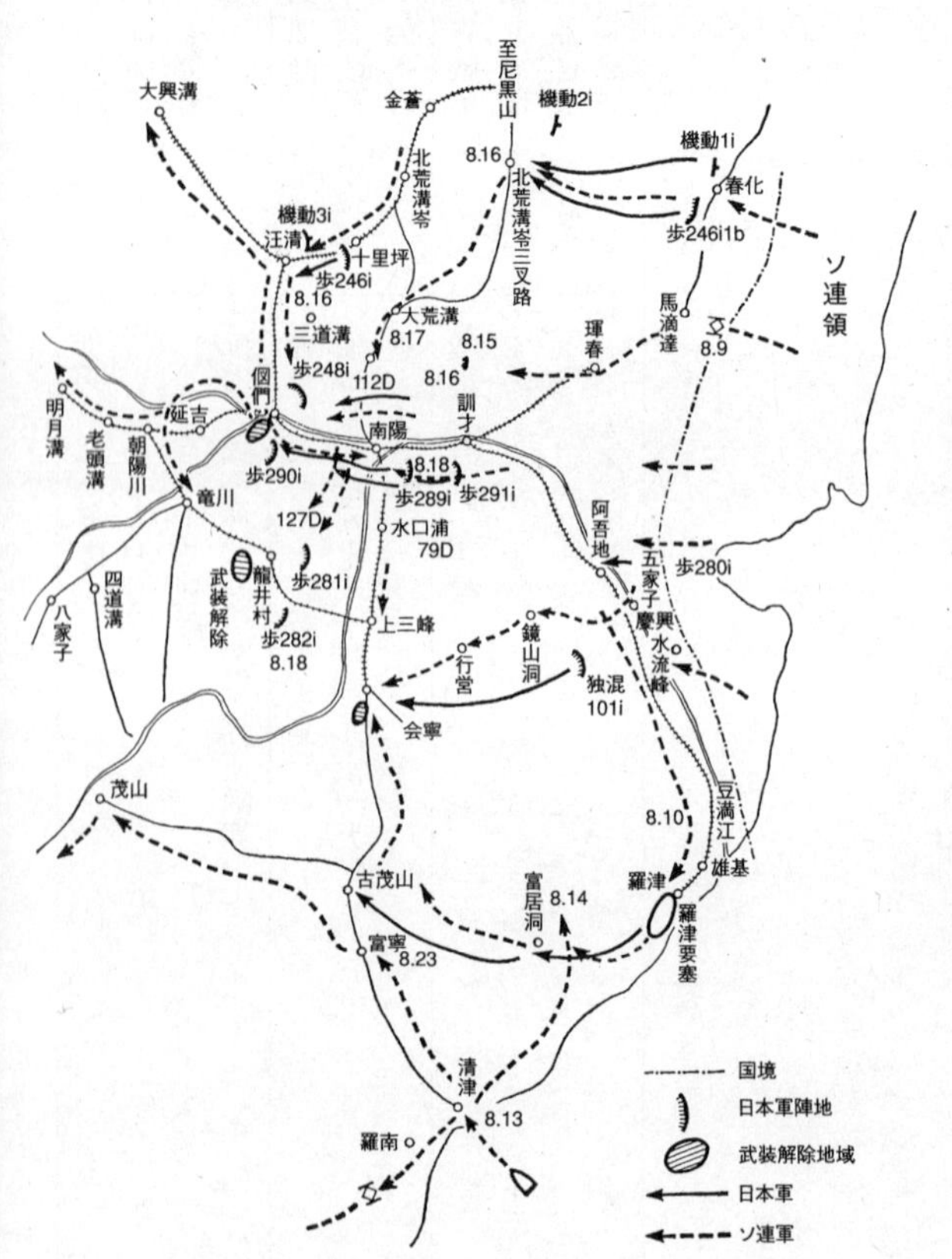

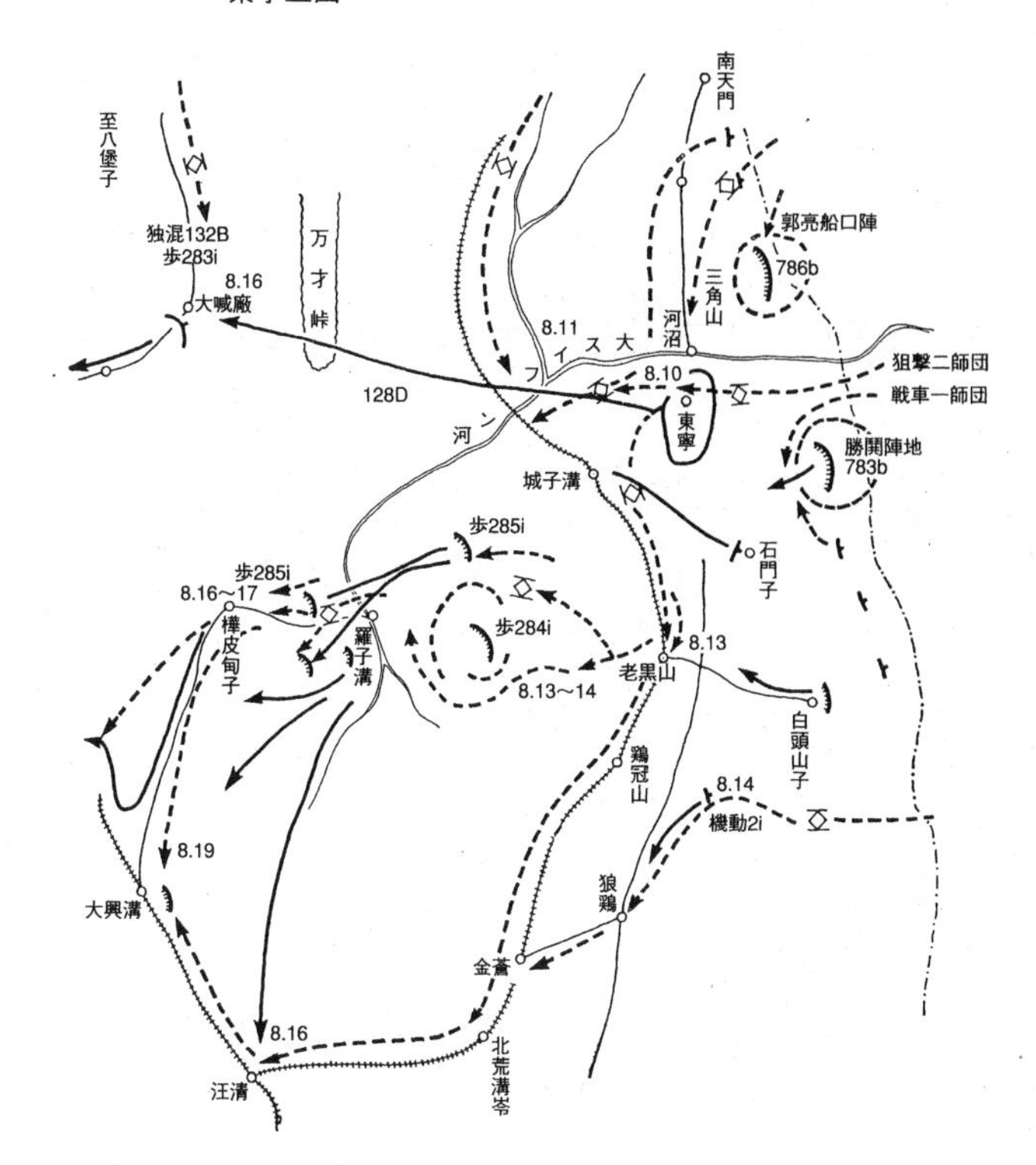
東寧正面
南天門
至八堡子
独混132B
歩283i
8.16
大喊廠
万才峠
郭亮船口陣
786b
三角山
河沼
8.11
大
ス
イ
フ
ン
河
8.10
狙撃二師団
戦車一師団
128D
東寧
勝開陣地
783b
城子溝
石門子
歩285i
歩285i
8.16～17
樺皮甸子
羅子溝
歩284i
8.13～14
8.13
老黒山
白頭山子
鶏冠山
8.14
機動2i
8.19
大興溝
狼鶏
金蒼
8.16
北荒溝岺
汪清

牡丹江正面

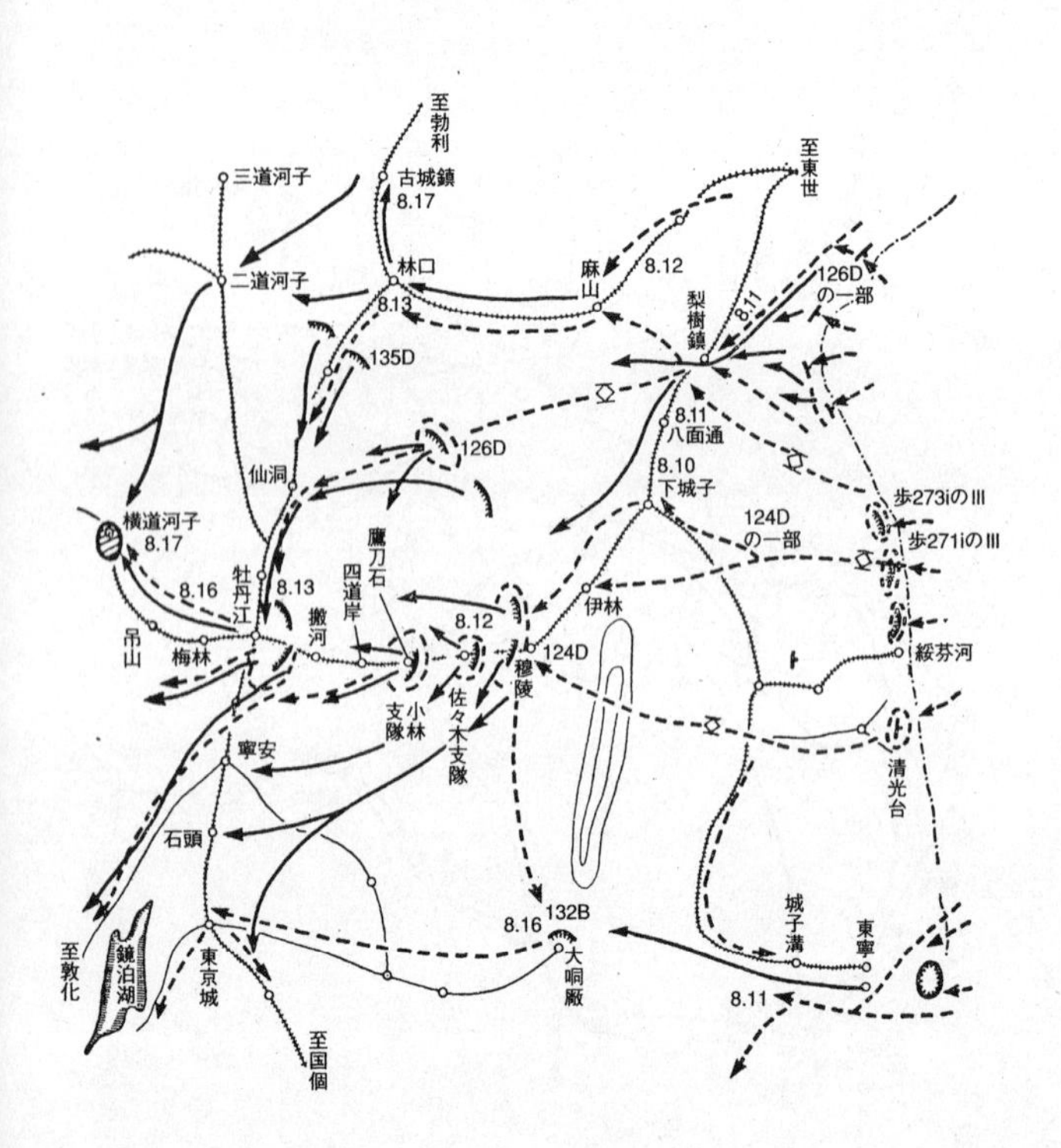
至勃利
三道河子
古城鎮
8.17
至東世
二道河子
林口
麻山
8.12
8.13
126D
の一部
梨樹鎮
8.11
135D
8.11
八面通
126D
8.10
下城子
仙洞
歩273iのIII
124D
の一部
歩271iのIII
横道河子
8.17
鷹刀石
四道岸
牡丹江
8.13
8.16
伊林
撤河
8.12
吊山
梅林
124D
綏芬河
穆陵
小林支隊
佐々木支隊
寧安
清光台
石頭
132B
城子溝
東寧
8.16
大哃厰
鏡泊湖
至敦化
東京城
8.11
至国個

東安正面

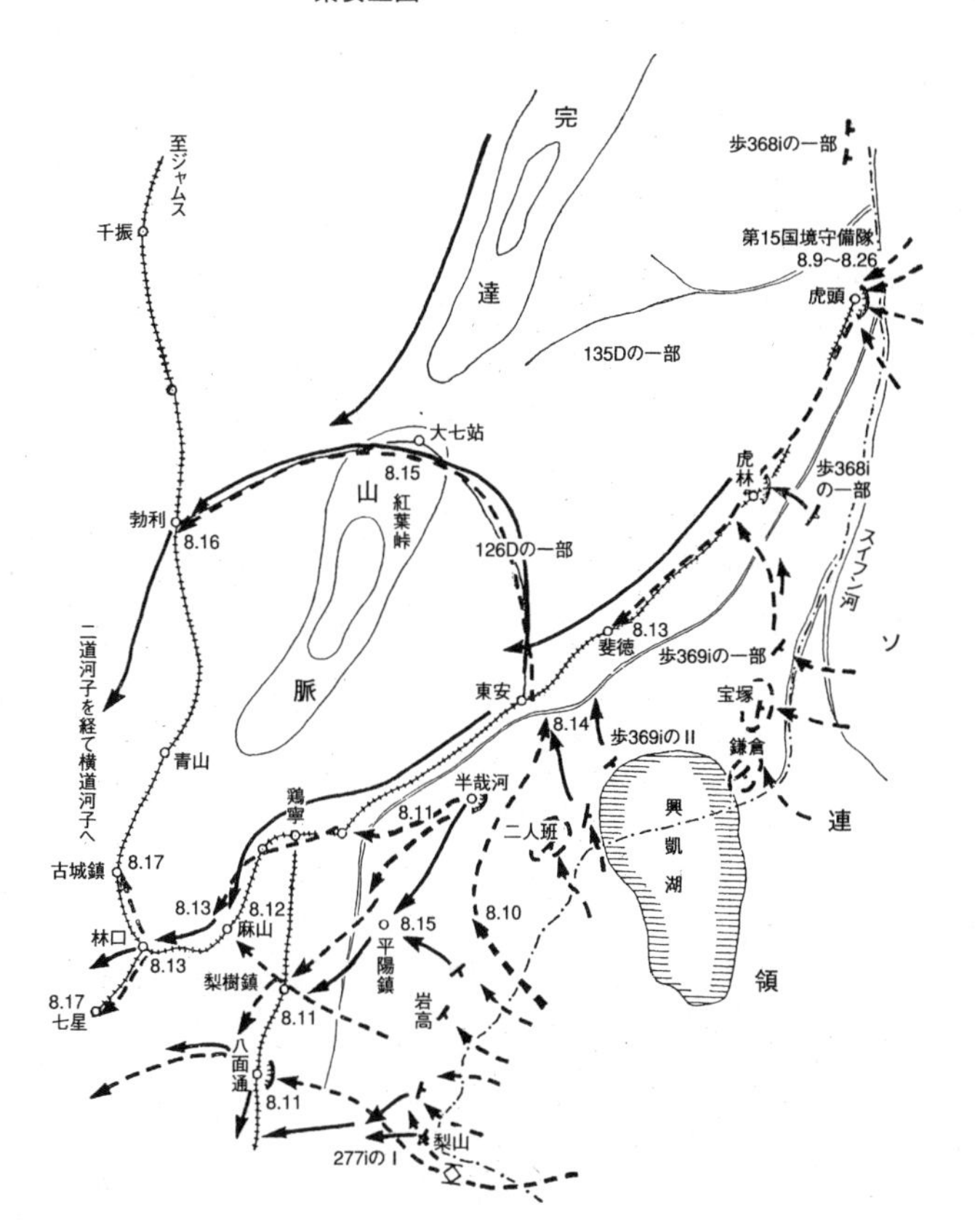
完
達
山
脈
紅葉峠
至ジャムス
千振
勃利
8.16
二道河子を経て横道河子へ
青山
古城鎮
8.17
林口
8.13
8.17
七星
大七站
8.15
126Dの一部
135Dの一部
歩368iの一部
第15国境守備隊
8.9～8.26
虎頭
虎林
歩368i
の一部
スイフン河
斐徳
8.13
歩369iの一部
東安
宝塚
鎌倉
8.14
歩369iのII
興
凱
湖
ソ
連
領
半截河
8.11
鶏寧
8.13
8.12
麻山
梨樹鎮
8.11
8.15
平陽鎮
岩高
二人班
8.10
八面通
8.11
梨山
277iのI

ジャムス正面

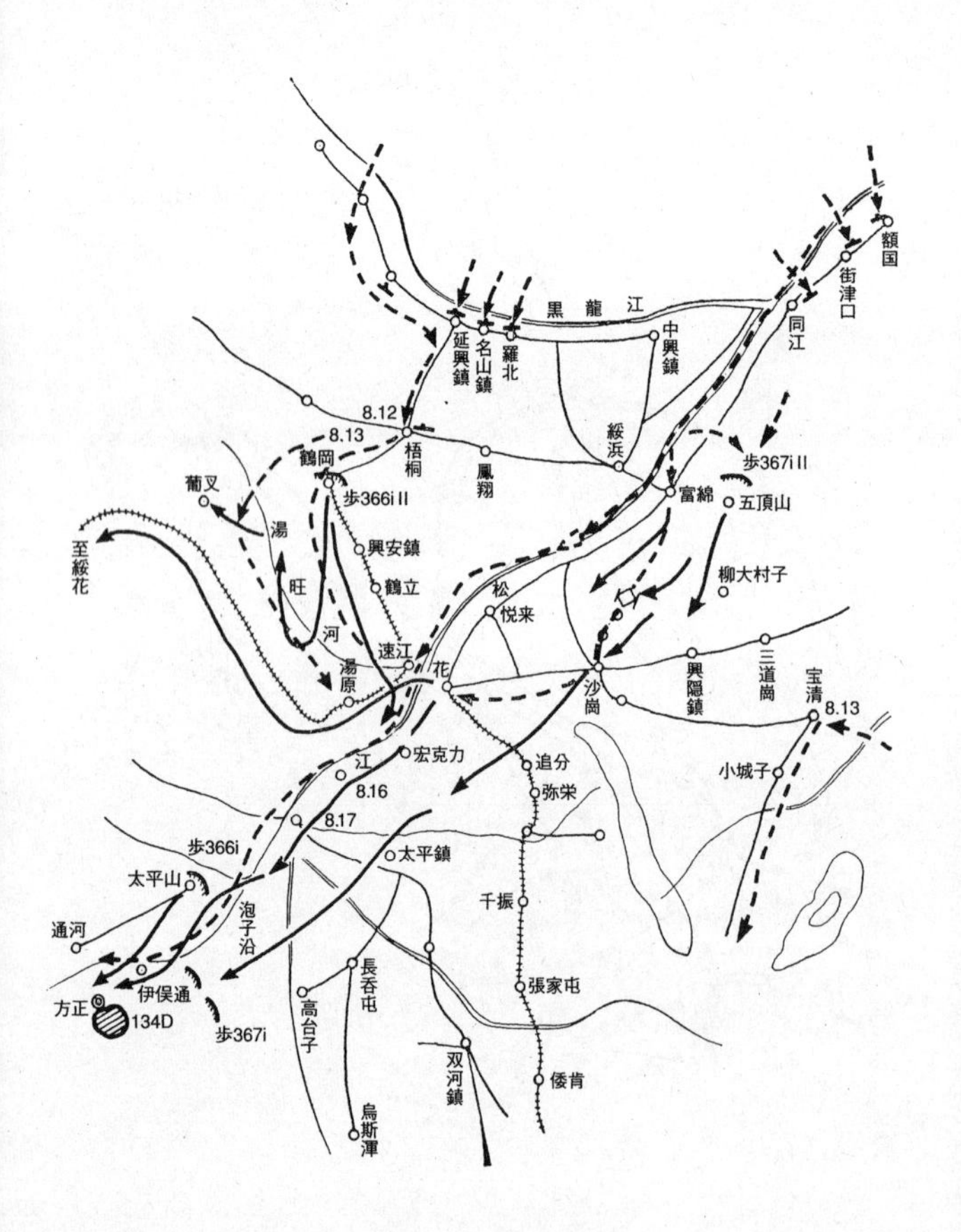

黒
龍
江
額国
街津口
同江
延興鎮
名山鎮
羅北
中興鎮
綏浜
8.12
8.13
梧桐
鳳翔
鶴岡
葡叉
歩366i II
歩367i II
富綿
五頂山
至綏花
湯
旺
河
興安鎮
鶴立
柳大村子
松
悦来
速江
湯原
花
沙崗
興隠鎮
三道崗
宝清
8.13
小城子
宏克力
江
8.16
8.17
追分
弥栄
歩366i
太平鎮
太平山
泡子沿
千振
通河
伊侯通
方正
134D
歩367i
長香屯
高台子
張家屯
双河鎮
倭肯
烏斯渾

孫呉正面

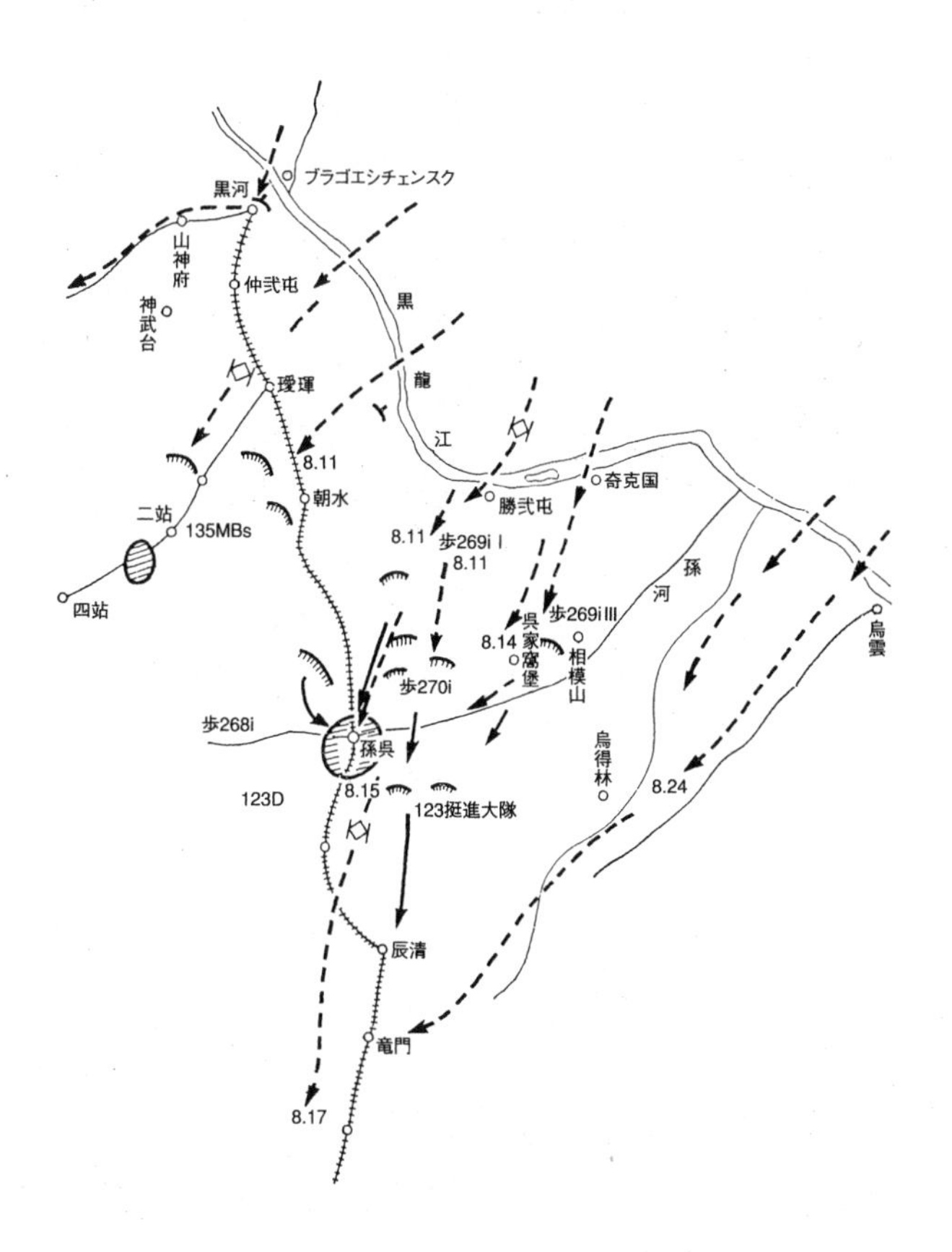
ブラゴエシチェンスク
黒河
山神府
仲弐屯
神武台
黒
龍
江
璦琿
8.11
朝水
二站
135MBs
四站
勝弐屯
奇克国
8.11
歩269i I
8.11
孫
河
呉家窩堡
8.14
歩269i III
相模山
烏雲
歩270i
歩268i
孫呉
8.15
123D
123挺進大隊
烏得林
8.24
辰清
竜門
8.17

ハイラル正面

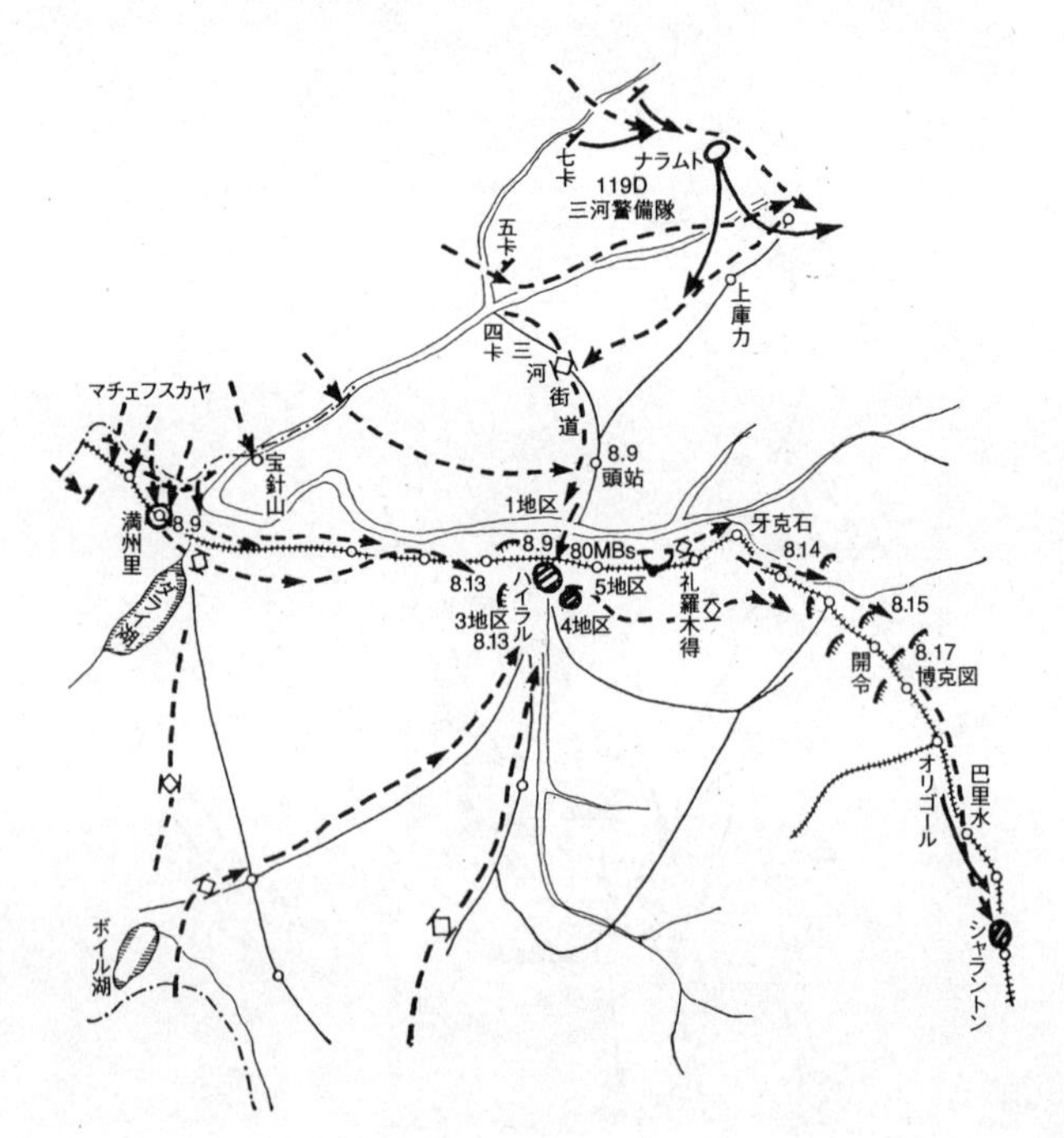
七卡
ナラムト
119D
三河警備隊
五卡
上庫力
四卡
三河街道
マチェフスカヤ
宝針山
8.9
頭站
1地区
満州里
8.9
牙克石
8.9
80MBs
8.14
8.13
ハイラル
5地区
礼羅木得
8.15
3地区
8.13
4地区
開令
8.17
博克図
オリゴール
巴里水
シャラントン
ボイル湖

西方正面

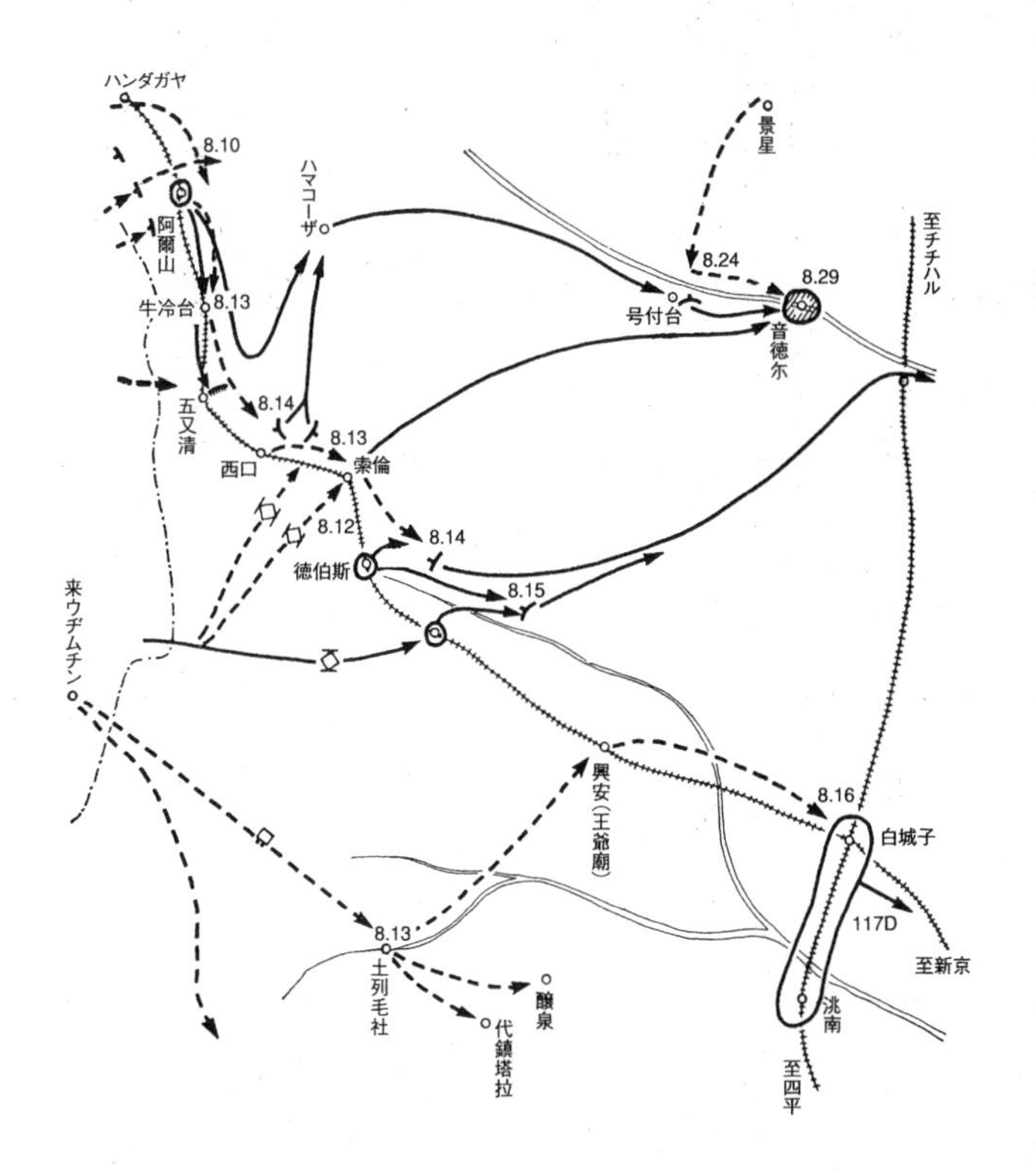
ハンダガヤ
8.10
阿爾山
牛冷台
8.13
五叉溝
8.14
西口
8.13
索倫
ハマコーザ
8.12
徳伯斯
8.14
8.15
来ウヂムチン
景星
8.24
8.29
号付台
音徳尓
至チチハル
興安（王爺廟）
8.16
白城子
117D
至新京
洮南
至四平
8.13
土列毛社
醸泉
代鎮塔拉

関東軍総司令部終戦日誌
（八月九日ソ連軍侵攻より総司令官以下入ソまで）

八月九日

〇〇二〇　ソ連軍進攻開始に関する最初の報告（第五軍情報参謀前田中佐発、関東軍総司令部当直参謀鈴木中佐接受の電話による。要旨――敵は零時、虎頭正面監視哨を攻撃、満領に侵攻、有力なる後続部隊あり）

〇一〇〇　ソ軍機新京爆撃（同時頃、満州国内各要地被爆）

〇二〇〇　関総作令第一号（要旨、対ソ作戦を準備すべし）下達
　関東軍満ソ国境警備要綱の廃止
　関東軍戦時防衛規定発動
　満州国防衛令発動（総参謀長、張総理及び武部総務庁長官から満州国皇帝に発動奏請）
　（著者注＝関東軍総参謀長秦彦三郎中将）
〇四〇〇　払暁時における総司令部爆撃を顧慮し、総参謀長及び参謀の一部南嶺戦闘司令所に移動
〇六〇〇　ソ連の対日宣戦布告（モスクワ時間八月八日一七〇〇）の判明（国通からの通報による）に伴い、当面の攻撃を破摧し全面作戦を準備すべしとの作戦命令下達
一三〇〇　総司令官、大連（八月八日出張）より新京に帰還（注＝総司令官山田乙三大将）
　総司令官から満州国皇帝に対し通化省臨江に遷都することについて提議
　対ソ作戦に使用することのない部隊（関東軍軍楽隊、測量隊、防疫給水部、及び軍馬防

疫廠）の北鮮等への撤退に関する処置

各方面軍等に対し居留日本人後送に関する指示（牡丹江、東寧方面は個們経由北鮮へ、黒河、チャムス方面はハルピン経由新京へ、ハイラル、チチハル方面は奉天、四平街へ、熱河方面は南満〈奉天を含まぬ〉及び関東州へ、それぞれ居留民を後送する準備に着手）

八月十日

竹田宮妃、満州航空機により新京出発（総司令官、参謀副長見送）

対ソ全面作戦開始に関する大陸命（関東軍の任務を、朝鮮の皇土保衛に改め、また、第十七方面軍等が、関東軍の指揮下に入れられる）（注＝九日夜半）及び大陸指（作戦の進捗に伴い総司令部を新京以外の作戦地域内要点に移しうること等）受領（注＝十日〇五〇〇頃）

〇九〇〇　作戦の大綱、第十七方面軍及び第三十軍の任務、総司令部の通化移動企図を示す対ソ作戦に関する統一命令下達

〇九三〇　総司令官より満州国皇帝に対し通化への出発要請（参謀部第四課山下参謀随行）

〇九四〇　戦況の進展、新京の戦場化等に伴う居留民引き揚げに関する会議（宮田邸に関係参謀、総務庁長官、満鉄総裁、電々総裁、新京特別市長参集、一一〇〇新京居留民後送に関する対策決定。（注＝後送に関する件とくに第三部の『満州国を演出した参謀たち』を参照せられたい）

一二〇〇　新京居留民後送に関し、大陸鉄道隊司令部に対する命令下達及び満州国政府に対する要請（後送は、一般居留民、満州国官吏、国策会社関係者等の家族、軍人軍属家族の順により、十日、十一日の両日、さしあたり平壌及び通化付近に集結、第一列車の新京駅発は一八〇〇の予定。（注＝大陸鉄道隊司令官草場辰巳中将――東京裁判法廷に証人として喚問、ソ連側宿舎で怪死を遂ぐ）

一四四〇　新京市居留民等の引き揚げ準備がほとんど行なわれない実情に鑑み、軍人軍属家族に対し一七〇〇忠霊塔前に集合するよう指示

関東軍軍楽隊及び測量隊北鮮に向かい出発

第三方面軍の行動規制等に関する幕僚会議（注＝第三方面軍司令官後宮淳大将）

八月十一日

〇一四〇　軍人軍属家族及び一般居留民等の一部を搭載した後送第一列車新京駅発（爾後二時間間隔をもって、軍人軍属家族、一般居留民混乗の後送列車安奉線経由新義州、平壌方面へ、及び吉林、梅河口経由通化、平壌方面へ逐次出発）

総司令部先発隊、通化に向かい出発

総司令部内整理（不要書類焼却等）

軍は戦闘を継続する旨の陸軍大臣訓電受領

八月十二日

総司令官通化に移動。参謀副長、瀬島参謀等随行。総参謀長、草地参謀、参謀部第二課要員等は新京に残留。（注＝関東軍総参謀副長松村知勝少将。副長の一人中将四井手綱正赴任途上飛行事故死）

第三十軍司令部（八月七日、延吉から梅河口に到着）、梅河口から新京に進出（注＝第三十軍司令官中将飯田祥二郎）

新京直接防衛に関し第三十軍に対し指示

満州国皇帝、通化省大栗子に向かい出発（武部総務庁長官随行）

八月十三日

張総理以下満州国要人、参謀長に対し、第三十軍の防衛準備行動を止め、新京を戦闘地域外とするよう提言（注＝満州国総理張景恵）

総参謀長、草地参謀、熊崎参謀ら通化に移動（参謀部第二課要員等新京に残置）

爾後の作戦指導等に関する幕僚研究会同

第四軍に対し、梅河口に後退準備の命令下達（注＝第四軍司令官中将上村幹男）

満州国皇帝、大栗子鉱業所長社宅を行宮に決定

張総理以下満州国中央政府要人通化に移動

八月十四日

満州国禁衛隊及び同通信隊新京において反乱

新京に残留の野原参謀よりの電話（明十五日〈時刻不明〉、重大放送がある〈国通の連絡〉ので総司令官以下至急、新京に帰還されたい旨）接受

一六〇〇 総司令官、総参謀長、参謀副長等総司令部首脳者、新京に向かい通化出発

新京において大本営連絡（明十五日正午の重大放送を謹聴されたい旨）接受

八月十五日

一二〇〇 玉音放送

一四〇〇 大本営に連絡のため参謀副長を東京に派遣（二一〇〇、大本営に到着）

総司令部の一部（軍属等は平壌に後）新京到着

積極進攻作戦中止に関する大陸命（第一三八号）受領

八月十六日

関東軍として採るべき今後の措置に関する幕僚会議（承詔必謹に方針決定）

対ソ作戦行動の即時停止に関する大陸命（第一三八二号）ならびに局地停戦交渉及び武器引き渡しに関する大陸指受領

大陸命第一三八二号に基づく停戦及び武装解除に関する命令下達

張総理実情聴取のため通化の総司令部訪問（注＝十六日には時間の明示がない当時の秦彦三郎総参謀長の手記、草地貞吾作戦班長の文書をみると、大本営からも、また、東上中の松村参謀副長帰着せず、頃〈約一時間半〉同日八時夕刻から重大会議に入ったものとみられる）

八月十七日

ソ連極東軍総司令官ワシレフスキー元帥と停戦に関し交渉するため、総参謀長（瀬島、野原、大前各参謀随行）をハルピンに派遣（ハルピン駐在ソ連総領事と連絡の後、新京に帰還）

参謀副長東京から帰還（平壌において石井部隊長から防疫給水部の状況を聴取）

竹田御名代宮、新京到着

竹田宮より聖旨伝達（総司令部において）

竹田宮、東京に帰還のため新京出発（注＝十七日夜、新京総司令官官邸に宿泊。なお、満州国皇帝の訪問を中止）とあるは、竹田宮の通化方面（第一）への聖旨伝達の予定を、切迫せる情勢にかんがみ関東軍においての聖旨伝達は、第三方面軍（奉天）のみに止められたいと要請したことであろう？　竹田宮は十八日奉天へ、直ちに東京へ帰還

八月十八日

竹田宮、第三方面軍司令部往訪

ソ連極東軍総司令官との交渉のため、総参謀長（瀬島、野原、大前各参謀随行）をハルピンに派遣（同夜ハルピン宿泊）

ソ連軍ハルピンに進入

第一方面軍、第三方面軍、第四軍及び第二航空軍各参謀長を新京に招致、聖旨伝達、総司令官訓示、ならびに停戦及び武装解除に関する細部指示及び注意事項の伝達（注＝第一方面軍参謀長桜井少将。第三方面軍参謀長大坪少将、第四軍参謀長大野少将、第二航空軍参謀長古谷少将）

満州国皇帝退位宣言（大栗子行宮において）

八月十九日

ソ軍空輸部隊新京に、同空挺部隊奉天に到着。満州国皇帝一行、奉天飛行場においてソ連に抑留（注＝この項については本書第三部「廃帝溥儀と八咫鏡」を参照せられたい）

ソ連、在新京日本軍の武装解除と総司令部の通信連絡機能の停止を指令

総参謀長一行、ジャリコーオ到着、ワシレフスキー元帥と停戦に関する交渉

二三〇〇　総参謀長一行（野原参謀を除く）、ソ軍機により新京到着

八月二十日

ソ連極東軍総司令部に連絡のため、参謀副長（大野、高松各参謀随行）をソ軍機により
ジャリコーオに派遣

ザバイカル軍司令官カバリヨフ大将新京到着、総司令部来訪

総司令部参謀部を対ソ交渉班に改編（注＝秦文書によると「対ソ交渉班」と「内務班」との
二つの班に分け、とくに「対ソ交渉班」にはロシア語に堪能な浅田第二課長〈大佐〉以下を専
任したとある）

八月二十一日

第一方面軍司令官、同参謀長、ジャリコーオに到着

八月二十二日

参謀副長及び大野参謀、ジャリコーオより新京に帰着（ソ極東軍司令官代理〈政治中将〉同行、高杉参謀はジャリコーオに残留）

司令官及び総参謀長、ソ極東軍司令官代理と会談

ソ極東軍司令官代理より総司令部に対し各種資料の要求及び総司令部庁舎接取指令

総司令部は旧海軍武官府その他に移転

八月二十四日

参謀副長（若松、神谷各参謀、暗号係将校随行）、ソ軍要求の作業を携行し、ジャリコーオに向かい出発（この一行はそのまま抑留され、新京に帰還しない）

九月三日

ソ極東軍司令官ワシレフスキー元帥、新京に到着、総司令官とワシレフスキーとの会見（総司令官より停戦及び武装解除に関する一般事項の説明ならびに在満の部隊及び居留民の早期内地送還に関する要請）

九月五日

総司令部の武装解除

総司令官以下在京将官の一行（総司令部各参謀、電報班長、専属副官及び当番兵ならびに大本営派遣参謀朝枝中佐を含む）、新京を出発、ハルピン到着

九月六日

総司令官一行、ハルピン出発

総司令官一行、ハバロフスク到着

NF文庫

満州崩壊　新装版

二〇二二年九月二十三日　第一刷発行

著　者　楳本捨三

発行者　皆川豪志

発行所　株式会社　潮書房光人新社

〒100-8077　東京都千代田区大手町一-七-二

電話／〇三-六二八一-九八九一代

印刷・製本　凸版印刷株式会社

定価はカバーに表示してあります

乱丁・落丁のものはお取りかえ致します。本文は中性紙を使用

ISBN978-4-7698-3280-5　C0195

http://www.kojinsha.co.jp

NF文庫

刊行のことば

第二次世界大戦の戦火が熄んで五〇年——その間、小社は夥しい数の戦争の記録を渉猟し、発掘し、常に公正なる立場を貫いて書誌とし、大方の絶讃を博して今日に及ぶが、その源は、散華された世代への熱き思い入れであり、同時に、その記録を誌して平和の礎とし、後世に伝えんとするにある。

小社の出版物は、戦記、伝記、文学、エッセイ、写真集、その他、すでに一、〇〇〇点を越え、加えて戦後五〇年になんなんとするを契機として、「光人社NF（ノンフィクション）文庫」を創刊して、読者諸賢の熱烈要望におこたえする次第である。人生のバイブルとして、心弱きときの活性の糧として、散華の世代からの感動の肉声に、あなたもぜひ、耳を傾けて下さい。

＊潮書房光人新社が贈る勇気と感動を伝える人生のバイブル＊

NF文庫

終戦時宰相 鈴木貫太郎 昭和天皇に信頼された海の武人の生涯

小松茂朗

太平洋戦争の末期、推されて首相となり、戦争の終結に尽瘁し日本の平和と繁栄の礎を作った至誠一途、気骨の男の足跡を描く。

艦船の世界史 歴史の流れに航跡を残した古今東西の60隻

大内建二

船の存在が知られるようになってからの約四五〇〇年、様々な船の発達の様子、そこに隠された様々な人の動きや出来事を綴る。

特殊潜航艇海龍

白石 良

本土防衛の切り札として造られ軍機のベールに覆われていた最後の決戦兵器の全容。命をかけた搭乗員たちの苛烈な青春を描く。

証言・ミッドウェー海戦 私は炎の海で戦い生還した！

橋本敏男
田辺彌八ほか

空母四隻喪失という信じられない戦いの渦中で、それぞれの司令官、艦長は、また搭乗員や一水兵はいかに行動し対処したのか。

中立国の戦い スイス、スウェーデン、スペインの苦難の道標

飯山幸伸

戦争を回避するためにいかなる外交努力を重ね平和を維持したのか。第二次大戦に見る戦争に巻き込まれないための苦難の道程。

戦史における小失敗の研究 二つの世界大戦から現代戦まで

三野正洋

太平洋戦争、ベトナム戦争、フォークランド紛争など、かずかずの戦争、戦闘を検証。そこから得ることのできる教訓をつづる。